Ines Vitouladitis, geboren im Dezember 1987, ist verheiratet, Mutter von vier tollen Kindern im Kleinkind- bis Teenageralter, gelernte Kinderpflegerin und Autorin mit Herzblut. Sie lebt mit ihrer Familie im ländlichen Elsdorf, nutzt ihre Freizeit vor allem zum Schreiben neuer Geschichten und ist schon seit der Grundschulzeit ein großer Bücherfan, woraus schließlich der Wunsch entstand, eigene Romane zu verfassen. Mit 13 Jahren begann sie, nach einigen Gedichten und Kurzgeschichten, erste Manuskripte zu schreiben.
Seit 2020 geht sie ihrer großen Leidenschaft nach und veröffentlicht regelmäßig Bücher im Romantasy- und Romance-Bereich.

INES VITOULADITIS

Das kleine Kürbisfest in Little Goldcoast

Erstausgabe April 2025

Das kleine Kürbisfest in Little Goldcoast

ISBN 978-3-98998-790-6
E-Book-ISBN 978-3-98998-105-8

Covergestaltung: Larissa Siepmann
Umschlaggestaltung: ARTC.ore Design
Unter Verwendung von Abbildungen von
shutterstock.com: © Dong Nhat Huy, © Kwiatek7, © Ortis,
© Kseniia Perminova, © Mirror-Images, © Ermak Oksana
depositphotos.com: © EWYMedia
stock.adobe.com: © Saifstock, © LiliGraphie, © Ramona Heim,
© jxvxnism
Lektorat: Astrid Rahlfs
Satz: dp DIGITAL PUBLISHERS GmbH
Druck und Bindung: Books on Demand GmbH, Norderstedt

Für alle, die schon an mich und meine Geschichten geglaubt haben, noch lange bevor ich mich getraut habe, je eine davon einem Verlag anzubieten.
Für alle, die schon mal eine zweite Chance bekommen oder gegeben haben.
Für alle, die jemanden verloren haben.
Und für euch – die, die manchmal im Leben straucheln. Es gibt immer jemanden, der euch liebt da draußen. Immer.

Triggerwarnung

Dieser Roman enthält potentiell triggernde und sensible Inhalte:

einschließlich Depressionen, Suizid und Trauerbewältigung.

Kapitel 1

New York, New York

„Also richte ich mich vor ihm auf, sehe ihm direkt in die Augen und erkläre ihm zum gefühlt zehnten Mal, dass Neonfarben *so was von out* sind und dass er gefälligst in einer ruhigen Minute noch mal darüber nachdenken sollte, ob Raumausstatter wirklich der richtige Beruf für ihn ist."

„Und dann hast du ihn gefeuert?"

„Und dann habe ich ihn gefeuert." Celia nippte mit eisiger Genugtuung im Blick an ihrer Cola Light, um gleich darauf den Kellner mit einer überspitzten Geste ihrer Hand zu sich zu rufen. Die bemerkenswerte Oberweite nach vorn gereckt, die Lippen zu einem perfekten Schmollmund geformt und eine Hand in der platinblonden Haarmähne sah sie ungeduldig dabei zu, wie der Kellner sich beeilte, an unseren Tisch zu kommen.

„Steak. Medium rare", verlangte sie, ohne sich mit etwaigen höflichen Floskeln aufzuhalten, und reichte ihm mit spitzen Fingern die Speisekarte.

„Sehr gerne. Mit Ofenkartoffeln und grünen Bohnen oder lieber mit Süßkartoffeln und ..."

„Nur Steak." Celia lächelte gekünstelt. „Danke."

„Für mich bloß einen gemischten Salat", bestellte Amber betont freundlich, als könnte sie so die beträchtliche Schroffheit unserer Freundin wettmachen. „Ohne Dressing, ohne Croutons, ohne Zwiebeln und ohne Brotbeilage", verließ es ihre Lippen wie auswendig gelernt. „Nur das Grüne und die Sprossen. Vielen Dank."

„Sehr gerne. Und Sie?" Der junge Dunkelhaarige wandte sich an mich, immer noch erstaunlich gefasst und professionell. Offenbar war er schwieriges Publikum mit abstrusen Bestellwünschen gewohnt – was in einem Drei-Sterne-Restaurant mitten in New York tatsächlich gar nicht mal so unwahrscheinlich war.

„Das Risotto bitte." Mit einem entschuldigenden Lächeln reichte auch ich ihm die Speisekarte. „So, wie es darinsteht, ohne Sonderwünsche. Dankeschön."

Als er sich mit einem höflichen Nicken und den galant eingesammelten Speisekarten von unserem Tisch entfernte, wandte Amber sich kopfschüttelnd an Celia. „Was hat der arme Junge dir denn bloß getan, dass du so von oben herab mit ihm redest?"

Der Kellner, eindeutig in unserem Alter, wenn nicht sogar ein wenig älter, war definitiv *kein* Junge mehr. Aber seit Amber mit einem Fünfundvierzigjährigen liiert war, zählte sie sich trotz ihrer erst vierundzwanzig Lebensjahre hin und wieder selbst zur mittelalten Generation, und man musste sie gelegentlich daran erinnern, dass die meisten Personen, die sie als Kids ansah, tatsächlich im selben Alter wie sie selbst waren. Sie handelte und sprach des Öfteren so, als zählte sie bereits wesentlich mehr Lebensjahre, war dabei jedoch nie gemein oder abwertend, sondern eher mütterlich und manchmal ein wenig belehrend.

„Gar nichts. Er hat mir gar nichts getan." Celia blickte sich überheblich im Restaurant um, kein Fünkchen der Reue auf der dezent geschminkten Miene und das schmale Kinn, wie immer, wenn sie angespannt war, leicht nach vorn gereckt. „Dieser Einrichtungskram stresst mich nun mal. Wandfarben wählen, Sofas kaufen, über den Bodenbelag entscheiden, Steckdosen quer oder hochkant ..." Sie seufzte schwer.

„Den Stress, Anfang zwanzig ein eigenes Haus einzurichten, hätte ich auch gerne mal", gab ich zu bedenken.

„Ach du ..." Celia machte eine wegwerfende Handbewegung. „Du weißt genau, dass Mason dir in nicht allzu ferner Zukunft, sobald er dir seinen Ring an den Finger gesteckt hat, ein perfektes Haus bauen und ein perfektes Kind machen wird. Alles, was du willst, wann du es willst und wie du es willst."

„Oh, hör auf, das immer zu sagen!", verlangte ich kopfschüttelnd. „Mason hat sehr wohl einen eigenen Kopf. Außerdem ist nichts schlecht daran, seinem Partner Wünsche zu erfüllen. Er liebt mich nun einmal."

Celia machte ein würgendes Geräusch, das uns ein paar schräge Blicke vom Nachbartisch einhandelte und exte ihre Cola Light, als würde es sich dabei nicht um ein kalorienfreies Softgetränk, sondern um hochprozentigen Alkohol handeln.

„Außerdem – warum bestellst *du* Steak?", lenkte ich vom Thema ab und zog die Nase kraus. „Warst du nicht gerade noch voll auf deinem Veganer-Trip?"

„Ich erinnere mich auch schwach an ein sehr tief ausgeschnittenes Top mit der Aufschrift *Fleisch ist Mord*", merkte Amber an, die Nase leicht krausgezogen, als würde sie einen mittelschweren Verrat wittern. „Und du hast dich geweigert, mit uns an einem Tisch zu sitzen, weil wir Kuhmilch im Kaffee getrunken haben."

„Jap. Das war drastisch", stimmt ich ihr zu.

„Das war *letzte Woche*." Celia rümpfte die Nase, als hätten wir über eine längst verjährte Straftat gesprochen. „Jetzt bin ich Carnivore", erklärte sie nach einer bedeutungsschweren Pause erhaben. „Ich esse nichts als Fleisch, Fleisch und wieder Fleisch. Und hin und wieder gibt es Milch, pure Butter und ein paar Eier."

Amber sah aufrichtig angeekelt aus.

„Aber ... *wozu, zur Hölle*?!", fasste sie ziemlich gut zusammen, was auch ich mich gerade fragte.

„Fleisch beinhaltet alle Nährstoffe, die man zum Leben braucht", antwortete Celia schlicht. „Was man von deinem Grünzeug nun nicht gerade behaupten kann, Amber", erinnerte sie unsere gemeinsame dunkelhaarige Freundin an ihre vorhin aufgegebene Bestellung.

„Lass mich, ich bin auf Diät." Amber zog eine Schnute. „Ich muss in Form bleiben, wenn ich vermeiden will, dass Alistair sich irgendwann eine Jüngere oder Schlankere sucht."

„Ein Grundschulkind meinst du?", schloss Celia.

Ich prustete hinter vorgehaltener Hand. Celia hatte vollkommen recht – eine noch jüngere Geliebte als Amber würde Alistair, Literaturprofessor und dreifach geschieden, mit Sicherheit nicht finden. Eine schlankere sowieso nicht. Mein Blick fiel just auf unsere Spiegelung im Fenster des Restaurants, hinter dem allmählich das New Yorker Nachtleben erwachte.

Wir waren drei unterschiedliche junge Frauen, die immer und überall aufzufallen schienen, was wahrscheinlich hauptsächlich Celias losem Mundwerk, aber auch unserer auffälligen und grundgegensätzlichen Optik zuzuschreiben war. Im harten Kontrast zur kurvigen, wohlproportionierten Celia und zu mir mit meiner flachen Oberweite und einer kaum sichtbaren Hüfte, trug Amber Kleidergröße 34, hatte endlos lange, schlanke Beine, ein pralles B-Körbchen und einen beneidenswert straffen, muskulösen Bauch vorzuweisen, von dem sich selbst so manch engagierter Fitnesstrainer noch eine Scheibe abschneiden konnte. Celia trug voller Stolz eine platinblonde, obligatorisch mit ihrem heißgeliebten Glätteisen präparierte Mähne, die ihr fast bis zum Po reichte, während Amber ihre volle, schwarze Haarpracht den asiatischen Wurzeln ihrer Mutter zu verdanken hatte. Ich hingegen trug meine naturkupferroten Haare zu einem kinnlangen Bob geschnitten, dessen Spitzen ich alle acht Wochen professionell vom Friseur meines Vertrauens stutzen ließ.

So unterschiedlich wir auch waren, so gleich waren wir auch. Celia, einundzwanzig Jahre jung und reich von Geburt an, jagte immer dem neusten Ernährungstrend hinterher und hielt von Männern in Führungspositionen und ernsthaften Beziehungen genauso wenig wie von Menschen, die versuchten, ihr vorzuschreiben, was sie zu tun hatte. Sie war das Paradebeispiel einer verwöhnten New Yorker Göre, flirtete für ihr Leben gern und neigte zur Eifersucht und Theatralik. Amber hingegen war sanfter, mit ihren vierundzwanzig Jahren die Älteste im Bunde und seit ich sie kannte immer auf der Suche nach einem *echten Mann*, wie sie selbst es nannte. Hatte er keine grauen Haare an den Schläfen, wollte sie ihn nicht.

Was uns verband, war die Liebe zu New York, der Hang zum Perfektionismus und die Uni, die wir gemeinsam, wenn auch in drei unterschiedlichen Studiengängen, besucht hatten. *Big City Life* von *Mattafix* plätscherte angenehm im Hintergrund und zauberte mir ein zufriedenes Lächeln ins Gesicht.

„Träumst du, Nora?" Celia schnippte mit den Fingern vor meinem Gesicht herum und beförderte mich unsanft zurück in die Gegenwart.

„Geht's dir gut, Schatz? Hast du genug getrunken heute?" Amber deutete mütterlich auf das bisher unangerührte Glas Zitronenlimonade, das vor mir stand.

„Alles bestens", beeilte ich mich zu sagen und setzte ein Lächeln auf. „Ich bin bloß müde. Der Walter-Auftrag birgt mehr Arbeit als gedacht. Allein das Catering ..."

Celia und Amber warfen mir synchron warnende Blicke zu.

„Wir wollten doch heute nicht über die Arbeit sprechen", erinnerte Amber mich und schnalzte tadelnd mit der Zunge. „Du sollst den Abend genießen. Und das Essen."

„Und die Gesellschaft", ergänzte Celia.

„Du bist Eventmanagerin durch und durch, Nora, das wissen wir." Amber seufzte. „Aber du kannst nicht 24/7 arbeiten, an die Arbeit denken und darüber reden. Entspann dich mal."

„Tut mir leid, Mädels, ich verliere kein Wort mehr darüber. Versprochen." Mit der rechten Hand deutete ich an, meinen Mund abzuschließen und den Schlüssel durch das Innere des Restaurants zu werfen.

„Gutes Kind", lobte Amber.

„Sie ist nur ein Jahr jünger als du“, erinnerte Celia sie.

„Nicht mental.“ Amber ließ sich nicht belehren und lächelte nach wie vor, bis der Kellner erschien und einen großen Teller Salat vor ihr abstellte. Obwohl man sich in der Küche sichtlich bemüht hatte, ihre wenigen erwünschten Zutaten hübsch zu arrangieren, bot das Ganze einen etwas trostlosen Anblick.

„Lecker. Dankeschön“, bemühte sie sich tapfer zu bleiben, während ihr Blick nicht ohne Neid über Celias anschließend serviertes Steak und mein üppiges Risotto huschte.

Nachdem wir eine Weile lang schweigend gegessen hatten, legte Celia die Gabel beiseite und tupfte sich mit ihrer Serviette den Mund ab. Ihr Lippenstift hielt bombenfest. Sollte er auch, denn immerhin hatte er fast zweihundert Dollar gekostet.

„Am Freitag hat Dexter Geburtstag“, brummte sie, die Mundwinkel nach unten gezogen.

„Was schenkst du ihm?“, erkundigte ich mich.

„Was ich ihm *schenke*?!“ Celia sah mich an, als hätte ich ihr vorgeschlagen, ihm ganz spontan eines ihrer Organe zu spenden. Hübsch verpackt und mit einer Samtschleife umwickelt.

„Ja. Immerhin ist er dein Bruder“, half ich ihr auf die Sprünge.

Amber nickte zustimmend, die Gabel, auf der ein paar Blätter Feldsalat aufgespießt waren, abwartend vor dem Mund innehaltend.

„Er ist ein verdammtes Arschloch“, erinnerte Celia uns Nase rümpfend und machte sich wieder über ihr Steak her.

„Er wird *acht*!“, empörte Amber sich.

„Man kann auch mit acht ein Arschloch sein. Ich habe schon Babys kennengelernt, die Arschlöcher waren", behauptete Celia mit nach vorn gerecktem Kinn.

„Oh mein Gott." Amber ließ ihre Gabel sinken und verbarg das Gesicht in den Händen.

„Mum und Dad zwingen mich, bei Dexters Feier dabei zu sein", fuhr Celia unbeeindruckt fort und sprach den Namen ihres Bruders aus, als würde sie über eine hochansteckende Krankheit reden, die Eiterblasen und explosiven Durchfall verursachte. „Ich soll ihm gratulieren und mit den Gästen *For He's a Jolly Good Fellow* singen und so weiter. Und *ihn* im Mittelpunkt stehen lassen!" Sie schüttelte sich angewidert.

Dass man sie nach dreizehn Jahren als Einzelkind zur großen Schwester gemacht und somit entthront hatte, hatte sie ihren Eltern bis heute nicht verziehen. Nach wie vor war sie felsenfest davon überzeugt, dass ihre Mutter bloß aus dem Grund schwanger geworden war, um sie dafür zu bestrafen, dass sie sich dem damals aufgebrummten Hausarrest widersetzt hatte.

„Ich weiß gar nicht, was du hast." Amber hatte wieder zur Gabel gegriffen, um erneut den Kampf mit ihrem trockenen Salat aufzunehmen. „Ich liebe meine Geschwister und hätte als Kind immer gerne noch mehr gehabt."

„Du warst ja auch nie reich", schloss Celia, als wäre das die einzig logische Erklärung.

Amber und ich tauschten einen knappen Blick.

„Nein, ernsthaft ..." Celia seufzte und schob das Ministück Steak, das sie aufgespießt hatte, lustlos auf dem Teller herum, wobei es feuchte, hellrote Spuren hinterließ. „Menschen sind nicht dazu gemacht, ihre Eltern und die Aufmerksamkeit und das ganze Zeug, das sie besitzen, zu teilen. Echt nicht. Sei froh, dass du keine Geschwister hast, Nora.“ Sie zögerte kurz. „Hast du doch nicht, oder?“

Plötzlich hoben beide den Blick und sahen mich direkt an. Ich hatte es bisher immer geschickt vermieden, über meine Kindheit und Familie zu sprechen, und wenn das Gespräch doch mal darauf kam, abgelenkt, Gegenfragen gestellt oder Standardantworten gegeben. Glücklicherweise sprachen sowohl Celia als auch Amber unheimlich gern über sich selbst.

„Nope“, antwortete ich ausweichend und mied den Blickkontakt zu beiden. „Sag mal, Amber, hat Alistair eigentlich noch Kontakt zu dieser aufdringlichen Studentin?“

„Hör mir bloß auf!“ Amber schnaubte, legte die Gabel zum wiederholten Male beiseite und setzte zu einer Hasstirade an, die Celia mit interessierter Miene und eifrig kauend verfolgte. Während ich bloß mit einem Ohr zuhörte und hin und wieder nickte, den Kopf schüttelte oder *Hm* machte, um nicht unaufmerksam zu wirken, fiel mein Blick erneut auf meine Spiegelung in der Fensterscheibe. Herausgeputzt saß ich da, mit meinem frisch gestutzten Bob, dem dunkelblauen Hosenanzug mit offenem Blazer und diesen sündhaft teuren hohen Schuhen, die ich mir vorigen Monat gegönnt hatte. Die Sommersprossen in meinem Gesicht hatte ich mit Concealer überdeckt, meine hellblauen Augen mit Wimperntusche und einem schmalen Lidstrich versehen.

Ich sah nicht einmal mehr annähernd aus wie das Mädchen, das vor fünf Jahren nach New York gekommen war, und die beiden jungen Frauen, mit denen ich an einem Tisch saß und die ich seit zwei Jahren meine Freundinnen nennen durfte, hatten keinen blassen Schimmer davon, wer ich einst gewesen war. Sie wussten weder, wo ich herkam, noch wer ich vor New York gewesen war. Sie wussten nichts über mich – und das sollte sich, wenn es nach mir ging, auch nicht so schnell ändern.

Kapitel 2

Der Brief

Die Augen zu schmalen Schlitzen verengt, die Hand grübelnd am Kinn und in tiefer Hocke neben dem Wohnzimmertisch kauernd, bot ich ein Bild, das die meisten Männer beim Betreten ihrer Wohnung wahrscheinlich überrascht hätte. Nicht jedoch Mason. Schweigend hängte er seine Jacke an die Garderobe, steckte seine Schuhe fein säuberlich in den Schuhschrank und betrat das Wohnzimmer, um sich zu einem kurzen Begrüßungskuss zu mir herunterzubeugen.

„Worum geht's? Die Vase?", erkundigte er sich gelassen.

„Die Obstschale", entgegnete ich, ohne den Blick davon abzuwenden. „Ich habe das Gefühl, sie ist zu ... *leer*. Es sieht absolut komisch aus, wenn man das Wohnzimmer betritt. Ist mir direkt aufgefallen vorhin."

„Zu leer." Mason nickte, als würde er genau verstehen, was ich meinte, dann deutete er auf den Inhalt besagter Schale. „Das sind ... sechs Äpfel, vier Bananen und ein paar grüne Trauben", zählte er auf.

„Es geht nicht um die Menge, sondern um die Auswahl. Um die Zusammenstellung“, erklärte ich mit einem unterdrückten Seufzen. „Das sieht ... weiß nicht ... spartanisch aus. Und zu farblos. Ich glaube, ein paar Orangen würden darin gut wirken. Dafür ein paar Äpfel weniger. Und vielleicht eine Rebe dunkler Trauben als Kontrast zu den grünen, was meinst du?“

Mason nickte bedächtig und besah sich die Obstschale, als würde er sich ernsthaft vorstellen, wie sie mit den zusätzlichen Früchten, von denen ich gesprochen hatte, aussehen würde. Er hätte mir sagen können, dass es Unsinn war, was ich da redete und dass er keine Orangen mochte, während ich sie nicht einmal vertrug und schlimme akute Nesselsucht davon bekam. Aber er kannte mich nach drei Jahren Beziehung gut genug, um es nicht zu tun.

„Möchtest du, dass ich das Obst kaufen gehe?“, bot er geduldig an.

„Das würdest du tun?“

„Du weißt, ich würde *alles* für dich tun“, beharrte er.

Kurz zog ich in Erwägung, das Angebot anzunehmen, dann wurde mir bewusst, dass er nach einem langen Tag im Job vermutlich ebenso müde und erschöpft war wie ich. „Nicht nötig, danke“, winkte ich schweren Herzens ab. „Das erledige ich einfach morgen in der Pause.“

„Sicher?“

Ich blickte zu Mason auf und wusste, wie glücklich ich mich für das Verständnis und die Liebe in seinen dunkelblauen Augen schätzen konnte. Trotz aller Erschöpfung und Unlust wäre er ohne ein weiteres Wort meinerseits sofort in seinen Wagen gestiegen und losgefahren, um Orangen und dunkle Trauben zu besorgen und wahrscheinlich hätte er mir sogar noch Blumen mitgebracht.

„Vollkommen sicher." Ich nickte.

„Alles klar." Erleichtert wirkend streckte er sich. „Dann gehe ich jetzt duschen. Kommst du mit?"

„Ich muss hier noch ein bisschen aufräumen", wich ich mit einem Wink Richtung Wohnzimmer aus.

„Bedauerlich." Auf dem Weg zum Badezimmer knöpfte Mason sein Hemd auf, zog es aus und warf mir noch einen letzten Blick über die Schulter zu. „Wirklich bedauerlich."

Als er frisch geduscht, nur mit einem weißen Handtuch um die Hüften bekleidet und feuchten dunklen Haaren zurück ins Wohnzimmer kam, war ich immer noch dabei, selbiges aufzuräumen. Ich nannte es nur so, dabei war es eigentlich etwas anderes. Um aufgeräumt zu werden, musste ein Raum erst mal unordentlich sein, und dazu ließ ich es nie kommen. Stattdessen verschob ich Dekoartikel, sortierte Bücher nach Farben und arrangierte Vasen und Kerzen immer wieder auf ein Neues, bis sie am für mich perfekten Platz standen – was durchaus manchmal einige Zeit in Anspruch nehmen konnte und mir in dieser Konstellation am Folgetag nicht mehr zwangsläufig gefallen musste.

Mason blieb im Türrahmen stehen und wartete geduldig, bis ich die kleinen Reste der Trockenblumen, die ich aus ihrer Vase genommen und darin neu angeordnet hatte, mit der einen Hand in die andere gefegt und in den Müll befördert hatte.

„Kommst du?", fragte er, als ich mich, die Hände in die Hüften gestemmt, nachdenklich im Raum umsah. „Es sieht alles perfekt aus. Ich denke, wir können jetzt schlafen gehen." Seine Tonlage hatte etwas Beruhigendes, Väterliches an sich, ohne zugleich belehrend zu sein.

„Komme sofort." Ein letztes Mal glitt mein Blick durch den Raum, als würde die Obstschale von selbst drei Zentimeter weiter über den Tisch rücken können und somit komisch aussehen oder als würden die Bücher plötzlich ein Eigenleben führen und sich farblich untereinander mischen. Nichts davon geschah. Es sah immer noch perfekt, clean und modern aus.

„Sorry. Ich habe die Dinge eben gern unter Kontrolle." Mit einem entschuldigenden Lächeln trat ich an ihm vorbei ins Bad, in dem noch der Wasserdampf in der Luft lag und für ein tropisches Klima sorgte.

„Ich weiß."

„Und dich stört das nicht?", erkundigte ich mich bestimmt zum hundertsten Mal, während ich mir meine Zahnbürste nahm.

„Warum sollte es?" Mason folgte mir ins Badezimmer und schüttelte, den Blick auf mein Spiegelbild gerichtet, den Kopf. „Ich muss als Architekt so viel Verantwortung übernehmen, Menschen sagen, was sie zu tun und zu lassen haben und Arbeitsabläufe kontrollieren, da bin ich ganz froh, dass ich das zu Hause nicht auch noch zu tun brauche. Außerdem hat jeder Mensch seine Macken und Schwächen."

Du nicht, dachte ich insgeheim.

Ich putzte mir die Zähne, spuckte den Schaum ins Waschbecken und nahm einen Schwamm zur Hand, um es ebenso schnell zu reinigen, bevor ich meinen

Verlobten im Badezimmerspiegel aufmerksam musterte.

Mason war groß, einen guten Kopf größer als ich sogar – trotz meiner nicht gerade kleinen 175 cm Körpergröße. Das war das Erste, was mir bei unserem Kennenlernen vor drei Jahren aufgefallen war. Die dunkle Kurzhaarfrisur, die intensiven dunkelblauen Augen und die attraktiven Grübchen waren mir erst beim zweiten Blick ins Auge gefallen. Mason war wie ich ein Arbeitstier durch und durch, übergenau, diszipliniert und intelligent. Aber er war auch der geduldigste und aufopferungsvollste Mensch, dem ich je begegnet war, und es verging kaum ein Tag, an dem ich mich nicht fragte, welch ein Glück ich eigentlich hatte, einen Partner wie ihn an meiner Seite zu wissen.

„Träumst du?" Mason tippte mir sanft auf die Schulter. Erst jetzt fiel mir auf, dass er mir meine Cremetube entgegenstreckte.

„Danke." Mit routinierten Bewegungen öffnete ich die Tube, gab ein wenig Creme auf meine Arme, meinen Hals und mein Gesicht und verrieb alles zügig.

„Es ist wieder schlimmer geworden. Du hast Stress", stellte er fest und deutete auf meine Armbeugen, in denen die Neurodermitis für großflächig gerötete, trockene Hautstellen gesorgt hatte.

„Ich weiß." Kopfschüttelnd stellte ich die Tube zurück in den Badezimmerschrank und verrieb den Rest aus meinen Händen auf dem Dekolleté. „Der Walter-Auftrag ist größer als ich dachte. Allein das Catering ..." Ich unterbrach mich selbst, ehe ich richtig loslegen und mich über den Caterer, den pingeligen Mr. Walter mit seinem Sprachfehler und die völlig ungeeignete Location, die er aber unbedingt haben wollte, auslassen konnte. Kopfschüttelnd sah ich meinem ernst dreinblickenden Spiegelbild in die Augen.

„Alles gut. Erzähl es mir." Mason legte die Hände auf meine Schultern, drehte mich sanft um und betrachtete mich aufmerksam. „Was ist mit dem Catering?"

„Gar nichts." Ich machte eine wegwerfende Handbewegung. „Das verdirbt uns jetzt bloß die Laune."

„Aber du kannst gerne ...", setzte er an.

„Ich will jetzt nicht reden." Ich stellte mich auf die Zehenspitzen und presste meine Lippen auf seine, um ihn zum Schweigen zu bringen. Ohne mich von ihm zu lösen, zog ich meinen Blazer aus und nahm ihm das Handtuch weg, das er um die Hüften getragen hatte, bevor ich ihm bedeutete, mir ins Schlafzimmer zu folgen.

Am nächsten Morgen prasselte Regen an das Schlafzimmerfenster. Wie immer schlug ich die Augen bereits einige Minuten vor dem Klingeln des Weckers auf und ging im Kopf die To-Do-Liste des Tages durch, ehe ich aufstand, um zu duschen. Die Tage wurden allmählich dunkler und kürzer. Der Herbst hatte den Sommer vertrieben und Kälte, Nässe und ein grauer Himmel standen seit einer Weile wieder auf der Tagesordnung.

Ich hüllte mich in meinen Bademantel, föhnte mir die Haare und ging in die Küche, in der mich Mason bereits mit einem Kuss und dem obligatorischen grünen Smoothie erwartete. Es war noch nicht einmal sechs Uhr und draußen war es stockdunkel. Mit unseren Handys und zwei gut gefüllten Gläsern in der Hand nahmen wir am kleinen Küchentisch Platz, um die Minuten vor dem Job miteinander verbringen zu können.

Während wir in synchronen Bewegungen unsere Smoothies tranken, checkten wir in einvernehmlichem Schweigen unsere Mails, zukünftige Aufträge und To-Do-Listen.

„Gestern war übrigens ein Brief für dich im Briefkasten", erinnerte Mason sich just, lehnte sich nach hinten und klaubte einen schmalen weißen Umschlag mit krakeliger Handschrift darauf von der Arbeitsfläche, den er neben der Kaffeemaschine deponiert hatte.

„Ach ja?" Mit gerunzelter Stirn nahm ich ihn entgegen und las die Adresse des Absenders. Auf einmal verursachte der bloße Geruch des grünen Smoothies Übelkeit in mir. Entschieden schob ich das halb leere Glas von mir, den Blick nach wie vor auf den Umschlag gerichtet. Meine Hände begannen zu zittern.

„Von wem ist er?", erkundigte Mason sich.

Ich schaffte es nicht, ihm zu antworten. Selbst wenn ich gewollt hätte, ich hätte nicht die richtigen Worte gefunden, um ihm zu erklären, was es mit dieser Adresse auf sich hatte, weshalb mir plötzlich so übel war und dass ich ihm einen Großteil meiner Vergangenheit verschwiegen hatte. Die ganze, um genau zu sein.

„Zeig mal her." Sichtlich besorgt über meine plötzliche Verschwiegenheit griff er über den Tisch, nahm mir den Umschlag aus der Hand und ließ seinen Blick über die krakelig geschriebenen Zeilen huschen. „Little ... was? Was steht da?"

„Little Goldcoast." Meine Stimme klang hohl. Ich räusperte mich leise. „Da steht *Little Goldcoast.*"

Kapitel 3

Eine Einladung mit Folgen

„Sie *leben*?! Deine Eltern *leben*?“ Mason starrte mich an, als hätte ich den Verstand verloren, während er in seine Schuhe schlüpfte und sich den navyblauen Mantel überwarf, den ich ihm zum letzten Jahrestag geschenkt hatte und der ihm so hervorragend stand.

„Ja.“ Mit einem gefühlt faustgroßen Kloß im Hals nickte ich und zog meinen schwarzen Übergangsparka sowie meine Stiefeletten an.

Wir waren drauf und dran, die Wohnung zu verlassen, um pünktlich am Arbeitsplatz zu erscheinen und unseren Jobs nachgehen zu können, doch der unerwartete Brief hatte einige offene Fragen zwischen uns aufgeworfen, für die vor allem für Mason noch Klärungsbedarf bestand.

„Das hättest du mir doch sagen können.“ Seine Stimme war mit einem zutiefst vorwurfsvollen Unterton belegt, und er fügte hinzu: „Sagen *müssen*. Was habe *ich* getan, dass du mir so etwas verschweigst? Was haben *sie* getan, dass du mir bei unserem zweiten Date erzählt hast, sie wären tot und du würdest nicht über sie reden wollen? Ich dachte, du bist eine Waise! Ich habe das immer geachtet und respektiert, Nora. Ohne Wenn und Aber, ohne Fragen ... und so dankst du es mir?“ Obwohl er auffallend ruhig und gefasst sprach, konnte ich seine Enttäuschung aus jeder einzelnen Silbe heraushören.

Ich senkte den Blick. Nichts, was ich hätte sagen können, hätte die Lüge wettgemacht, die ich seit Jahren aufrechterhielt. Eine, die so überzeugend war, dass sogar ich selbst sie manchmal glaubte. Es war leichter, jene Person zu sein, die ich nun war, wenn alles, was hinter mir lag, als tot und vergessen galt. Unsicher strich ich mir mit den Händen die ohnehin schon glatten Haare platt und biss mir auf die Unterlippe, während Masons Schweigen wie ein anhaltender Vorwurf zwischen uns in der Luft hing.

„Haben sie ... dich schlecht behandelt?“, fragte er nach einer gefühlten Ewigkeit der Stille, und der vorwurfsvolle Unterton in seiner Stimme wich allmählich einem mitleidigen. Das war typisch Mason: Er suchte Gründe für meine Lüge, versuchte, eine logische Erklärung für mein Verhalten zu finden.

Immer noch schweigend schüttelte ich den Kopf.

Mein Verlobter gab ein Schnauben von sich, dann öffnete er die Haustür. Unsicher hob ich den Blick.

„Ich muss los. Lass uns heute Abend darüber sprechen“, sagte er betont ruhig und drückte mir trotz der angespannten Stimmung einen Kuss auf die Stirn.

Wie ferngesteuert nickte ich, verließ ebenfalls die Wohnung, stieg die Treppen hinab und setzte mich in mein Auto, einen weißen Hybrid-Kleinwagen mit auffälligen Sitzen in Wildlederoptik. Während Mason wie an jedem Morgen mit seinem schwarzen Sportwagen nach links fuhr, blieb ich eine Weile reglos hinter dem Steuer sitzen und raste nicht direkt postwendend in die entgegengesetzte Richtung. Mit klammen Fingern zog ich den zerknitterten Umschlag aus meiner Handtasche, nahm den Brief heraus und las die Worte darauf zum wiederholten Mal.

In Trauer nehmen wir Abschied von Florentine Harrison. In Dankbarkeit möchten wir ihrer gedenken und laden herzlich ein, mit uns auf dem Friedhof Abschied zu nehmen. Die anschließende Trauerfeier findet im engsten Kreis statt. Das Leben endet, die Liebe nicht.

Darunter waren das Datum, die Adresse und eine Telefonnummer zum Kontaktieren angegeben. Florentine sollte heute in einer Woche beerdigt werden.

Von einem plötzlichen Brechreiz gepackt, riss ich die Fahrertür auf und erbrach mich direkt auf den Bordstein. Eine kleine Lache halb verdauten grünen Smoothies sickerte in den Kanal. Eine ältere Dame, die just in diesem Moment ihren Zwergpudel an der langen Laufleine an dieser Stelle spazieren führte, warf mir einen zutiefst angewiderten Blick zu. Weitere Menschenmassen strömten vorbei, wie es im Großstadtleben nun einmal so üblich war, und machten einen Bogen um meine geöffnete Wagentür. Einige bedachten mich mit neugierigen oder angeekelten Blicken, die meisten jedoch waren in ihre Handys vertieft und schlurften wie Zombies an mir und meinem Erbrochenen vorbei, ohne jegliche Notiz davon oder von überhaupt irgendetwas zu nehmen. Schnell zog ich die Wagentür wieder zu und beeilte mich, mein Auto aus der Parklücke zu manövrieren und mich in den morgendlichen Stadtverkehr einzufädeln.

Auf dem Weg zur Agentur machte sich eine innerliche Zerrissenheit in mir breit. Ich hatte Florentine, die ältere Schwester meines Vaters, nie besonders gemocht, und dass sie tot war, konnte mir keine einzige Träne entlocken – abgesehen davon, dass ich sowieso seit über fünf Jahren keine vergossen hatte. Weder vor Trauer noch vor Zorn oder Rührung. Nicht einmal Masons Antrag, bei dem er selbst feuchte Augen bekommen hatte, hatte daran etwas ändern können. Nora Harrison weinte nicht. Niemals.

Entschieden faltete ich den Brief wieder zusammen und steckte ihn zurück in den Umschlag. Little Goldcoast konnte mich, gelinde gesagt, am Arsch lecken. Es würde niemanden wundern, wenn ich nicht zu dieser Beerdigung erscheinen würde. Doch allein die Absenderadresse auf dem Umschlag hatte Wunden in meinem Inneren aufgerissen, von denen ich geglaubt hatte, sie längst überwunden zu haben.

Was, wenn ich, um endgültig damit abschließen zu können, tatsächlich nach Little Goldcoast zurückkehren musste? Wenn es der Vergangenheit ihren Schrecken nehmen würde, erneut hinzufliegen und mit dem Kapitel abzuschließen, das ich für beendet gehalten hatte?

Nein. Kopfschüttelnd hielt ich an einer roten Ampel. Nichts würde mich dorthin zurückbringen. Ich umklammerte das Lenkrad so fest, dass die Haut sich über meinen Fingerknöcheln spannte. Meine Eventmanagement-Agentur, Mason, unsere bis ins kleinste Detail perfekt eingerichtete Wohnung, das Großstadtleben in

New York und unsere Hochzeit, für die es zwar noch keinen fixen Termin gab, die wir jedoch schon bis ins kleinste Detail planten – das war, wer ich war. Wer ich sein wollte. Und die einzige Person, die mich hätte vom Gegenteil überzeugen und zurück an den Ort meiner Kindheit hätte holen können, war seit fünf Jahren tot.

„Du bist schon zu Hause?" Überrascht bemerkte ich Masons Mantel an der Garderobe. Außerdem roch die Wohnung nach seinem Aftershave. Ein frischer, klarer Zitrusduft, der seine Anwesenheit verriet.

„Ich konnte mich nicht gut konzentrieren heute."

Mein attraktiver Verlobter saß mit einer Espressotasse in der einen und seinem Handy in der anderen Hand im Wohnzimmer auf dem Sofa und blickte ertappt drein, als ich den Raum betrat. Mit einem sichtbaren Schlucken stellte er die Tasse auf einem schicken türkisfarbenen Untersetzer auf dem Couchtisch ab und sah mir in die Augen.

„Der Bauleiter hat alles im Griff und die Entwurfsplanung für das neue Projekt ist dem Auftraggeber vorgelegt worden, da kann ich gerade sowieso nur abwarten. Außerdem ..." Er machte eine kurze Pause. „Außerdem habe ich mit deiner Mutter telefoniert."

„Du hast *was*?!" Ich schrie die Worte beinahe heraus, so fassungslos war ich.

„Die Nummer steht neben der Adresse auf der Einladung", erklärte Mason, als wäre das die Antwort auf meine Frage. „Sie ist nett."

Mit einem Gefühl der Betäubung setzte ich mich neben ihn auf die Couch, legte mir mein Handy auf den Schoß und starrte ihn ungläubig an. Ich hatte den Brief in der Mittagspause, als ich das gerade gekaufte Obst nach Hause gebracht hatte, achtlos auf den Stapel unserer aktuellen Post in der Küche gelegt. Er hatte sich trotz seiner physischen Leichtheit schwer angefühlt und ich hatte ihn nicht länger mit mir herumtragen wollen. Nun wurde mir klar, dass es ein Fehler gewesen war, ihn nicht in die Papiertonne geworfen zu haben.

„Sie ist *nett*?", wiederholte ich, und ein hohl klingendes, unfrohes Lachen kam mir über die Lippen, das sich so gar nicht nach mir anhörte.

„Ja." Mason nickte, völlig unbeeindruckt von meiner Aufregung. „Und sie schien sich sehr zu freuen, mich am Telefon kennenzulernen, denn überraschenderweise wusste sie nicht einmal von meiner Existenz. Oder sollte ich sagen, *natürlich* wusste sie nichts davon? Ich wusste schließlich auch nicht von ihrer."

Ich stand so abrupt auf, dass das Handy, welches auf meinem Schoß gelegen hatte, zu Boden fiel. „Ich fasse nicht, dass du dich in mein Leben eingemischt hast!", begehrte ich auf.

„In *dein* Leben?" Mason klang verletzt. „Tut mir leid, Nora. Ich dachte, es wäre *unser* gemeinsames."

„Das verstehst du nicht", stöhnte ich.

„Dann erklär es mir."

„Das *will* ich aber gar nicht! Ich will nicht, dass du meine Vergangenheit kennst! Wir brauchen diese Vergangenheit nicht, wieso kommt das bei dir nicht an? Was wir brauchen, ist die Gegenwart, Mason, das Hier und Jetzt!" Erschöpft sank ich zurück in die Polster, klaubte das Handy vom Boden auf und legte es neben mich. „Ich werde nicht hingehen", fügte ich ebenso leise wie scharf hinzu.

„Wovor hast du Angst?“ Sein forscher Blick aus intensiv blauen Augen schien mich regelrecht zu durchbohren.

„Angst?“, wiederholte ich, vielleicht eine Spur zu bissig. „Ich habe keine Angst, Mason! Ich habe vor rein gar nichts Angst, wie du weißt. Ich *will* einfach nicht. Abgesehen davon habe ich keine Zeit für solche Dinge.“

„Solche Dinge wie ... den Tod eines nahen Verwandten?“ Mason sah mich an, als wäre ich eine Fremde. „Ich finde, du solltest es tun. Offenbar gibt es einiges, womit du an diesem Ort ins Reine kommen musst. Ich könnte dich begleiten, wenn du möchtest.“ Ganz behutsam, als fürchtete er, dass ich wie ein verschrecktes Tier reagieren könnte, legte er mir eine Hand auf den Oberschenkel. „Es gefällt mir nicht, dass du so abblockst. Ist etwas vorgefallen in Little ... Dingsda, was dich traumatisiert hat?“

„Little Goldcoast.“ Ich biss die Zähne aufeinander und schüttelte zögernd den Kopf. „Es ist nichts vorgefallen, nein. Es ist einfach bloß eine öde kleine Stadt mit öden kleinen Menschen, zu denen ich schon lange nicht mehr gehöre. Du solltest froh sein, dass ich dort weg bin.“

„Das bin ich“, beteuerte Mason. In seinen Augen lag so viel Verständnis, dass ich beinahe ein schlechtes Gewissen bekam. „Schließlich hätten wir uns sonst nicht kennengelernt. Aber ich bin auch für Klarheit. Deine Wurzeln liegen dort und ...“ Das Klingeln seines Handys, begleitet von einem unangenehm durchdringenden Vibrationsgeräusch, unterbrach ihn mitten im Satz. Mason verdrehte die Augen und bedachte mich mit einem knappen, entschuldigenden Blick, als er den Anruf annahm.

Seufzend lehnte ich mich zurück. Wir kannten es beide nicht anders – unsere Jobs standen an erster Stelle, und wenn das Handy klingelte, musste alles andere warten. Auch die Beziehung.

Zu meiner Überraschung streckte er jedoch mir sein Handy entgegen, nachdem er einige knappe Worte mit dem Anrufer gewechselt hatte.

„Ist für dich", erklärte er, ebenfalls erstaunt klingend. „Er ... er sagt, er hat die Nummer von deiner Mutter bekommen, nachdem ich sie angerufen habe."

Sprachlos starrte ich erst ihn, dann das Handy und schließlich wieder ihn an. Meine Kopfhaut, Beine und Fingerspitzen prickelten jäh, als wäre ich drauf und dran, ohnmächtig zu werden. In gefühltem Zeitlupentempo hielt ich mir das Handy ans Ohr und hauchte ein kaum hörbares, fragendes *Hallo* hinein.

„Nora." Ich erkannte seine Stimme bereits nach den ersten beiden Silben, auch wenn sie dunkler und etwas rauer klang als früher. „Ich bin's. Ich habe gehört, du kommst nach Hause."

Kapitel 4

Abreise

„Die Location für den Walter-Auftrag ist gebucht, der Raumdekorateur über den neuen pompöseren Gestaltungswunsch informiert, die Band organisiert ...", zählte ich an meinen frisch manikürten Fingern ab und sah dabei nicht meine Assistentin Selma an, sondern vielmehr durch sie hindurch, während sie sich eifrig Notizen machte. „Die Besprechung mit Emma Anderson am Freitagmorgen musst du canceln ... verleg sie auf die Woche danach, aber betont freundlich. Kümmere dich um die Praktikantin und zeig ihr die bisherige Planung für die Meyfield-Hochzeit, das kann sie gut für ihre Praktikumsmappe gebrauchen. Erinnere sie aber an den Datenschutz! Der Lehrer kommt erst am Montag, bis dahin bin ich längst zurück. Und falls der Caterer anruft ... bitte gib ihm einfach meine Handynummer. Ich kläre das mit ihm. Lass dich bloß nicht auf Diskussionen mit ihm ein. Und gieß meine Pflanzen. Die Yuccapalmen sind pflegeleicht, aber der Bambus und die Kalanchoe brauchen viel Wasser und vor allem Tageslicht."

„Alles klar.“ Selma atmete lautstark aus und befestigte ihren Kugelschreiber am Klemmbrett. „Ich arbeite seit fast einem Jahr für dich, Nora. Du kannst mir das zutrauen, die Agentur wird noch stehen, wenn du zurückkommst.“

„Ich weiß.“ Mit einem krampfhaften Lächeln nickte ich ihr zu. „Es fühlt sich bloß ... falsch an, ein paar Tage nicht hier zu sein. Die Agentur ist mein Baby.“

„Das sieht jeder, der Augen im Kopf hat. Aber du hast dir noch nie Urlaub genommen oder dich krankgemeldet“, erinnerte Selma mich sanft und rückte ihre gelbe Brille zurecht, die farblich perfekt zu ihrem ebenfalls gelben Hosenanzug passte und im harten Kontrast du ihren langen schwarzen Haaren stand, die sie zu einem kunstvollen Zopf geflochten hatte. „Es sind doch nur vier Tage. Zwei davon sogar Wochenende.“

„Du hast recht.“ Ich bemühte mich, so locker und lässig zu klingen, wie ich eigentlich hätte sein müssen, schließlich hatte sie hier eindeutig alles im Griff – doch es gelang mir nicht. Stattdessen hörte ich mich ebenso verkrampft an, wie ich mich fühlte.

Mit einem mulmigen Gefühl im Bauch räumte ich meinen Schreibtisch ein letztes Mal auf, sortierte die wenigen schlichten Dekoartikel im Raum neu, wischte den nicht vorhandenen Staub von den Fensterbänken und rückte das Foto von Mason und mir zurecht, welches uns beim romantischen Abendessen in einem hippen italienischen Restaurant auf der Fifth Avenue zeigte. Ich erinnerte mich daran, dass unsere Handys ständig geklingelt hatten und meine Spaghetti schlussendlich kalt gewesen waren, als ich endlich dazu gekommen war, sie zu essen. Doch auf dem Bild wirkte es, als wäre es der perfekte Abend gewesen.

Wie immer wandte ich mich an der Tür noch einmal um und ließ meinen Blick prüfend durch den gesamten Raum schweifen, ehe ich ihn verließ. Mein Büro war aufgeräumt, sauber und gut organisiert. Tief ein- und wieder ausatmend zog ich die Tür hinter mir zu und verabschiedete mich von Selma und der Praktikantin Alice, die den Drucker im Anmeldebereich gerade gewissenhaft mit neuem Papier versorgte.

Mit zügigen Schritten hatte ich die Agentur verlassen und stand im regnerischen New Yorker Herbst. Das edel anmutende Messingschild, das in fein geschwungenen Lettern *Eventmanagement Harrison – Schöner als schön, besser als gut, mehr als nur ein Auftrag* verkündete, erinnerte mich an die Zeit zurück, in der ich die kleine, aber feine Agentur unmittelbar nach meinem Studium und mit Masons großzügiger finanzieller Unterstützung gegründet hatte. Ich leitete sie und er war der offizielle Besitzer, so hatte es für uns am besten gepasst. Nun gab es sie bereits seit einem Jahr und ich war ebenso erfolgreich wie mein Verlobter in seinem Job als selbstständiger Architekt. New York hatte mich größer werden und in vielerlei Hinsicht über mich selbst hinauswachsen lassen. Nach Little Goldcoast zurückzukehren, auch wenn es nur für vier Tage war, fühlte sich ein wenig so an, als würde ich wieder klein werden.

Zu Hause angekommen machte ich mich gleich ans Kofferpacken. Mason hatte sich den Rest des Tages freigenommen, um mich zum Flughafen zu fahren, und beobachtete mich vom Fußende des Bettes aus, auf dem er mit nachdenklicher Miene saß.

„Und du bist dir sicher, dass ich dich nicht begleiten soll?“, fragte er, als ich ein langärmliges schwarzes Kleid aus dem Schrank nahm und es klein zusammenfaltete, um es im Koffer zu verstauen.

„Ja. Ist schon okay“, nickte ich, ohne ihn anzusehen. „Du hast hier mehr als genug zu tun. Und ich ... ich muss das einfach allein machen.“

Und tatsächlich meinte ich es so. Mason gehörte zu New York und in das Leben, das ich hier führte. Ihn mit nach Little Goldcoast zu nehmen, widerstrebte mir zutiefst.

Ein kurzer Blick in meinen Kleiderschrank genügte, um mir bewusst zu machen, dass jedes einzelne Teil daraus zu overdressed für meine kleine einstige Heimatstadt war. Wahllos ließ ich dem schwarzen Kleid, das ich auf der Beerdigung tragen wollte, einige möglichst schlichte Outfits sowie meine Kosmetikartikel und eine kleine Handtasche folgen. Es würden nur vier Tage sein. Vier Tage. Verdammt egal eigentlich, ob sie mich dort nun alle für eine aufgedonnerte New Yorkerin hielten oder nicht.

Ich dachte an das kurze Telefongespräch vor einigen Tagen an Masons Handy zurück und wusste, dass ich gerade nicht dabei wäre zu packen, wenn es diesen Anruf nicht gegeben hätte. Ilay hatte so erwachsen geklungen. So anders. Und zugleich doch so furchtbar vertraut, dass wir in meinen Gedanken für wenige Sekundenbruchteile wieder Kinder gewesen waren und Steine im Golden Lake versenkt hatten.

Kaum hatte ich den Reißverschluss des kleinen schwarzen Koffers zugezogen, nahm Mason ihn mir auch schon aus der Hand und trug ihn für mich zur Haustür. Einen letzten Blick in den schmalen Flurspiegel werfend hielt ich inne, um in meine Stiefeletten zu schlüpfen. Ich trug einen weit fallenden schwarzen Hosenanzug mit weißem Cardigan und schlichtem roséfarbenen Schmuck, den Mason mir zum letzten Valentinstag geschenkt hatte. Der rote Mantel, den ich bisher noch nicht ein einziges Mal getragen hatte, erschien mir passend zum Outfit, also zog ich ihn über, während mir Celias Stimme im Kopf nachhallte, die behauptet hatte, er würde sich schrecklich mit meinen naturroten Haaren beißen. Ich seufzte. Ich sah blass aus – und müde.

„Bist du bereit?" Mason verharrte mit der Klinke der Haustür in der Hand und sah mich mit einer Mischung aus Besänftigung und Sorge an.

„Ja", antwortete ich.

Nein, rief mein Herz voller Widerstreben.

Die Fahrt zum Flughafen verlief recht schweigsam. Mason bemühte sich, ein wenig Smalltalk zu betreiben, doch mir war nicht nach Unterhaltung zumute. Stattdessen starrte ich aus dem Fenster, lauschte auf das Lied, das im Radio lief und betrachtete New York City, als würde ich es nach diesem späten Mittwochnachmittag nie wiedersehen.

Well I feel like walking the world
Like walking the world
And you can hear she's a beautiful girl
She's a beautiful girl

She fills up every corner like she's born in black and white
Makes you feel warmer when you're trying to remember
What you heard
She likes to leave you hanging on a wire

Als ich hierhergekommen war, hatte ich nichts gehabt: keinen Job, kein Geld, nicht einmal ein Dach über dem Kopf und erst recht niemanden, der sich um mich gesorgt oder mir gesagt hatte, dass alles gut werden würde. Alles davon hatte ich mir nach und nach so hart erarbeitet, dass ich keine Zeit gehabt hatte, über das nachzudenken, was hinter mir lag. Oder hatte ich vielleicht gerade deshalb so hart gearbeitet? Um jeden aufkommenden Gedanken an die Vergangenheit im Keim ersticken zu können?

„Ich habe immer gedacht, du wärest in New York geboren", merkte Mason plötzlich an, als hätte er meine Gedanken gelesen. Seine Stimme klang belegt.

„Bin ich nicht." Die Stirn an die kalte Fensterscheibe gelehnt betrachtete ich die riesigen Wolkenkratzer, die sich in surrealer Höhe Richtung Wolkendecke erstreckten. Sie verloren nie an Faszination. „Ich wünschte, ich wäre es."

„Es ist bloß ... du hast das nie gesagt."

„Du hast nie gefragt." Ich bedachte Mason mit einem kurzen Seitenblick. Er wirkte verunsichert. „Manche Dinge muss man nicht erzählen", fügte ich leise hinzu und wandte mich wieder der Aussicht zu. „Niemand will unnötigen Ballast mit in eine Beziehung bringen.

Du hast mir schließlich auch nicht von deiner Exfreundin und ihren Bettqualitäten oder Vorlieben erzählt."

„Das ist ja wohl auch etwas völlig anderes", gab er zu bedenken.

„Vielleicht. Vielleicht auch nicht." Ich hob die Schultern und ließ sie wieder sinken. „Fakt ist, dass es keine Rolle spielt, wo ich herkomme oder was mich nach New York getrieben hat. Die Hauptsache ist doch, dass wir zusammen sind – im Hier und Jetzt. Findest du nicht?"

Mason schien einen Augenblick lang über meine Worte nachdenken zu müssen, ehe ich im Augenwinkel sein wenig überzeugtes Nicken vernahm. Es war ziemlich deutlich, dass er so kurz vor dem Abschied keinen Streit mit mir anfangen wollte, sich einige Fragen aber verkneifen musste.

„Aber wenn du zurückkommst, Nora", setzte er an und atmete einmal tief ein und wieder aus. „Dann müssen wir darüber reden."

„Natürlich" versprach ich in der Hoffnung, dass er es bis dahin vielleicht aus irgendeinem paradoxen Grund vergessen haben würde.

Am Flughafen angelangt verabschiedete ich mich mit einem Kuss von ihm und bemühte mich um ein Lächeln, damit er sich keine Sorgen um mich machte.

„Heute ist Mittwoch. Sonntag komme ich zurück", erinnerte ich ihn unnötigerweise, als wüsste er das nicht selbst, und zog den schmalen schwarzen Griff meines Rollkoffers mit einem Ruck heraus.

„Ich reserviere uns einen Tisch für Sonntagabend", versprach Mason. „Bist du sicher, dass ich nicht noch mit in die Flughafenhalle kommen soll?"

„Nein, alles gut“, winkte ich ab. „Ich bin schon ein großes Mädchen, weißt du?“

Wir lachten beide trocken, bevor ich mich endlich von ihm abwandte und zielstrebig Richtung Eingang marschierte. Er wusste es nicht besser. Die Nora Harrison, die er kannte, in die er sich verliebt hatte, der er auf dem Empire State Building einen Antrag gemacht hatte, war furchtlos, kühn und selbstsicher und brauchte keine Hilfe. Doch mit jedem Schritt, den ich hinter mir ließ, fühlte ich mich, als würde ich kleiner werden.

Kapitel 5

Welcome Home

Der *Golden Lake* war von einem feinen Nieselregen und weißen Nebelschwaden bedeckt und wesentlich kleiner, als ich ihn in Erinnerung hatte. *Alles hier* war kleiner als ich es in Erinnerung hatte. Der Wind wehte hier rauer als in der Straße, auch wenn die Häuser, die dem See den Rücken zeigten, die stärksten Böen wohl noch von mir abhielten.

Um mein Outfit nicht zu beschmutzen oder es gar an den spitzen kleinen Steinen aufzureißen, hatte ich mich in eine tiefe Hockposition begeben. Mit langsamen Bewegungen nahm ich einen besonders glatten, flachen Stein in die Hand, der unmittelbar vor meinen Füßen lag. Er war eiskalt. Ich wog ihn ein wenig in der Hand hin und her, ehe ich ausholte und ihn auf den See warf, in der Hoffnung, er möge einige Male auf der Wasseroberfläche springen. Doch er ging sofort unter.

„Du hast es verlernt." Die weiche, melodische Stimme, die mir so vertraut war, obwohl ich mich jahrelang gezwungen hatte, nicht an sie zu denken, ließ mich zusammenfahren.

Schweigend wandte ich den Blick nach rechts. Aron sah aus, wie ich ihn in Erinnerung hatte: schmal, hochgewachsen, mit seinem typisch frechen Grinsen im Gesicht und wirren roten Haaren, die sich partout nicht bändigen ließen. Er war immer noch frische achtzehn Jahre alt und von einer ganzheitlichen Blässe gezeichnet. Überall in seinem Gesicht sprossen jene kräftigen Sommersprossen, die ich tagtäglich mit Concealer zu verstecken suchte.

„Ich habe lange nicht geübt", antwortete ich leise.

„Das sieht man." Er deutete auf den See, in den tausende kleiner Regentropfen hineinprasselten und dabei winzige Löcher erzeugten, die sofort wieder verschwanden. „Ein Wunder, dass du überhaupt das Wasser getroffen hast."

Ich atmete tief ein, und es fühlte sich an, als würde meine Lunge zerbersten. So sehr ich ihn auch ansehen wollte, so sehr wollte ich gleichermaßen den Blick von ihm abwenden und fortlaufen. Er hatte nicht nur die gleichen Sommersprossen wie ich, sondern auch die gleiche kleine Nase, die gleichen schmalen Lippen und exakt dieselbe Augenfarbe.

„Wieso bist du zurückgekommen?", fragte er und klang aufrichtig interessiert an meinen Beweggründen.

„Eine Beerdigung", antwortete ich leise. „Dads Schwester."

„Die mochten wir doch nie. Wieso willst du dahin gehen?"

„Das nennt man Anstand, Aron."

„Und wo war der vor fünf Jahren?"

Das saß. Ich wandte den Blick von ihm ab und nahm einen weiteren Stein vom Boden auf, der nach einem grandios schlechten Wurf ebenfalls sang- und klanglos unterging.

„Vergiss es. Ich bin dir nicht böse“, erklärte er sanft.

Schweigend wandte ich mich ihm wieder zu. Er trug ein kariertes Poloshirt über einer weißen Schlaghose aus Musselin, dazu kunterbunte Sneakers mit verschiedenfarbigen Schnürsenkeln.

„Hast du wieder einen Kleidercontainer überfallen?“, erkundigte ich mich betont flapsig.

„Und du? Eine hundertjährige Millionärin?“, gab er mit einem Wink in Richtung meines teuren roten Mantels sofort zurück.

Wir kicherten beide.

„Ich vermisse dich, kleiner Bruder.“ Die Worte verließen meine Lippen, bevor mein Kopf sie überhaupt denken konnte, und überraschten mich selbst.

„Ich weiß.“ Aron deutete auf einen besonders hübschen weißen Stein mit glatter Oberfläche, der vor seinen Sneakers lag. „Versuch es mit diesem“, schlug er vor.

„Okay. Wie du meinst.“ Ich machte zwei Schritte nach rechts, hob den Stein auf und wog ihn in der Hand. Er war schwerer als die beiden vorigen und auch ein wenig glatter. Merkwürdigerweise erschien er mir sogar ein wenig wärmer.

„Für dich“, flüsterte ich und holte aus.

„Ich rede auch manchmal mit ihm.“ Eine andere Stimme, tiefer und rauer als die Arons, ließ mich in meiner Bewegung innehalten und herumwirbeln, noch ehe ich den Stein werfen konnte.

„Ilay!“, entfuhr es mir mit einem freudigen Laut.

„Willkommen zu Hause, Big City Girl." Mein bester Freund aus Kindheits- und Jugendtagen kam mit großen Schritten auf mich zu, einen schlichten braunen Mantel offen über einer Jeanshose und einem weißen Oberteil tragend, die Arme in Erwartung einer herzlichen Begrüßung weit geöffnet.

Ohne zu zögern lief ich los, so schnell meine Stiefeletten und der unebene Untergrund es zuließen, und sprang ihm so überschwänglich in die Arme, dass er für einen Moment ins Straucheln geriet. Ich verschränkte die Hände in seinem Nacken und presste mein kaltes Gesicht an sein warmes. Kleine raue Bartstoppeln kratzten über meine Wange, während ich seinen vertrauten Duft einsog. Mit meinen hohen Schuhen war ich fast so groß wie er.

Ilay Baker roch noch genauso, wie er vor fünf Jahren gerochen hatte: erdig, ledrig und holzig und ganz dezent nach diesem einen bestimmten herben Herrenparfum, für das ich ihm mit fünfzehn ein Kompliment gemacht hatte und das er seither ganz augenscheinlich nie wieder gewechselt hatte.

Nach einer gefühlten Ewigkeit ließ ich ihn los und fühlte mich plötzlich verlegen. Wir waren keine Teenager mehr – offensichtlich nicht. Mein ehemaliger bester Freund – bei meinem Abschied von Little Goldcoast gerade einundzwanzig geworden – war ein Mann geworden. Und was für einer. Groß und breitschultrig mit sanften, treuen Augen, die deutlich machten, dass er keiner Fliege etwas zuleide tun konnte. Ein wenig betreten räusperte ich mich und schob mit der Schuhspitze ein paar Steine hin und her.

„Lass dich mal ansehen.“ Ilay schien nichts von meiner Unsicherheit zu bemerken und versetzte mir einen leichten Stups unter das Kinn, sodass ich den Blick heben musste und ihn direkt ansah. So war er eben: unbefangen, unschuldig und direkt wie eh und je. „Nora the Explorer ist tatsächlich erwachsen geworden. Ich dachte, das wolltest du nie.“

„Und dann ist das Leben dazwischengekommen“, erklärte ich müde lächelnd und versenkte die Hände in den Taschen meines roten Mantels. „Und du? Immer noch schwer mit der Vorbereitung für die Steinwurf-Weltmeisterschaften beschäftigt?“, konnte ich mir nicht verkneifen, ihn zu necken.

„Logisch.“ Ein sanftes Lächeln huschte über sein Gesicht, das in den letzten fünf Jahren markanter und wesentlich maskuliner geworden war, auch wenn es immer noch weiche Züge trug. Nur seine braunen Augen und der treue, ruhige Ausdruck darin schienen unverändert.

„Du hast mit Aron gesprochen, hm?“ Ilay deutete auf die Stelle, an der ich meinen Zwillingsbruder, den ich stets damit aufgezogen hatte, dass ich elf Minuten älter war als er, vorhin noch hatte stehen sehen, obwohl ich eindeutig allein gewesen war. Seine Präsenz spürte ich immer noch.

„Es fühlte sich an, als wäre er hier“, antwortete ich so sachlich wie möglich und hoffte, dass Ilay mich nicht für verrückt hielt.

„Ich weiß. Wenn ich allein hier bin, spreche ich auch mit ihm. Und manchmal habe ich sogar das Gefühl, er antwortet. Ich denke ständig an ihn. Du bestimmt noch öfter.“

Ich antwortete nicht. Zu sagen, dass ich *kaum* an ihn dachte, erschien mir nicht richtig. Ilay verstand viel, aber das würde er nicht verstehen.

Er deutete auf den weißen Stein, den ich immer noch in der Hand hielt. „Den solltest du behalten. Der ist wirklich hübsch."

Ich nickte und steckte den Stein in die Tasche meines Mantels.

„Bin ich deine erste Begegnung in Little Goldcoast?", erkundigte Ilay sich ruhig. „Ich meine ... nach Aron."

„Bist du", antwortete ich. „Zuerst dachte ich, ich muss irgendwie bis zum *Golden Lake* schleichen, um nicht direkt gesehen und erkannt zu werden. Aber das war gar nicht nötig. Mir ist nicht eine einzige Person entgegengekommen. War es hier schon immer so?"

„So ... was?"

„So still. Und so ... klein."

„Ja", erklärte Ilay schlicht. „Vielleicht bist du es, die lauter und größer geworden ist, und deshalb erscheint es dir verändert."

Meine Gedanken vom Flughafen kehrten zurück in meinen Kopf, und es wunderte mich nicht, dass er das aussprach, worüber ich vorhin noch nachgedacht hatte. Es war nicht das erste Mal, dass wir dasselbe dachten.

„Schön, dass du wieder da bist", ergänzte er mit einem sanften Lächeln, das seine braunen Augen strahlen ließ.

So sehr ich auch wollte, ich schaffte es nicht, das zu bejahen.

„Meine Adresse." Ich ging erneut in die Hocke, klaubte einen Stein auf und warf ihn ins Wasser. Der

Regen war stärker geworden. „Du hast sie für sie herausgefunden, richtig?"

Ilays Schweigen war mir Antwort genug.

„Sie haben doch nur noch dich", erklärte er nach einer gefühlten Ewigkeit mit gedämpfter Stimme.

Ich atmete lautstark aus.

„Sie haben nur noch dich ... und was wäre geeigneter, um die Familie wieder zusammenzuführen als eine Geburt, eine Hochzeit oder eine Beerdigung? Wenn man deinen Namen bei Google eingibt, findet man recht schnell deine Eventmanagement-Agentur. Und geht man auf deren Homepage und das Impressum, dann findet man unter anderem auch die Adresse von dir ... und Jason."

„Mason", verbesserte ich tonlos. Aus irgendeinem Grund missfiel es mir, mit Ilay über ihn zu sprechen.

„Wie auch immer." Er streckte mir die Hand entgegen. „Deine Eltern warten, Big City Girl. Sie haben fünf Jahre gewartet ... lass es nicht noch länger werden."

Mit einem Kloß im Hals nickte ich und ergriff seine Hand, damit er mir aufhelfen konnte.

Vier Tage, sprach ich mir selbst gut zu, *es sind bloß vier Tage*. Kein Weltuntergang. Zumindest kein großer.

Kapitel 6

Im Hause Harrison

„Ich habe mein Glätteisen in New York vergessen!" Die Erkenntnis kam just in dem Moment über mich, als ich vor einer überdachten Haustür zum Stehen kam, über der auf einem alten Messingschild der Nachname *Harrison* zu lesen war.

„Und das ist tragisch, weil ...?" Ilay schien die Problematik nicht ganz nachvollziehen zu können. Mit leicht schief gelegtem Kopf musterte er erst mich, dann meinen Koffer, den er bis hierher gezogen hatte.

„Das ist tragisch, *weil* meine Haare ohne Glätteisen nicht aussehen, wie sie auszusehen *haben*", erklärte ich würdevoll. Meine Haare mochten naturglatt sein und unkompliziert wirken, aber einen symmetrischen Bob zu tragen, erforderte weitaus mehr Pflege und Styling, als es auf den ersten Blick den Anschein hatte. „Ihnen fehlt dann der ... Schwung", setzte ich hinzu, als Ilay immer noch wenig überzeugt dreinblickte. „Und der Glanz. Das Glätteisen verschließt die Schuppenschicht der Haare und ..."

„Und hält dich davon ab, deinen perfekt manikürten Zeigefinger auf diese Klingel zu drücken?"

„Was? Nein." Ich schüttelte den Kopf.
„Du schindest Zeit, Big City Girl." Er nickte wissend.
„Ich schinde überhaupt nichts. Du spinnst ja." Zur Bestätigung meiner Aussage betätigte ich die Klingel und stemmte die Hände in die Hüften. Ich hatte keine Angst. Hatte ich nie.

Aber auf einmal wusste ich nicht mehr, wohin mit meinen Armen. So wie ich gerade dastand, wollte ich nicht stehen bleiben – stur und trotzig. Sollte ich sie lose am Körper herabbaumeln lassen? Das fühlte sich merkwürdig an. In die Manteltaschen stecken? Könnte einen abweisenden Eindruck erzeugen. Ich versuchte zu schlucken, aber es gelang mir nicht. Unsicher verschränkte ich die Arme schließlich wie einen Schutzschild vor meinem Körper. Dass ich nicht wusste, wohin mit einzelnen Körperteilen war mir in New York noch nie passiert. Little Goldcoast machte etwas mit mir – und das gefiel mir ganz und gar nicht.

Als die Tür geöffnet wurde, geschah etwas, womit ich nicht gerechnet hatte. Mein Herz zog sich zusammen. So intensiv, plötzlich und unerwartet, nachdem es jahrelang geschwiegen hatte, dass ich vor Schreck oder Schmerz – ich wusste selbst nicht genau, was es war – zusammenfuhr. Es fühlte sich an wie ein Krampf, der von meinem tiefsten Inneren ausging und bis in die Finger-, Zehen- und Haarspitzen hineinfuhr. Unzählige Gedanken schossen binnen weniger Sekundenbruchteile durch meinen Kopf.

Mum ist alt geworden.
Dad sieht müde aus.
Ich habe sie allein gelassen.
Wieso fühlt es sich so anders an?

Was denken sie jetzt wohl von mir?

Schweigend legte Ilay mir seine Hand von hinten auf die Schulter und drückte leicht zu. Es half. Seine Berührung war wie ein Impuls, der mich zurück ins Hier und Jetzt beförderte und den Krampf in meinem Inneren beendete. Ich räusperte mich. „Hi", hörte ich mich selbst sagen. Es klang distanziert. Als wäre ich nicht ihre Tochter, sondern jemand, der ihnen ein Zeitschriften Abo andrehen wollte.

„Nora!" Meine Mutter stieß meinen Namen aus wie einen Stoßseufzer. Sie streckte die Arme aus, erwischte mein Handgelenk und zog mich mit einer ruckartigen Bewegung an sich heran. Überrumpelt stolperte ich in ihre weiche Umarmung, die nach Mottenkugeln und Weichspüler, nach frisch gebackenem Brot, Seife, Wolle, Keksen und Kindheit roch. Selbst wenn ich mich ihr hätte entziehen wollen, es wäre gar nicht möglich gewesen. Mit der Kraft einer Bärin drückte sie mich an ihre Brust, während Dad mir, etwas unbeholfen dreinblickend, die Schulter tätschelte. Zur Salzsäule erstarrt ließ ich alles über mich ergehen. Nur beiläufig bekam ich mit, wie Ilay sich diskret entfernte, und ein leises Gefühl des Bedauerns darüber kam in mir auf. Schließlich hatte ich auch ihn ewig nicht gesehen und hätte seine Gesellschaft gern noch länger genossen.

„Bleib doch zum Abendessen, Junge", verlangte meine Mutter über meine Schulter hinweg, als hätte sie meine Gedanken gehört.

„Oh, machen Sie sich keine Umstände, Mrs Harrison", winkte Ilay höflich ab.

„Das tue ich nicht. Wir laden dich gern ein", beteuerte sie.

„Okay, okay. Ich glaube, das reicht." Mit sanfter Gewalt löste ich mich aus ihrem festen Griff und räusperte mich. „Am besten bringe ich erst mal meinen Koffer rein."

Dad zwirbelte seinen Schnurbart. „Den nehme ich. Oh, ist der schwer." Überrascht hob er das edle schwarze Gepäckstück an. „Bleibst du doch länger?"

„Nein. Vier Tage." Entschieden schüttelte ich den Kopf. „Dann muss ich wirklich zurück nach Hause."

„Zu Mason", ergänzte Mum glückselig, legte mir eine Hand in den Rücken und schob mich ins Innere des Hauses.

Ich biss die Zähne zusammen. Die Tatsache, dass die beiden miteinander telefoniert hatten, missfiel mir immer noch. Es fühlte sich an, als hätten sie mich hintergangen, auch wenn ich mir im Grunde durchaus im Klaren darüber war, dass keiner der beiden sich etwas Schlimmes dabei gedacht hatte. Sie hatten jedes Recht dazu, neugierig zu sein.

Hier, im Hause Harrison, hatte sich nichts verändert. Ich hätte statt fünf Jahre ebenso gut drei Tage weg gewesen sein können.

„Bitte." Mum wies auf die Treppe nach oben, auf deren Stufen sich Dad mit meinem Koffer abmühte, als würde dieser dreihundert Kilo wiegen. „Du kannst dich in deinem Zimmer umziehen und ein bisschen ausruhen, bis es Essen gibt. Ich muss jetzt wieder in die Küche."

Erst jetzt fiel mir auf, dass sie eine Schürze trug.

„Und du kannst ins Wohnzimmer gehen, bis alles fertig ist", wies sie Ilay freundlich an.

Schweigend schlich ich mit einem völlig surrealen Gefühl in der Magengegend die mit Teppichboden ausgelegten Stufen empor. Der breite Schriftzug *Nora*, der mit Holzbuchstaben über die Tür meines ehemaligen Kinderzimmers geklebt war, ließ mich just an den Moment zurückdenken, in dem ich ihn zuletzt gesehen hatte. Es war ein Blick zurück gewesen. Ein Blick des Abschieds.

„So. Bitteschön." Dad klopfte auf den Koffer, den er mitten im Raum abgestellt hatte. „Dann lasse ich dich mal in Ruhe auspacken."

„Okay. Danke." Mit einem Kloß im Hals nickte ich.

Poster von diversen Popstars, die ich einst bewundert hatte, pflasterten die Wände. Kopfschüttelnd sah ich mich um. Ich wusste nicht, ob ich es beeindruckend oder schräg finden sollte, dass sie in dem Raum all die Jahre nicht ein einziges Detail verändert hatten. Es sah sogar aus, als würde meine Mutter hier regelmäßig den Staub fortwischen, durchsaugen und die Bettdecke aufschlagen.

Erschöpft ließ ich mich auf die Bettkante sinken, zog mein Handy hervor und rief Mason an. Schon nach dem ersten Klingeln nahm er ab.

„Hallo, mein Schatz, wie ist es?"

Es tat gut, seine Stimme zu hören.

„Grauenvoll", antwortete ich wahrheitsgemäß mit gedämpfter Stimme und stöhnte betrübt. „Ich glaube, es war eine schlechte Idee, hierherzukommen. In dieser kleinen Stadt stecken so viele Erinnerungen."

„Erinnerungen sind doch nichts Schlimmes", besänftigte er mich.

„Du verstehst das nicht." Müde rieb ich mir mit der freien Hand durch das Gesicht. „Ich *will* mich nicht erinnern."

„Ich habe euer Lieblingsessen gekocht", verkündete Mum wenig später, als sie mit erhitzten Wangen und den Ofenhandschuhen, die ich ihr einst zu Weihnachten mit mehr oder weniger handwerklichem Geschick genäht hatte, den Raum betrat. An allen Ecken und Enden lösten sich Fäden und auch dem Stoff, der einst türkis und mit Blumen unterschiedlicher Größe übersät gewesen war, sah man an, wie abgegriffen und verwaschen er war.

Dad, Ilay und ich saßen bereits am Tisch. Ich trug einen schlichten beigefarbenen Hosenanzug und legte mir sicherheitshalber eine Serviette auf den Schoß.

„*Unser* Lieblingsessen?", wiederholte ich. Ich war mir ziemlich sicher, dass sie nicht von Ilay und mir oder von Dad und mir sprach.

„Ja. Mac and Cheese!" Über das ganze Gesicht strahlend stellte sie eine dampfende, überdimensional große weiße Auflaufform, die ich noch aus meiner Kindheit und Jugend kannte, auf der Mitte des Tisches ab. Darin befand sich eine Portion in Käse schwimmende Makkaroni, die wahrscheinlich für zwei ausgehungerte Großfamilien gereicht hätte. Der bloße Anblick verursachte Übelkeit bei mir. Ich hatte seit fünf Jahren kein Mac and Cheese gegessen.

„*Unser* Lieblingsessen?", wiederholte ich erneut, mit noch deutlicherer Betonung auf dem ersten Wort.

„Ja, ich weiß schon." Mum kicherte, zog die Handschuhe aus und nahm Platz. „Du liebst Pizza mehr, dein Bruder liebt Burger mehr, aber Mac and Cheese habt ihr immer beide gern gegessen.“ Geschäftig ergriff sie meinen Teller und lud eine gewaltige Ladung dampfender Makkaroni darauf. Dutzende breiter Käsefäden zogen sich von der Kelle endlos in die Länge. „Du musst essen, Liebes. Du bist viel zu schmal. Was möchtet ihr trinken? Cola? Eistee? Limonade?“

Wie betäubt starrte ich auf die Riesenportion Nudeln, die ich unmöglich aufessen konnte, während meine Mutter erst Ilay, dann meinem Vater und schließlich sich selbst Mac and Cheese auf den Teller häufte.

„Eistee bitte“, hörte ich Ilays Stimme wie durch eine dichte Nebelwand.

„Habt ihr ... Wasser im Haus?“, fragte ich mit heiserer Stimme.

„Wasser? Nein Schätzchen, tut mir leid.“ Bedauernd schüttelte Mum den Kopf, während sie Ilay die Eisteeflasche reichte. „Höchstens Leitungswasser. Soll ich dir etwas holen gehen?“

„Nicht nötig. Ich hole mir gleich selbst etwas.“ Mit einem angestrengten Lächeln nahm ich die Gabel, die neben meinem Teller lag, in die Hand und stocherte ein wenig in den Makkaroni herum. Aus den Augenwinkeln sah ich, wie meine Eltern einen Blick miteinander tauschten.

„Freust du dich nicht über euer Lieblingsessen?“, bohrte Mum weiter nach.

„Es ist nicht unser Lieblingsessen!“ Lauter als gewollt ließ ich die Gabel in den Teller fallen. „Es war nie mein Lieblingsessen! Und Aron *hat* kein Lieblingsessen. Er hat kein verdammtes Lieblingsessen, weil er seit fünf Jahren tot ist!“

Kapitel 7

Orangenduft und Salzgeschmack

Das Klopfen an meiner Zimmertür ignorierend wühlte ich mit beiden Händen in meinem Koffer – auf der verzweifelten Suche nach der kleinen Kosmetiktasche, in der sich, wie ich wusste, neben meinem Make-up unter anderem ein kleines Fläschchen Orangenöl befand. Die Ader an meinem Hals pulsierte so heftig, dass es wehtat. Als ich die kleine Tasche endlich ertastete, konnte ich sie gar nicht schnell genug hervorziehen, öffnen, das Fläschchen herausholen und großzügig Öl auf meine Handgelenke träufeln. Tief einatmend und mit geschlossenen Augen schnupperte ich daran, so lange, bis mein flach gehender Atem sich weitestgehend normalisiert hatte.

Mason hatte mir zum bestandenen Studium ein Set aus unterschiedlichen Beruhigungsölen geschenkt, um den stressigen Alltag als Eventmanagerin entspannter meistern zu können. Doch an noch keinem einzigen Tag in meinem Job hatte ich mich so gestresst und unruhig gefühlt wie in diesem Moment. Immer noch an meinen Handgelenken riechend hörte ich, wie die Zimmertür geöffnet wurde. Es folgten leise Schritte und das Schließen der Tür.

„Drogen, Nora the Explorer? Wirklich?“ Ilays Stimme, eine Mischung aus Sorge, Belustigung und versuchter Aufmunterung in sich vereint, ließ mich beruhigt aufatmen. Er war in der jetzigen Situation der, der mich am wenigstens störte und dessen Anwesenheit ich am ehesten gewillt war zu ertragen.

„Beruhigungsöl“, entgegnete ich einsilbig, die Augen weiterhin geschlossen, die Nase dicht über den Handgelenken.

Ich spürte, wie das Bett zu meiner Linken leicht heruntersank. Ilay musste sich neben mich gesetzt haben.

„Es ist okay“, sagte er sanft.

„Gar nichts ist okay.“ Mit einem unterdrückten Seufzen ließ ich die Arme sinken, öffnete die Augen und sah ihn an. „Ich hätte nicht herkommen dürfen. Ich dachte, ich kann es ... ich dachte, ich schaffe es. Aber Little Goldcoast macht etwas mit mir, was ich nicht will.“

„An diesem Ort hängen Erinnerungen, Nora. Es ist völlig normal, dass das Emotionen auslöst“, gab Ilay zu bedenken.

„Ich will aber nicht, dass Emotionen in mir ausgelöst werden!“, entgegnete ich entschieden. „Verstehst du das nicht? Ich will nicht so sein wie gerade beim Essen! So ... so unbeherrscht, hysterisch und überfordert. So bin ich gar nicht.“ Kopfschüttelnd fuhr ich mir mit den Händen über das Gesicht. Obwohl ich fröstelte, fühlte es sich erhitzt an. Meine Wangen glühten. „Ich bin zielstrebig, diszipliniert, beherrscht und beharrlich“, zählte ich an meinen Fingern ab. „Ich habe immer alles im Griff und solche unangenehmen, überwältigenden Gefühle existieren normalerweise gar nicht für mich."

„Du meinst, du bist ein kleiner Kontrollfreak", fasste Ilay trocken zusammen.

„Das ist nicht wahr!", widersprach ich. „Ich kontrolliere nicht. Ich ... habe nur gern alles im Griff. So ist das Leben als Erwachsene eben."

„Ach ja?" Ilay betrachtete mich aufmerksam.

„Ja!", festigte ich meine Aussage entschieden. „Ich dachte, ich hätte all das hinter mir gelassen. Für immer. Aber offenbar ist die Nora, von der ich dachte, dass sie damals mit Aron gestorben sei, doch nicht tot. Sie ist noch in mir. Und das gefällt mir nicht."

„Ich mochte die Nora, die du warst", merkte Ilay leise an.

Einen Moment lang sahen wir einander in die Augen. Er war mein bester Freund gewesen, seit ich zurückdenken konnte. Er war ruhig, vernünftig, drei Jahre älter als ich und hatte mir so manches Mal aus unangenehmen Situationen herausgeholfen, in die ich mich als Teenagermädchen hineinmanövriert hatte. Es fühlte sich merkwürdig an, nun so dicht neben ihm zu sitzen und einerseits den Jungen zu sehen, dem ich ohne Zögern mein Leben anvertraut hätte, aber andererseits den Mann, zu dem er geworden war.

Seine sanften, rehbraunen Augen sahen mich an, als wäre ich wieder siebzehn Jahre alt und würde ihn darum bitten, mir mein Fahrrad zu reparieren oder mit mir die verhassten Spanischvokabeln zu lernen.

„Zeig mal her." Unerwartet umfasste er meinen linken Unterarm, hob ihn an sein Gesicht und roch an meinem Handgelenk. Seine Lippen kitzelten meine Haut. „Mhh. Zitrone?“, riet er.

„Orange“, korrigierte ich leise.

Plötzlich tauchte Mason vor meinem inneren Auge auf und ein merkwürdiges Gefühl durchfuhr mich. Schnell zog ich meinen Arm zurück, rutschte ein Stück von Ilay weg und räusperte mich. „Ich will nicht mehr die Nora sein, die ich damals war“, erklärte ich entschieden.

„Oh. Okay. Verstehe.“ Ilay erhob sich und versenkte die Hände tief in den Taschen seiner Jeans. Plötzlich lag eine nicht nur physische Distanz zwischen uns.

„Ich bin nicht mehr achtzehn, weißt du.“ Ohne ihn anzusehen, stand ich ebenfalls auf und machte mich daran, das Orangenöl zurück in die Kosmetiktasche und die diese zurück in den Reisekoffer zu packen. „Und ich glaube, ich sollte sofort zurück nach New York fliegen und mein Erwachsenenleben weiterleben.“ Entschlossen zog ich den Reißverschluss des Koffers zu. „Ich will nicht hierbleiben.“

„Und wieso bist du dann hergekommen?“ Ilay klang traurig. Er schien verunsichert, nachdenklich und verletzt, und es ärgerte mich, dass seine so deutlich hörbaren Emotionen mir wehtaten.

„Keine Ahnung“, log ich.

„Nora.“ Ilay stellte sich vor die Tür und wartete, bis ich ihn ansah. „Bitte geh nicht. Ich weiß, dass es hart ist. Aber wir haben so lange nichts von dir gehört und dich nicht gesehen, und wenn du jetzt wieder gehst ...“

„*Wir*?“, unterbrach ich ihn argwöhnisch.

„Deine Eltern“, verbesserte er. „Und ganz Little Goldcoast eben. Deine alten Freunde. Deine Heimat.“

„New York ist meine Heimat, Ilay."

Er senkte den Blick und nickte. „Verstehe. Aber wenn du Little Goldcoast eine Chance gibst, nur einen Tag lang ... dann bin ich sicher, dass du drei weitere Tage ohne New York aushalten kannst. Und dass es dir sogar guttun wird."

Ich lachte unfroh. „Guttun? Das wage ich zu bezweifeln. Ich bin kaum eine Stunde hier und schon ein Wrack."

„Einen Tag." Zur Verdeutlichung streckte er seinen Zeigefinger in die Luft. „Nur einen. Und wenn du morgen um dieselbe Zeit nicht überzeugt bist, dann bringe ich dich höchstpersönlich zum Flughafen und gebe dir einen wahnsinnig teuren Flughafen-Kaffee aus."

„Mit extra Milchschaum und Sirup?" Herausfordernd sah ich ihn an.

„Sogar mit vergoldetem Löffel, wenn Eure Hoheit danach verlangen." Ilay lächelte und streckte mir die Hand entgegen.

Ich zögerte. „Einen Tag?"

„Einen Tag", versprach er.

Zaghaft ergriff ich seine Hand. Sie war groß, warm und viel rauer als Masons. Behutsam drückte er meine, ohne den Blick von mir abzuwenden, und mir wurde ganz komisch zumute. Was war das bloß Verrücktes, dass es sich gleichermaßen so vertraut und freundschaftlich zwischen uns anfühlte, andererseits aber so merkwürdig und neu?

„Ich weiß ja nicht, wie es dir geht ...", setzte Ilay an, ließ meine Hand los, schob meinen Koffer zurück ans andere Ende des Zimmers, als würde er sichergehen wollen, dass ich nicht doch noch plötzlich flüchtete und deutete auf die immer noch verschlossene Tür. „Aber ich könnte jetzt eine Riesenportion Mac and Cheese vertragen."

„Ich auch", lächelte ich.

„Na endlich." Ilay tat, als würde er sich erleichtert den Schweiß von der Stirn wischen, dann öffnete er die Tür und schob mich zu meiner Überraschung sachte an der Schulter zurück in den Raum, bevor er in den Flur sprintete. „Wer als Letzter unten ist, zahlt die nächste Runde im *Goldies*!"

Eine gute Stunde später lag ich, den Bauch voller Mac And Cheese, die Hände hinter dem Kopf verschränkt, in meinem alten Kinderbett und starrte zur Decke hoch, von der ein verblichen aussehendes Justin Bieber-Poster zurückstarrte. In meinem edlen goldfarbenen Satin-Nachthemd kam ich mir zwischen all den bunten, kitschigen Dingen völlig fehl am Platze vor.

Als ich die Augen schloss und endlich einzunicken begann, lag mir immer noch der schwere, süße Geruch des Orangenöls in der Nase. Der ganze Raum roch danach. Dominant und durchdringend hatte er sich hier festgesetzt– in der Luft, im Teppichboden, vielleicht sogar in der alten Raufasertapete. Ich schmeckte ihn beinahe auf der Zunge, während ich mehr und mehr ins Land der Träume glitt. Doch da war noch etwas anderes: ein Geschmack, der mir vertraut und doch fremd zugleich schien. Wie eine verblasste Erinnerung im Kopf, von der man nicht ganz sicher sein konnte, ob sie wirklich geschehen war oder aus einem Film stammte, den man irgendwann einmal gesehen hatte. Es dauerte einen Moment, bis ich realisierte, dass es sich bei dem Geschmack um Salz handelte. Überrascht schlug ich die Augen wieder auf und fühlte mich plötzlich hellwach. Mein Gesicht war über und über mit Tränen bedeckt. Nach all den Jahren ohne Weinen hatte Little Goldcoast mich binnen weniger Stunden dazu gebracht.

Überfordert schlug ich mir die Decke über den Kopf, zog die Beine an den Körper und weinte mich in Embryonalstellung in den Schlaf.

Kapitel 8

Aron

„Kommst du jetzt, Schnarchnase, oder soll ich wieder mal alleine gehen?“ Die Papierkugel, die ich aus einer alten Schulheftseite zusammengeknüllt hatte, flog durch den Raum, traf ihn an der Schulter und fiel zu Boden, wo sie noch ein Stück weiter rollte und dann nach wenigen Zentimetern liegen blieb.

„Geh allein.“ Arons Stimme war klar. Nicht so verwaschen wie die Stimme von jemandem, der gerade geschlafen hatte. Also war er die ganze Zeit über wach gewesen! Als ich ihn gerufen, an seine Tür geklopft und ihm von Ilays, Liams und meinem Plan erzählt hatte, mit dem Bus nach Belbridge zu fahren, den Tag dort zu verbringen und abends noch auf eine Cola und ein paar Nachos ins *Goldies*, Little Goldcoasts beschauliches Diner, zu gehen, war er wach gewesen und hatte auf nichts davon reagiert. Eine heiße, unangenehme Welle der Wut, gepaart mit pochender Hilflosigkeit, schwappte über mich.

„Komm jetzt!“, verlangte ich lauter, in der Hoffnung, ihn umstimmen zu können. „Geh duschen, zieh dir was an und komm!“

„Nein." Arons Stimme klang ebenso entschieden wie kraftlos.

„Und was sage ich den anderen?"

„Mir egal. Denk dir was aus." Er wandte mir nicht einmal das Gesicht zu, sondern starrte weiterhin die Wand an.

„Du kannst mich mal, Aron!" Wütend knallte ich seine Zimmertür zu und lief allein nach unten, um mir die Schuhe anzuziehen und den Rucksack zu schnappen, der an der Garderobe hing.

„Geht dein Bruder nicht mit?" Mum erschien wie aus dem Nichts, wie immer schwer beschäftigt mit einem Geschirrtuch in der einen und einem Suppenteller in der anderen Hand.

„Nö." Ich zuckte mit den Schultern, als wäre es mir egal. „Liegt im Bett und ist wieder komisch."

Tief im Inneren wusste ich, dass er nicht einfach bloß *wieder komisch* war. Dass er nichts dafür konnte. Doch an Tagen wie diesen fiel es mir schwer, die Empathie dafür aufzubringen, die es vielleicht gebraucht hätte. Ich verstand ihn nicht, *konnte* ihn gar nicht verstehen. Wie war es denn möglich, dass ein Mensch einerseits so fröhlich war, so laut, bunt und aufgeschlossen, so hilfsbereit, kreativ und liebevoll und auf der anderen Seite so melancholisch und leer, als wäre er nicht gerade achtzehn, sondern schon hundert Jahre alt und des Lebens müde geworden? Die Tatsache, dass ich, obwohl wir uns sonst immer gegenseitig aus der Patsche halfen, genau das hier nicht zu schaffen vermochte, ließ ein groteskes Gefühl der Schwäche in mir wüten.

„Ach das." Mum schüttelte den Kopf, schnalzte abschätzig mit der Zunge und wandte sich wieder ihrem Teller zu. „Pubertät. Der fängt sich schon wieder."

In ihren Augen war es immer die Pubertät. Oder ein Schnupfen. Oder Aufregung, Müdigkeit und das Wetter. Manchmal fragte ich mich, ob sie nicht verstand, dass es mehr war als das oder ob sie es nicht verstehen *wollte*. Doch sie war erwachsen. Sie würde schon wissen, was richtig war.

Über der Haustür hing ein Kreuz. Es hatte seit Jahren dort gehangen, wenn nicht gar schon immer, doch an diesem Tag fiel es mir auf. Seine Form, seine Farbe, die Präsenz, mit der es sich von der altmodischen grauen Tapete abhob. Und ehe ich das Haus verließ, warf ich einen langen Blick darauf und entschied ganz plötzlich, am Sonntag nicht mit in die Kirche zu gehen und es auch an den Sonntagen danach nicht mehr zu tun. Dieses Kreuz hatte mir, im Gegensatz zu meinen Eltern, nie etwas bedeutet. Für sie war es ein Symbol der Kraft, Weisheit und Hoffnung, für mich bloß ein altes Stück Holz ohne Belang.

Wie der Zufall es so wollte, hätte ich jedoch schon eineinhalb Wochen später dennoch in die Kirche gehen sollen. Ob ich es irgendwie geahnt hatte, in diesem Moment, als ich das Kreuz erblickt hatte? Manchmal glaubte ich, dass es so war.

Ein Leichnam, und dessen war ich mir zuvor nie bewusst gewesen und hatte auch nicht geglaubt, mich je damit auseinandersetzen zu müssen, musste in den USA fünf bis spätestens zwölf Tage nach dem Tod bestattet werden. Das war wenig Zeit, um einen Sarg auszusuchen, die benötigten Dokumente hervorzuholen, ein Bestattungsinstitut und einen Trauerredner zu engagieren und den Blumenschmuck auszuwählen, während man unter Schock stand und eigentlich rein gar nichts tun wollte. Vor allem nichts Bürokratisches und Organisatorisches.

Also wurde, nachdem all das erledigt war, von mir erwartet, dass ich in der Kirche sitzen würde, obwohl ich mir selbst geschworen hatte, es nicht mehr zu tun. Doch statt das schwarze Kleid anzuziehen, das Mum mir herausgelegt hatte, um zu Arons Beerdigung zu gehen, hatte ich wahllos ein paar Dinge in meinen Rucksack geworfen und Little Goldcoast den Rücken gekehrt. Ohne eine einzige Träne.

Mit einem Ruck, der durch meinen ganzen Körper ging, fuhr ich in die Höhe und brauchte einen Augenblick, bis ich wieder wusste, wo ich war. Das Bett, in dem ich als Teenager geschlafen hatte, das Justin Bieber-Poster an der Decke, das viel zu bunte Drumherum – für einen Moment glaubte ich fest daran, noch zu träumen. Dann kehrten nach und nach die Erinnerungen zurück, und die Gewissheit, dass ich wieder in Little Goldcoast, wieder in meinem Elternhaus war, lähmte mich für einen Moment.

Endlich schaffte ich es, mich auf die Bettkante zu setzen und einen tiefen, ruhigen Atemzug zu nehmen. Verstohlen fuhr ich mir mit den Händen über das Gesicht, doch es war trocken. Irgendwann in der Nacht mussten die unerwarteten Tränen versiegt sein.

Just in diesem Moment wurde die Tür aufgerissen. Ich zuckte zusammen, als hätte ich etwas zu verbergen.

„Oh, guten Morgen, Schatz, du bist schon wach." Mum trug ihre obligatorische Schürze, lächelte selig und brachte den Geruch frischer Brötchen mit in den Raum, als sie entschiedenen Schrittes Richtung Fenster marschierte und die Rollläden hochzog.

„Bin ich", bestätigte ich ihr mit einem unterdrückten Gähnen und verkniff mir zu sagen, dass spätestens ihr lautes Hineinpoltern ins Zimmer mich geweckt hätte.

Das Hochziehen der Rollläden brachte nicht viel. Das herbstliche Wetter ließ kaum einen Sonnenstrahl durch, sondern hüllte alles in einen trüben grauen Schleier. Leise Regentropfen trommelten von außen an die Scheibe. Das unterschied Little Goldcoast von New York: New York war immer hell, schien immer zu leuchten. Selbst in der Nacht brannten dort unzählige Lichter.

„Kommst du frühstücken?" Mum betrachtete mich fröhlich.

„Ja. Sofort." Ich bemühte mich, ein Lächeln aufzusetzen. „Ich springe nur ganz kurz unter die Dusche."

„Okidoki", trällerte sie munter und ließ mich wieder allein mit meinen Gedanken.

Unterdrückt aufseufzend zog ich ein Outfit aus meinem Koffer, klemmte mir die Kosmetiktasche unter den Arm und schlurfte ins Badezimmer. Nicht ein einziges Detail in diesem überhäuft maritim dekorierten Raum hatte sich seit meinem Auszug verändert. Ich fühlte mich, als machte ich eine Zeitreise, als ich meinen Schlafanzug abstreifte und unter die heiße Dusche schlüpfte. Bloß meine Kleidung war schicker als damals.

Kaum prasselte das Wasser auf mich nieder, setzte die Erinnerung an jenen Tag genau dort an, wo sie durch mein Aufwachen unterbrochen worden war.

Ohne dass ich es wollte oder einen Einfluss darauf hatte, war ich wieder frische achtzehn Jahre jung und kehrte in der Abenddämmerung nach einem aufregenden Tag nach Hause zurück.

„Endlich aufgestanden, Schnarchnase?", zog ich Aron auf, der am kleinen Küchentisch saß und eine Schüssel Cornflakes vor sich stehen hatte.

„Wie man sieht, Schwesterherz." Er streckte mir die Zunge heraus, auf der eine Masse aus halb zerkauten, bunten Cerealien lag.

„Mum! Aron zeigt mir schon wieder, was er im Mund hat!", rief ich angewidert.

„Dann sieh nicht hin!", rief sie entspannt zurück. War ja klar, dass sie ihr Lieblingskind wieder in Schutz nahm.

„Ihr seid achtzehn Jahre alt, lasst den Unsinn", sprach Dad ein Machtwort, der just in diesem Moment die Küche betrat, und schüttelte den Kopf, während er erst mir, dann Aron warnend in die Augen sah.

„Du hast was verpasst." Nachdem Dad die Küche verlassen hatte, nahm ich mir eine fast leere Großpackung Eis aus dem Tiefkühlfach, holte einen Löffel und setzte mich zu Aron an den kleinen Tisch.

„Glaube ich gern", antwortete er freundlich.

„Beim nächsten Mal bist du wieder dabei", verlangte ich und fuhr mit dem Löffel durch das etwas zu hart gewordene Schokoladeneis, bis ich eine großzügige Menge darauf hatte.

„Beim nächsten Mal", wiederholte Aron auf merkwürdige Art und Weise, dann nickte er zügig. „Auf jeden Fall. Aber ..." Er zögerte kurz. „Aber du weißt schon, dass du auch ohne mich Abenteuer erleben, dich mit

Liam und Ilay treffen und mit dem Bus nach Belbridge fahren kannst."

„Klar." Ich steckte mir die Riesenmenge Eis in den Mund und kniff die Augen zusammen. Hirnfrost! „Hab ich doch gerade erst getan, oder etwa nicht?", fügte ich hinzu, als der Schmerz nachließ.

„Doch, hast du." Aron lächelte und lehnte sich zurück. „Du kommst viel besser ohne mich klar als ich ohne dich."

„Logisch, ich bin ja auch viel älter als du", gab ich zu bedenken.

„Ach, die paar Minuten." Aron verdrehte affektiert die Augen und wir mussten beide lachen.

„Und Liam?" Mit einem Mal sah er ernst aus, die Stimme etwas gesenkt, den Blick wie immer bei diesem Thema Richtung Tür gewandt. „War er ... enttäuscht?"

„Darüber, dass du nicht dabei warst?"

Aron nickte.

„I wo, hat er gar nicht bemerkt", zog ich ihn auf. „Er fand es schade, aber wir hatten trotzdem einen guten Tag", erklärte ich schließlich mit einem Schulterzucken. „Er ist auch ohne dich lebensfähig, weißt du?"

„Das ist gut", antwortete Aron friedlich und schickte einen tiefen Stoßseufzer hinterher. „Ihr kommt alle gut mal ohne mich klar", schickte er etwas leiser hinterher.

Ich steckte mir eine besonders große Portion Schokoladeneis in den Mund, streckte die Zunge heraus und zeigte sie meinem Bruder.

„Mum!", rief er angewidert. „Nora zeigt mir schon wieder das Essen, was sie im Mund hat!"

„Nora, lass deinen Bruder in Ruhe!", folgte sofort die streng klingende Antwort aus dem Nebenraum.

Lieblingskind, dachte ich mit einem Augenverdrehen erneut und hatte gleichzeitig keine Ahnung, dass eben dieses Lieblingskind sich gerade bei mir vergewissert hatte, dass alle ohne es leben konnten.

Kapitel 9

Zwischen Vergangenheit und Gegenwart

„Ilay, das ist nicht komisch“, rief ich, einen warnenden Unterton in der Stimme, und setzte streng hinzu: „*Überhaupt* nicht komisch. Hast du auch nur ansatzweise eine Ahnung, wie viel dieses Outfit gekostet hat?“

Einen Augenblick lang schien mein ehemaliger bester Freund noch mit sich zu ringen, dann ließ er den Gartenschlauch, den er bis zu diesem Moment entschlossen auf mich gerichtet hatte, sinken und hob ergeben die Hände. „Bestimmt zweihundert Dollar“, schätzte er grob, während er den Schlauch pflichtbewusst wieder aufrollte und über den Hahn hing.

Zweihundert?! Nicht sein Ernst!

„Häng noch eine Null dran.“ Ich bedachte ihn mit einem abschätzigen Blick.

„Zweitausend Dollar?!“ Ilay sah mich an, als wäre ich verrückt geworden. „Das ist mehr als mein Wagen gekostet hat! Zweitausend Dollar und dann verträgt es nicht mal ein bisschen Wasser?“ Er schüttelte mit fassungsloser Miene den Kopf. „Für so viel Geld müsste es schon aus purem Gold sein, damit ich es kaufen würde! Oder ein supercooles Gadget eingebaut haben, wie Flügel am Rücken oder Raketenantrieb ... oder zumindest Spinnennetze schießen können."

„Es *verträgt* Wasser", antwortete ich mit einem Seufzen, ohne auf seine kindischen Worte einzugehen. „Aber ich will nicht, dass es schmutzig und kalt wird."

Die Aussicht darauf, bei diesem Wetter nass zu werden, war alles andere als verlockend.

„Außerdem sind wir keine Teenager mehr."

„Richtig." Er nickte langsam. „Das vergesse ich manchmal."

„Und es ist Herbst", erinnerte ich ihn mit Blick zum grauen wolkenverhangenen Himmel, aus dem nach wie vor feiner Nieselregen fiel. Seit ich in Little Goldcoast angekommen war, hatte es nicht aufgehört zu regnen.

„Kann ich doch nichts für, dass du nicht im Sommer herkommst", entgegnete Ilay schulterzuckend. „Wohin willst du überhaupt ... in dem Aufzug? Unsere stadteigene Oper hat heute leider geschlossen."

„Ein bisschen *Smalltown-Sightseeing* betreiben", behauptete ich mit einem milden Lächeln. Tatsächlich fiel mir in meinem Elternhaus bereits jetzt die Decke auf den Kopf. Den ganzen Donnerstag musste ich – wie auch immer – hinter mich bringen, bevor am Freitag die Beerdigung stattfinden würde. Ich bereute bereits, nicht später geflogen zu sein und dass ich mich von Ilay am Telefon sowie Mason höchstpersönlich dazu habe überreden lassen, ganze vier Tage in Little Goldcoast zu verbringen. Vier Tage konnten eine kurze Zeit sein, aber, wie in meinem Fall, eben auch eine verdammt lange.

Es fühlte sich äußerst merkwürdig an, nichts, aber auch wirklich gar nichts zu tun zu haben, keine To-Do-Liste abarbeiten zu müssen und mal nicht von Termin zu Termin zu hetzen. Für die meisten war eine solche Pause wahrscheinlich ein Segen – für mich derzeit eher ein Fluch. Die Minuten schienen sich wie Kaugummi in die Länge zu ziehen, und je weniger ich tat, desto mehr Gedanken und Bilder blitzten in meinem Kopf auf, die ich dort partout nicht haben wollte. Ich schluckte.

„Und du? Lauerst seit Stunden mit dem Gartenschlauch in der Hand im Regen hinter dem Schuppen meiner Eltern, nur um darauf zu warten, dass ich das Haus verlasse und du mich nassspritzen kannst?“, zog ich Ilay betont munter auf.

Er neigte den Kopf ein wenig zur Seite. „Ich verstehe die Frage nicht, Big City Girl. Das ist es, wie Kleinstadtjungs sich die Zeit vertreiben.“

Kopfschüttelnd ging ich an ihm vorbei. „Nur bist du kein Junge mehr, Ilay.“

„Ach, das ist dir aufgefallen?“ Er holte mich ein und stieß sachte mit seiner Schulter gegen meine. „Du bist auch nicht mehr gerade das Mädchen von nebenan. Das hätte nie *Nein* zu einer anständigen Gartenschlauchdusche gesagt. Schade eigentlich.“ Bedauernd schnalzte er mit der Zunge und betrachtete mich. „Wäre sicher ein interessanter Anblick gewesen.“

„Wie meinst du das?“ Ich bedachte ihn mit einem skeptischen Blick.

„Mit dem Schlauch und dem Wasser und so“, erklärte er und wies auf mein weißes enges Shirt, zu dem ich einen dunkelblauen Blazer und eine schicke schwarze Stoffhose sowie enganliegende Stiefeletten trug. Das Outfit hatte ich vom Fleck weg aus einem Schaufenster heraus gekauft, als es mir bei einer Shoppingtour mit Celia und Amber aufgefallen war. Es war ebenso unfassbar teuer wie schön.

Es dauerte einen Moment, bis ich begriff, dass Ilay darauf anspielte, dass mein weißes Shirt durchnässt ziemlich durchsichtig sein würde. Ich musste lachen. Dieser Mann hatte mich in sämtlichen Situationen meines Lebens gesehen, mit wackelnden Milchzähnen, Windpocken, Magen-Darm-Grippe, Zahnspange und erstem Liebeskummer. Dass er Anspielungen auf meinen Körper machte, fühlte sich schräg an. Als würde mein Bruder es tun. Ich tat also, als hätte ich es nicht gehört. Ein kurzer Seitenblick in seine Richtung zeigte mir, dass auch er die Situation offensichtlich unangenehm fand und schlichtweg nicht nachgedacht hatte. Eine Weile lang schwiegen wir beide.

„Willst du ... Begleitung während deiner Sightseeingtour oder lieber nicht?“, erkundigte er sich schließlich.

Nachdenklich musterte ich ihn. Das markante Gesicht mit den vielen dunklen Bartstoppeln, die sanften, freundlichen Augen und die vollen Lippen, die sich plötzlich zu genau dem Lächeln verzogen, das ihn wieder wie einen Teenager aussehen ließ. Die paradoxe Befangenheit in mir verschwand ebenso schnell, wie sie gekommen war.

„Klar, wenn‘s sein muss.“ Ich zuckte mit den Achseln. „Muss ja ein ziemliches Highlight für einen Kleinstadtjungen wie dich sein, jemanden hier zu haben, der nicht in Little Goldcoast zu Hause ist.“

„Willst du damit etwa sagen, es gibt eine Welt außerhalb von Little Goldcoast?“, stieg er auf mein Necken ein. „Sag bloß, dort gibt es auch diese motorisierten kutschenähnlichen Fuhrwerke.“

„Wir nennen sie Autos.“ Ich konnte mir ein Lachen kaum verkneifen. „Sie sind sogar ziemlich cool.“

„Wow.“ Ilay tat beeindruckt. „Du kommst also praktisch aus der Zukunft.“

„Wenn ich mir das hier so ansehe ...“ Ich ließ meinen Blick über die schief gepflasterte menschenleere Straße gleiten. „Ja, definitiv. Ich komme aus der Zukunft.“

„Muss schön sein.“ Ilay wandte den Blick nach vorne und atmete tief ein und wieder aus. In seinen braunen Haaren hingen abertausende winzige Regentropfen. Die Tatsache erinnerte mich an meine eigenen Haare. Möglichst unauffällig strich ich mit beiden Händen darüber, um sie platt zu drücken, und spürte sofort, dass sie komplett durchnässt waren. Wie ein feuchter Helm klebten sie an meinem Kopf. Wenn sie nach Regen trockneten, sahen sie furchtbar aus!

„Muss echt schön aus“, wiederholte Ilay gedankenverloren.

„Was meinst du?“, hakte ich nach.

„Die Vergangenheit einfach auszublenden und sich für die Zukunft zu entscheiden.“

Ilays Antwort überrumpelte mich. „Wie geht es eigentlich Jenna?“, lenkte ich vom Thema ab.

Ich erinnerte mich nur allzu gut an Ilays kleine Schwester mit dem hübschen Gesicht und den rehbraunen Augen. Als sie und ich zehn Jahre alt gewesen waren, hatten die Eltern der beiden sich getrennt, und die Mutter hatte das ruhige Mädchen, das seine Nase meist tief in ein Buch versenkt hatte, mitgenommen, als sie aus dem gemeinsamen Haus ausgezogen war. Obwohl wir gleich alt gewesen waren, hatten wir nie viel miteinander zu tun gehabt, da sie immer sehr kindlich, verträumt und viel daheim gewesen war, während ich in der Viererclique mit Ilay, Aron und Liam schon früh den Ton angegeben hatte und eher der Typ Draufgänger gewesen war.

„Ich denke, es geht ihr soweit gut. Wir haben nicht viel Kontakt, weißt du. Sie will nichts mit Dad zu tun haben, ich nicht mit Mum ... Es ist schwierig."

„Immer noch?" Mitleidig musterte ich ihn von der Seite.

„Immer noch." Ilay nickte entschieden. „Unsere Mutter hat mich hier zurückgelassen, Nora. Ich war auch noch ein Kind, wenn auch etwas älter als Jenna. Ich wurde nicht einmal gefragt, bei wem ich bleiben wollte. Alles, was ich kann und bin, verdanke ich Dad." Er seufzte leise. „Im Grunde genommen muss ich ihr wohl dankbar dafür sein, dass sie mich zurückgelassen hat. Ohne ein Wort des Abschieds oder eine Vorankündigung. Immerhin hat sie mich auf die Verluste vorbereitet, die noch folgen würden. Ich bin es gewohnt, verlassen zu werden."

„Oh, Ilay, sag so was nicht ..." Obwohl er es betont lässig gesagt hatte, spürte ich den Schmerz, der in jedem seiner Worte mitschwang.

„Alles gut." Er schmunzelte. „Ich komme klar. Als Dauersingle besteht ja nicht mal die Gefahr, verlassen zu werden. Und du ...", setzte er gleich hinzu, „... Verlobt mit Jason, dem Perfekten?"

„Zunächst einmal ... er heißt er *Mason. Nicht Jason*", verbesserte ich. „Und zweitens ist er *wirklich* perfekt, ja. Er ist gutaussehend, beruflich erfolgreich, treu, wohlriechend ..."

„Wohlriechend bin ich auch", fiel Ilay mir ins Wort und hielt mir während des Gehens ungefragt sein Handgelenk unter die Nase. „Zumindest wenn man deinem fünfzehnjährigen Ich Glauben schenken darf."

„Dass du das immer noch trägst ..." Ich schüttelte schmunzelnd den Kopf.

„Na logisch. Ich habe zwei Dutzend Flaschen davon zu Hause, für den Fall, dass es mal nicht mehr produziert wird oder ausverkauft ist. Ich werde es benutzen, bis ich uralt und runzlig bin und vergesse, es aufzutragen ... oder zu schwach bin, um die Flasche anzuheben", beteuerte er aufrichtig und blieb auf einmal stehen. „Wir sind da."

„Da? Wo denn?" Bis gerade eben hatte ich nicht einmal gewusst, dass wir überhaupt ein Ziel gehabt hatten. Eigentlich hatte ich nur vorgehabt, mir die Zeit zu vertreiben, um nicht verrückt zu werden. Ich war so vertieft in das Gespräch mit meinem ehemaligen besten Freund gewesen, dass ich gar nicht bemerkt hatte, wie wir sowohl das *Goldies, Millers Mom-and-Pops Store* als auch den uralten Secondhandladen, die Schule und vieles andere hinter uns gelassen hatten. Nun standen wir an jenem Ort, an dem ich vor fünf Jahren hätte sein sollen.

„Der ... *Friedhof?*", fragte ich stockend, als wäre ich trotz der ganzen Grabsteine nicht ganz sicher. „Ich war seit Jahren nicht dort."

„Du wirst morgen dort sein müssen. Ich dachte, du willst dich vielleicht ein wenig darauf vorbereiten. In Ruhe. Mit mir.“ Ilays Stimme war so sanft und leise, dass sie kaum zu mir vordrang. Wie verrückt rauschte das Blut in meinen Ohren, pulsierte, pochte, klopfte.

„Das ist doch albern!“ Ich versuchte, überlegen und gleichgültig zu lachen, doch es klang eher wie das übergeschnappte Schreien einer Hyäne, die gerade in die Ecke gedrängt wurde. „Das ist nur ein Ort, Ilay. Da muss ich mich nicht drauf vorbereiten. Und außerdem …“, fügte ich so hoheitsvoll wie möglich hinzu, „… wollte ich gar nicht hierher. Ich wollte das *Goldies* besuchen. Oder *Millers Mom-and-Pops-Store* oder … oder lebt Hornbrillen-Hattie vom Secondhandladen noch?“

„Ja, sie wird nächsten Monat zweihundert oder so“, antwortete Ilay trocken.

Ein nervöses Kichern entfuhr mir.

„Nora, das ist nicht nur ein Ort.“ Behutsam legte er mir eine Hand auf die Schulter. „Das ist *der* Ort. Das ist der Ort, an dem Aron beerdigt wurde. Warst du, seit du hier bist, in seinem Zimmer? Hast du dir die alten Fotos von euch beiden angesehen?“

Ich musste nicht darauf antworten. Ilay kannte die Antwort ebenso gut wie ich.

„Ich weiß nicht, ob ich das kann“, hörte ich mich selbst flüstern.

„Du kannst“, entschied er mit fester Stimme. „Wenn es jemand kann, dann du. Du, die vor nichts zurückschreckt. Die nachts ins Belbridger Freibad einbricht, um nackt zu schwimmen. Die dem Unruhestifter Aiden Hawks eine so heftige Ohrfeige gegeben hat, dass er geheult hat. Die schon wusste, dass Aron und Liam sich lieben, noch ehe die beiden es selbst gecheckt hatten. Die den Eismann im Armdrücken besiegt hat und damit Spaghetti Eis für die gesamte Little Goldcoast-Jugend gewonnen hat."

Ich blickte verlegen auf meine Neunhundert-Dollar-Schuhe herab, auf denen sich die Regentropfen sammelten. Dafür, dass sie so teuer gewesen waren, waren sie ganz schön undicht. All die Lobeslieder, die Ilay da auf mich sang, klangen für mich, als würde er über jemand anderen berichten.

„Diese Person bin ich nicht mehr", gab ich zu bedenken.

„Doch, die bist du noch. Du lässt es nur nicht zu." Ilay ließ die Hand von meiner Schulter gleiten. „Du lässt es nicht zu, weil du nicht nur stark und mutig bist, sondern auch sensibel und verletzlich. Das wissen nicht viele, Nora. Aber ich ... ich weiß es."

Ich versuchte zu schlucken, aber meine Kehle fühlte sich wie zugeschnürt an. Selbst das Atmen fiel mir auf einmal schrecklich schwer.

„Lass uns Arons Grab besuchen. Gemeinsam", ergänzte Ilay mit gedämpfter, rauer Stimme und streckte mir die Hand entgegen.

Ich schluckte schwer. „Gemeinsam", wiederholte ich heiser und ergriff die Hand, die meine wie selbstverständlich umschloss und so fest zudrückte, als würde sie nie mehr loslassen wollen.

„Beantworte mir nur eine Frage", murmelte er leise, als wir uns Schritt für Schritt dem Friedhofseingang näherten. „Bist du glücklich, Big City Girl?"

Ich lachte überrascht. „Ich habe eine eigene Agentur, die ausgezeichnet läuft, Ilay. Außerdem einen Verlobten, der mich vergöttert, tolle Freundinnen, einen exquisiten Kleidungsgeschmack und die perfekt eingerichtete Wohnung“, zählte ich an den Fingern ab. Von der ideal aufeinander abgestimmten Anzahl Obst in der Schale und den farblich sortierten Büchern sagte ich nichts.

Ilay schüttelte mit einem wissenden Grinsen den Kopf.

„Was ist so witzig?“, fragte ich angesäuert.

„Ach, nichts ...“, behauptete er. „Das war einfach bloß keine Antwort auf meine Frage.“

„Doch, das war es“, behauptete ich überrascht.

Oder etwa nicht?

Kapitel 10

Begegnung mit dem Tod

Arons Grab war kleiner, schlichter und wesentlich weniger furchteinflößend als ich erwartet hatte. Der Grabstein war in einem hellen Grau gehalten. Jemand hatte vor kurzem frische Blumengestecke darauf arrangiert: Veilchen in drei verschiedenen gedeckten Farbtönen und noch etwas anderes Weißes mit zarten Blüten, das ich nicht kannte. Dazwischen befanden sich ein kleiner Marmorengel, ein Schwarz-Weiß-Portrait, auf dem mein Bruder ungewohnt ernst dreinblickte (ich konnte mich an die Aufnahme gar nicht erinnern), und eine Kerze – das war alles. Ich war erstaunt, erleichtert und auf eine merkwürdig schmerzhafte Art und Weise enttäuscht zugleich. Das war es also? *Das* war es?

„Würde sein Name nicht auf dem Stein stehen, würde niemand wissen, dass es sein Grab ist“, merkte ich mit aufsteigender Bitterkeit in der Stimme an, ging in die Knie und klaubte ein Blatt auf, das sich durch den Wind zwischen den hübschen Blumen verfangen hatte. „Das sieht einfach gar nicht nach Aron aus. Selbst das Foto sieht ihm nicht ähnlich.“ Ich zerdrückte das Blatt in der Hand und ließ seine vertrockneten Reste vom Wind mitnehmen.

„Deine Eltern geben ihr Bestes." Ilay war hinter mir stehen geblieben. Seine Stimme war rau und beruhigend. „Aber du hast recht ... wenn es nach Aron gegangen wäre, wären die Blumen wahrscheinlich kunterbunt gewesen", ergänzte er, und ich hörte, ohne ihn ansehen zu müssen, dass er milde lächelte.

„Und der Grabstein neongelb", fügte ich hinzu.

„Und auf dem Foto würde er in seiner todhässlichen Badehose am *Golden Lake* posieren und eine schräge Grimasse ziehen", fuhr Ilay fort.

„Und statt dieses pausbäckigen Unschuldsengels würde eine chinesische Winkekatze dastehen, die jeden Vorbeigehenden mit ihrer wackelnden Tatze grüßt!"

„Und als Beerdigungs-Dresscode hätte er die 70er angegeben."

„Oder einfach die ganze Trauerfeier durch einen Kostümball ersetzen lassen."

Ich warf Ilay einen Blick über meine Schulter zu. Einen Moment lang sahen wir einander ausdruckslos an, dann lachten wir zeitgleich los.

„Er hätte jemanden engagiert, der ihm einen Lautsprecher mit in den Sarg legt und während der Beisetzung Furzgeräusche darauf abspielt", brachte Ilay, bei der bloßen Vorstellung haltlos prustend, hervor.

„Und verlangt, dass man ihn in dieser grauenhaften violetten Latzhose beerdigt", kicherte ich außer Atem.

„Mit Hawaiihemd und Flipflops", lachte Ilay und wurde einen Augenblick später sofort wieder ernst, als wie aus dem Nichts eine ältere Dame mit Dauerwelle auftauchte, die mit einer Grabkerze in der Hand und einem Kopfschütteln an uns vorbeiging.

„Guten Tag, Mrs Wells“, grüßte er verhalten.

Ich konnte mich noch allzu gut an die stets streng blickende Dame erinnern, die früher oft geschimpft hatte, wenn wir als Kinder zu laut auf der Straße gespielt und ihren aggressiven Zwergspitz geweckt hatten.

„Guten Tag“, zwang auch ich mich, höflich zu sein und setzte ein leises *Entschuldigung* hinzu, weil mir unser Verhalten auf einmal so unangemessen und deplatziert vorkam.

Ilay schien es ebenso zu gehen. Doch der schuldbewusste Blick, mit dem er wartete, bis sie mit ihrer vorwurfsvollen Miene und den langsamen kurzen Beinen außer Sichtweite gehumpelt war, ließ mich nur umso mehr lachen. Ich lachte so sehr, dass mir Tränen über das Gesicht liefen, mein Brustkorb schmerzte und mein Kiefer sich unangenehm angespannt anfühlte. Ich konnte mich nicht erinnern, wann ich zuletzt so gelacht hatte. Oder ob ich es überhaupt jemals getan hatte.

Doch nur den Bruchteil einer Sekunde später schlug die Stimmung so jäh um, dass ich mich vor mir selbst erschreckte. Als hätte mir jemand von hinten ein Messer durch den Körper mitten ins Herz gerammt, fuhr ich zusammen und musste vor Schmerz den Atem anhalten. Das Lachen ging nahtlos in ein lautstarkes Weinen über, und die Lachtränen, die mir haltlos über das Gesicht gelaufen waren, wurden zu echten. Gerade noch hatte ich über die absurde Vorstellung von Arons kunterbunter Beerdigung gelacht, nun fühlte es sich an, als würde mich die Gewissheit darüber, dass er wirklich tot, wirklich fort war – und das für immer – einholen. Und nachdem es mir so lange gelungen war, vor ihr fortzulaufen, kam sie mit einer solchen Intensität über mich, dass es mich umzuhauen drohte.

Eine Hand vor den Mund geschlagen, die andere mit voller Kraft auf meine Brust gedrückt, als könnte sie dem stechenden Schmerz im Herzen irgendwie entgegenwirken, starrte ich Ilay mit weit aufgerissenen Augen an. *Was geschieht nur mit mir,* fragte ich ihn stumm, ohne es wirklich auszusprechen, und bat ihn im selben Atemzug ebenso stillschweigend, mir zu helfen.

Er machte kurz Anstalten, mich in den Arm zu nehmen, dann besann er sich eines Besseren und legte mir bloß die Hand auf die Schulter. Sanft und beharrlich strich sein Daumen über mein Schlüsselbein, während er beruhigend *Sch Sch Sch* raunte. Er schien nicht annähernd so überrascht und überrumpelt von meiner Reaktion, wie ich selbst es war. Offenbar hatte er bereits damit gerechnet, dass es mich früher oder später eiskalt erwischen würde.

„Ich ... weine nicht“, behauptete ich zwischen zwei heftigen Schluchzern verzweifelt.

„Das sehe ich“, antwortete Ilay trocken.

„Ich meine, ich ... ich weine normalerweise nicht. Ich ... ich weine *nie*“, würgte ich hervor und rieb mir unsanft mit beiden Handrücken die Tränen aus dem Gesicht. Sofort folgten neue. Es floss unaufhörlich, als würde mein Körper es mir all die Jahre der Tränenlosigkeit nun so heftig wie irgend möglich heimzahlen wollen.

„Ich habe nicht mal ... nicht mal geweint, als ... als ich ihn ... gefunden habe“, schluchzte ich. „Oder ... oder als der Notarzt und der Seelsorger und die ... die Polizisten kamen ... oder als die Beerdigung geplant wurde ...“ Ich nahm das Taschentuch, das Ilay irgendwann während meiner verzweifelt daher gestammelten Worte aus der Hosentasche gezogen und mir ungefragt in die Hand gedrückt hatte, und putzte mir lautstark und wenig ladylike die Nase. „Oder als ich ... als ich das erste Mal an ... an seinem Zimmer vorbeigegangen bin, im Wissen ... im Wissen, dass er ...“ Meine Stimme versagte und ich weinte völlig haltlos ins Taschentuch hinein.

Ilay raunte erneut *Sch Sch Sch* und strich weiterhin sanft mit dem Daumen über meine Schulter bis hin zum Schlüsselbein und wieder zurück. Durch meinen Tränenschleier sah sein Gesicht, obwohl es meinem so nahe war, völlig verschwommen aus.

Im Nachhinein hätte ich nicht sagen können, wie lange wir auf dem Friedhof gestanden haben, während der Regen auf uns niederprasselte und sich zu meinen Füßen mit meinen Tränen zu einer grauen, düsteren Pfütze vermengte. Es hätten zwei ganze Stunden sein können oder drei, vielleicht waren es aber auch nur einige Minuten.

Als die Tränen endlich versiegten, fühlte ich mich, als hätte ich ganze Tage durchgeweint. Meine Schultern taten weh, mein Nacken fühlte sich verspannt an, meine Augen brannten, als hätte ich Zwiebeln geschnitten und mir danach mit den Fingern hineingefasst. Aber auf eine merkwürdige, ja fast paradoxe Weise fühlte ich mich gut. Als hätte ich jahrelang eine Kanonenkugel im Körper getragen und sie nun endlich entfernen lassen. Trotz der frischen, blutigen Wunde in meiner Haut war da plötzlich dieses Gefühl der Befreiung. Erschöpft und schweigend nahm ich ein weiteres Taschentuch an, tupfte mir das erhitzte, aufgequollene Gesicht trocken und atmete lautstark aus.

„Du musst dir erlauben zu weinen, Nora." Ilay klang besorgt. Er nahm die zweite Hand hinzu, legte sie auf meine andere Schulter und drückte auf beiden Seiten mit sanftem, aber bestimmtem Druck zu. „Du musst dir erlauben, zu trauern. Er war dein Zwillingsbruder. Und du warst fast noch ein Kind. Niemand steckt so was einfach so weg, hörst du mich? Niemand."

„Ich schon." Meine Stimme klang ungewohnt verwaschen. Mit dem letzten kleinen Rest Stolz und Sturheit, den ich noch hatte, reckte ich das Kinn und fühlte mich ein wenig wie die verwöhnte Celia. „Ich habe einen klaren Schlussstrich gezogen und neu angefangen."

„Du meinst, du bist weggelaufen", korrigierte Ilay. So hart seine Worte waren, so sanft blieb nach wie vor seine Stimme. „Weggelaufen vor dir selbst. Soll ich dir etwas verraten, Big City Girl? Man kann vor allem weglaufen. Aber irgendwann holt es einen ein. Es verschwindet nicht, nur weil man es verdrängt."

Die kalte, feuchte Herbstluft drang in meine Lungen und erfüllte mich gänzlich. Angestrengt konzentrierte ich mich auf meinen Atem, während der Tränenschleier sich allmählich lichtete und ich den Friedhof, all die Regentropfen und auch meinen ehemals besten Freund wieder einigermaßen klar sehen konnte.

„Können wir jetzt gehen?" Ich warf einen letzten Blick auf das für Aron so untypische Grab. „Mir ist kalt."

„Natürlich." Als wäre es selbstverständlich, zog Ilay seine Jacke aus und reichte sie mir.

Reflexartig trat ich einen Schritt zurück. „Was wird das?"

„Was meinst du? Dir ist kalt und ich gebe dir meine Jacke." Er runzelte die Stirn. „Das macht man hier in Little Goldcoast so. In New York nicht?"

„Nein ... doch. Ich meine ..." Verunsichert schüttelte ich den Kopf. „In New York ist das eher eine ... eine Sache beim ersten Date, weißt du."

„Oh, verstehe." Ilay sah aus, als würde er es ganz und gar nicht verstehen. „So wie: Ein edler Gentleman rückt seinen tausend Dollar Mantel für die fein zurechtgemachte junge Dame raus, um gut dazustehen. Meinst du das?"

„So in etwa, ja." Ich nickte.

Ilays Jacke befand sich immer noch zwischen uns. Er zog sie nicht zurück, nicht mal einen Zentimeter, aber ich nahm sie auch nicht an.

„Und du glaubst, dass ich dir die Jacke nur angeboten habe, um ein Date zu bekommen?" Ilay räusperte sich. „Obwohl du einen Freund hast? Obwohl du gerade komplett zusammengebrochen bist und ewig geweint hast? Und obwohl wir uns auf einem Friedhof befinden?"

So wie er es sagte, klang das Ganze tatsächlich ziemlich schräg.

„Selbstverständlich nicht." Ich schüttelte den Kopf und rieb mir mit den Händen über die frierenden, nassen Oberarme. „Es fühlt sich einfach ... komisch an. Ich verzichte, aber danke für das Angebot."

„Okay." Ilay zuckte die Achseln und zog die Jacke zurück. Als ich mich jedoch zum Gehen wandte, spürte ich, dass er sie mir von hinten sanft über die Schultern legte. Sie war warm, schwer und roch nach ihm.

„Da das nicht New York ist und ich kein edler Gentleman bin, bestehe ich darauf, dass du sie nimmst und nicht erfrierst", raunte er mir ins Ohr. „Okay?" Sein warmer Atem streifte meine Wange.

„Okay", flüsterte ich wie erstarrt zurück.

Und zu der merkwürdigen, erschöpften Leere in meinem Inneren gesellte sich ein Kribbeln, das ich krampfhaft wieder verdrängte, noch bevor ich mir Gedanken darüber machen konnte, was es zu bedeuten hatte.

„Ilay Baker ist so ein guter Junge." Mum musterte mich, wie ich, frisch geduscht in trockener Kleidung und einer ihrer Strickjacken, auf dem Sofa saß und den warmen Tee trank, den sie mir aufgesetzt hatte. „Wusstest du, dass er sich extra deinetwegen freigenommen hat?" Sie faltete ein Geschirrtuch und legte es auf einen Stapel zu den anderen.

„Wusste ich nicht", antwortete ich leise.

Der Tee war so heiß, dass ich mir die Zunge daran verbrannte. Schluck für Schluck pustete und nippte ich an der Tasse und wärmte meine immer noch starren Finger daran. Ilays Geruch nach Erde, Leder und Holz, vermischt mit dem herben Herrenparfum schien immer noch an mir zu haften, obwohl ich seinen Mantel im Flur abgelegt und ihm zurückgegeben hatte. Ich musste Mason anrufen.

Meine Mutter ausblendend, die über Ilay zu plaudern begann, während sie weiterhin fachmännisch ihre Geschirrtücher zusammenlegte, starrte ich auf den Fernseher. Dort lief ein alter Krimi. Eine junge Frau flüchtete und rannte gerade um ihr Leben. Ich sank tiefer in das Sofa hinein, auf dem ich schon als Kind gesessen hatte. So viele Gefühle, dass ich sie kaum zählen konnte, pulsierten in meinem Inneren wie ein stummes Feuerwerk kurz vor der Explosion.

Ich fühlte mich müde. Leer. Ich fühlte mich satt, fror, dachte an New York, vermisste meine aufgeräumte, teure Wohnung und empfand großes Bedauern, dass Aron nicht da war und mit einem kurzen Blick auf unsere vor sich hin plappernde Mutter liebevoll die Augen verdrehte. Und was mich am meisten erstaunte, zum ersten Mal, seit ich gegangen und seit ich zurückgekehrt war – ich verspürte eine Art reuevoller Neugierde, gepaart mit einem heftigen schlechten Gewissen Mason gegenüber, bei dem Gedanken daran, wie mein Leben heute aussehen würde, wenn ich Little Goldcoast niemals verlassen hätte.

Am Abend kam Ilay zurück. Einen großen schwarzen Regenschirm über sich haltend, den Blick ernst, stand er vor der Haustür.

„Hi." Ich schlang die Strickjacke meiner Mutter enger um meinen Körper.

„Hi." Er deutete auf sein Auto, einen schlichten dunkelblauen Kleinwagen, der die eine oder andere Delle hatte. „Taxi zum Flughafen oder hast du es dir anders überlegt?"

„Hab's mir anders überlegt", antwortete ich, ehe ich darüber nachdenken konnte. „Sind ja nur noch zweieinhalb Tage. Das schaffe ich schon."

„Sehe ich genauso, Big City Girl, sehe ich genauso", stimmte er mir zu, als hätte er nie mit einer anderen Antwort gerechnet, tippte sich zum Abschied an seinen nicht vorhandenen Hut, stieg wieder in seinen Wagen und fuhr in die verregnete Dunkelheit davon.

Kopfschüttelnd sah ich ihm nach und ging zurück ins Haus.

Als ein paar Minuten später mein Handy klingelte, hörte es sich an wie der Soundtrack eines anderen Lebens.

Kapitel 11

Die Beerdigung

„Und dann hat sich dieser Geringverdiener tatsächlich erdreistet, die Pakete im Flur abzustellen, Nora – im Flur! Er meinte, es sei schließlich nicht sein Problem, dass ich vier Sportgeräte auf einmal online bestelle." Celia schnalzte mit der Zunge und klang ziemlich aufgebracht. „Er hat sie weder ausgepackt noch aufgebaut und hat sogar den verdammten Karton hiergelassen! Kannst du dir das vorstellen? Als hätte ich nicht schon genug Ärger mit Dad am Hals, weil ich angeblich nicht mit ihm abgesprochen habe, unten in seinem Keller einen Fitnessraum einzurichten." Sie seufzte theatralisch.

„Hast du denn für den Aufbau bezahlt?", erkundigte ich mich, obwohl ich mir sicher war, die Antwort darauf bereits zu kennen.

„Natürlich nicht!" Celia lachte unfroh. „Für die Geräte allein habe ich schon eine horrende Summe hingeblättert. Ich dachte, es sei selbstverständlich, dass die aufgebaut werden. Der Kerl hatte doch sicher eh nichts anderes zu tun."

„Na ja, vielleicht musste er noch weitere Pakete ausliefern“, gab ich vorsichtig zu bedenken.

„Noch weitere Pakete ausliefern? Als ob die Leute nicht mal ein paar Stunden warten könnten.“ Celia, die offensichtlich immer noch nicht begriffen hatte, dass sie nicht der Mittelpunkt des Universums war, seufzte genervt, als die melodische Türklingel im riesigen Haus ihrer Eltern erklang. „Seit wann bin ich eigentlich der Türsteher hier? Mum! Dad!“, rief sie so laut, dass ich das Handy instinktiv ein Stück weit von meinem Ohr entfernt hielt. „Hier ist irgendwer. Ja ja, legen Sie es dort auf den Gabentisch zu all den anderen“, fügte sie, begleitet von einem verächtlichen Schnauben, hinzu. „Hat das kleine Arschgesicht nicht verdient, aber egal.“

„Ist heute Dexters Geburtstag?“, erinnerte ich mich auf einmal.

Celia schnaubte erneut, anstatt zu antworten.

„Gratulier ihm bitte von mir“, verlangte ich.

„Den Teufel werde ich tun.“ Ich sah förmlich vor mir, wie meine Freundin mit den Augen rollte. „Hey, Sie da! Ist die Torte glutenfrei? Nein? Wieso nicht?“

„Seit wann verträgt Dexter kein Gluten?“, erkundigte ich mich irritiert.

„Wer redet denn von Dexter? *Ich* esse kein Gluten!“ Celia klang so empört, als müsste ich es eigentlich besser wissen.

„Ich erinnere mich relativ gut an eine kleine Knoblauchbrot-Orgie im letzten Monat, von der du definitiv ein Teil warst“, merkte ich behutsam an.

„Ich sagte ja auch nicht, dass ich es nicht vertrage. Ich nehme es bloß nicht zu mir“, erklärte Celia hoheitsvoll.

„Ich ernähre mich glutenfrei. Das ist ideal zum Abnehmen und verhindert Völlegefühle und einen aufgeblähten Bauch nach dem Essen."

„Und was ist mit dieser Fleischgeschichte?"

„Ach, die carnivore Ernährung", lachte Celia, als wäre das Ganze schon mindestens zehn Jahre her und schnalzte tadelnd mit der Zunge. „Das war nichts für mich. Knochenbrühe, geräucherter Fisch und Eier sind nicht gerade meine Lieblingssnacks, weißt du?"

„Kann ich verstehen", musste ich angewidert zugeben. „Wenn man Lust auf Schokokekse hat, will man die auch essen. Keine Brühe."

„Glutenfreie Schokokekse", korrigierte Celia freundlich.

„Selbstverständlich." Ich biss mir auf die Unterlippe, um nicht lachen zu müssen, und spürte jäh den Blick meines Vaters auf mir ruhen, der mich aus einem bunten, abgehobenen und luxuriösen Bezirk New Yorks zurück ins bescheidene Little Goldcoast beförderte. „Ähm, sorry, Süße, ich muss jetzt wirklich Schluss machen."

„Mit Mason?!" Celia schrie fast.

„Was? Nein! Mit unserem Telefonat."

„Oh. Okay." Celia kicherte. „Geht's dir denn gut in Little Silvercity?"

„Mir geht's bestens", behauptete ich.

„Wirklich? Klingt nicht so."

„Ach nein? Wie klingt es denn?"

„Anders. Keine Ahnung." Celia seufzte. „Bist du schon von einer Kuh angekackt worden?"

„Von einer ... was? Nein, Celia, wie kommst du auf so was?"

„Ich dachte, das wäre so gang und gäbe in abgelegenen Kleinstädten", murmelte sie mit einem gelangweilten Unterton in der Stimme.

„Ist es eindeutig nicht, glaub mir", erklärte ich bestimmt und schüttelte grinsend den Kopf. „Außerdem heißt es Little Goldcoast, nicht Little Silvercity."

„Wieder was gelernt." Celia gähnte desinteressiert, dann fauchte sie plötzlich: „*Auf* den Gabentisch, verdammt! Nicht daneben! Meine Fresse, immer diese inkompetenten Menschen!"

„Celia, entspann dich", hörte ich ihren Vater plötzlich im Hintergrund brummen. „Dillan ist unser Gast. Und sieben Jahre alt."

„Na dann viel Spaß bei der Party", beeilte ich mich zu sagen. „Wir sehen uns bald."

Ehe ihr noch etwas anderes einfiel, über das sie sich beschweren konnte, schaltete ich das Handy aus und steckte es mit einer raschen Bewegung in die Tasche.

„Tut mir leid", wandte ich mich an meine Eltern und strich das enganliegende schwarze Kleid glatt, das mir bis zu den Knien reichte und trotz nur minimalen Ausschnitts das kleine bisschen Oberweite, das ich besaß, ins rechte Licht rückte. „Das war ... wichtig."

„Hm", brummte mein Vater.

„Das ist eine Beerdigung, Liebes", tadelte meine Mutter mit einer diskreten Handbewegung in Richtung der Trauergäste, welche erstaunlich zahlreich erschienen waren. „Auch wenn sie noch nicht angefangen hat."

„Tut mir leid", wiederholte ich lahm und lächelte, als ich Ilay zwischen all den anderen entdeckte. Mum und Dad waren diejenigen, die darauf bestanden hatten, dass er kam, obwohl er Tante Florentine nicht einmal persönlich gekannt hatte. Ich jedoch war diejenige, die über seinen Beistand erleichtert war. Nicht weil ich so sehr um eine Tante trauerte, die ich nur wenige Male in meinem Leben gesehen und nicht besonders gern gemocht hatte, sondern weil der Friedhof nach wie vor ein Ort war, an dem ich mich in diesem kleinen Städtchen unsicherer und verletzlicher fühlte als ohnehin schon.

„Hübsches Kleid." Ilay begrüßte mich, nachdem er sich einen Weg durch die Menge gebahnt hatte, mit einem knappen Kuss auf die Wange. „Lass mich raten ... es hat dich dreitausendfünfhundert Dollar, einen halben Goldbarren und deine linke Niere gekostet?"

„Ach, dieses war ein Schnäppchen", log ich und machte eine wegwerfende Handbewegung. Die Haare hatte ich mangels Glätteisen straff zurückgekämmt und am Hinterkopf mit einem Haargummi zu einem kleinen Dutt zusammengebunden. Dazu trug ich eine diskrete schmale Kette in Silber und die dazu passenden runden Ohrstecker. Es hatte sich merkwürdig angefühlt, dasselbe Make-up aufzulegen, das ich in New York jeden Tag zur Arbeit trug, also hatte ich mich für eine leichte getönte Tagescreme, ein wenig Wimperntusche und etwas Rouge entschieden, um meinem bleichen Gesicht ein bisschen Farbe zu verleihen.

Der Blick in den Spiegel hatte sich paradox angefühlt, fast wie der Augenkontakt mit einer Fremden. Dann jedoch hatte ich entschieden, dass es in Ordnung war, hier völlig anders auszusehen als in New York, schließlich fühlte ich mich auch anders. Ich dachte anders, ich empfand anders, manchmal kam es mir sogar so vor, als würde ich mich anders bewegen und anders sprechen als zu Hause. Es war, als hätte ich damals beim Umzug nach New York den Charakter und das Aussehen einer anderen Person übernommen und beides nun beim Besuch in Little Goldcoast dort zurückgelassen. Unweigerlich drängte sich mir die Frage auf, ob ich, zurück an Masons Seite, in meiner Agentur und in der perfekt möblierten und dekorierten Wohnung wieder jene Nora Harrison sein würde, die ich noch vor ein paar Tagen gewesen war.

„Bereit, Big City Girl?" Erst als Ilay mich direkt ansprach, brach mein Gedankenkarussell ab.

Mum und Dad waren bereits vorausgegangen. Synchron setzten Ilay und ich uns in Bewegung, um uns zu den anderen Trauergästen zu gesellen. Viele von ihnen kannte ich noch aus meiner Jugend. Einige waren offensichtlich aus anderen Städtchen angereist, um Tante Florentine die letzte Ehre zu erweisen. Sie war zwar in Little Goldcoast geboren und aufgewachsen, hatte jedoch jung geheiratet und der kleinen Küstenstadt danach den Rücken gekehrt. Nach ihrer Scheidung hatte sie kinderlos und mit einer Handvoll Katzen und vielen Verschwörungstheorien in petto in Massachusetts gelebt und wurde bloß aus dem Grund hier beerdigt, weil sie hier offiziell Familie hatte und dort nicht.

Es war ein überraschend sonniger Tag. Zum ersten Mal, seit ich in Belbridge gelandet war, regnete es nicht. Während der Pfarrer mit der Grabrede begann, musterte ich unauffällig meine Eltern, die auf der gegenüberliegenden Seite des ausgehobenen Grabes standen, in welches der Sarg hineingelassen werden sollte. Beide sahen müde und alt aus, und während Dad bloß ernst dreinblickte, tupfte Mum sich hin und wieder mit einem Taschentuch über die Augen. Ob sie tatsächlich weinte oder dies bloß tat, weil sie der Meinung war, es gehöre sich so, war mir nicht ganz klar.

Auf einmal musste ich mir vorstellen, wie sie fünf Jahre zuvor an Arons Grab gestanden hatten, damals noch jünger, weniger müde und erfüllt von frischer, echter und unfassbar tiefer Trauer. Ich musste daran denken, wie sie Abschied von ihm genommen hatten, im Wissen, dass ihre Tochter dies nicht tun würde und wie sie anschließend zurück in ein leeres Haus gegangen waren, das eine gute Woche vorher noch mit Leben erfüllt gewesen war. Mein Herz und mein Magen zogen sich zugleich in einem heftigen Krampf zusammen und dies so unerwartet, dass ich mich leicht vornüberbeugte und mir instinktiv beide Hände auf den Bauch presste.

„Alles in Ordnung?“ Ilay legte mir eine Hand auf die Schulter.

„Alles gut.“ Ich rang mir ein Lächeln ab.

Aber es war alles andere als gut. Nicht ein einziges Wort des Pfarrers drang an mein Ohr. Das Blut in meinem Kopf rauschte zu laut, meine Gedanken waren weit weg und mein Blick fixierte das noch leere Grab, das so tief, dunkel und lieblos aussah. Wieder blitzte ein Bild vor meinem inneren Auge auf, das ich nicht sehen wollte: Arons Sarg, wie er langsam in eben jenes tiefe Grab gelassen wurde, darin versank und anschließend mit Erde bedeckt wurde, bis man nicht mal mehr ein winziges Stück davon zu sehen vermochte.

Ich versuchte zu schlucken und rang nach Atem, aber ein gefühlt faustgroßer Kloß in meinem Hals hinderte mich daran. Arons Sarg war aus Mahagoniholz gewesen. Ich erinnerte mich an die Auswahl meiner Eltern. Er hatte dunkel, schwer und irgendwie altmodisch ausgesehen, und ich war mir sicher gewesen, dass meinem Bruder das Modell aus Kiefernholz, das heller und wärmer gewirkt hatte, eher zugesagt hätte.

Meine Brust zog sich mangels fehlender Luft krampfhaft zusammen, wieder und wieder. Ich spürte kaum, wie ich zu taumeln begann. Auf einmal waren meine Hände kalt und fast taub, meine Arme kribbelten und fühlten sich merkwürdig schwer an. Der Pfarrer, die schwarz gekleideten Trauergäste und das Grab verschwammen vor meinen Augen zu einem einzigen großen dunklen Fleck. Bevor alles völlig in tiefstem Schwarz versinken konnte, spürte ich Ilays Arm, der sich um meinen Oberkörper schlang, mich aufrichtete und festhielt und mit sanfter Gewalt von diesem Ort fortzog.

Einige Meter vom Grab entfernt setzte er mich behutsam auf einer niedrigen Steinmauer ab, deren Kälte sofort durch das Kleid zu mir durchdrang und mich unwillkürlich zittern ließ. Endlich konnte ich wieder atmen, wenn auch nur flach und mit einer schmerzhaften Enge in der Brust. Ich schluckte angestrengt all die Spucke herunter, die sich in den letzten Minuten in meinem Mund angesammelt hatte, und wartete, bis die Welt aufhörte, sich so hastig um mich zu drehen. Mit Tränen in den Augen sah ich schließlich zu Ilay auf, der sich vor mich auf den Boden gekniet hatte und mir eine kleine Wasserflasche entgegenstreckte.

„Trink etwas, Nora“, verlangte er sanft.

„Danke. Ich habe keinen Durst“, lehnte ich schwach ab.

„Ich sagte, trink etwas. Sofort!“ Ich konnte mich nicht erinnern, seine Stimme je zuvor so bestimmend gehört zu haben.

Überrascht tat ich, was er verlangte und nahm einige Schlucke kaltes Wasser aus seiner Flasche, ehe ich sie mit zitternden Fingern wieder zudrehte.

„Sehr gut.“ Ilays Stimme war wieder weich wie eh und je. „Es ist in Ordnung, mal nicht die Starke zu sein, das weißt du, oder?“, erkundigte er sich.

„Klar“, brachte ich heiser hervor.

Eine Weile lang schwiegen wir beide. Es war ein wundervoller Herbsttag. Viel zu schön für eine Beerdigung. Nachdem es am Mittwoch, meinem Anreisetag, und auch dem Donnerstag ohne Pause geregnet hatte und der Himmel trist und grau gewesen war, schien heute die Sonne von einem klaren blauen Himmel herunter und sorgte für angenehme zwölf Grad Celsius. Ob am Tag von Arons Beerdigung schönes Wetter gewesen war? Ich versuchte mich zu erinnern, aber es wollte mir partout nicht einfallen, was verrückt war, da ich mich ansonsten an fast jedes Detail dieser Zeit zurückerinnern konnte.

„Du musst ihnen vergeben, Nora.“ Ilays Stimme holte mich zurück ins Hier und Jetzt.

„Wem?“ Mit gespielter Unwissenheit und ein wenig Eigensinn sah ich in seine sanften braunen Augen.

„Deinen Eltern.“ Er deutete auf die Flasche. „Trink noch etwas.“

Dieses Mal widersprach ich ihm nicht, sondern drehte die Flasche sogleich auf und leerte sie bis auf einige wenige Schlucke.

„Sie haben deinen Bruder nicht auf dem Gewissen“, fügte Ilay mit gesenkter Stimme hinzu.

Ich biss mir auf die Unterlippe.

„Sie haben ihn nicht umgebracht, Nora. Und du auch nicht. Es war *seine* Entscheidung.“ Ilay schluckte sichtbar und fuhr sich mit der Hand durch die vollen dunklen Haare. „Niemand hätte das verhindern können.“

Ich schüttelte den Kopf. „Woher weißt du eigentlich immer so genau, was ich gerade denke?“, murmelte ich mit einem unterdrückten Seufzen.

„Weil ich dich kenne, Big City Girl“, antwortete er schlicht. „Besser als jeder andere.“

Kapitel 12

Gespräche mit Aron

Es war das erste Mal seit Wochen, dass ich vor Aron ins Badezimmer gelangt war. Überrascht und innerlich triumphierend zugleich stieg ich unter die Dusche, putzte mir die Zähne, föhnte mir ausgiebig die Haare und trug schließlich eine gewagte Menge an Eyeliner auf. Ich hatte vor kurzem in einem Magazin gelesen, dass ein breiter Lidstrich die Augenpartie besonders attraktiv hervorhob, und meiner Meinung nach stimmte das.

Es war ein warmer Montagmorgen und Mum hatte verlangt, dass wir uns zum Ende der Ferien hin allmählich wieder an den beständigen Alltag gewöhnten und früh am Morgen aufstanden. Ihrer Meinung nach war die Umstellung nach unserem Schulabschluss und den langen Ferien zum Anfang des Studiums sonst zu hart. Deshalb klingelten unsere Wecker nun seit vier Tagen pünktlich um 7 Uhr 30, und meist war es Aron, der es als Erster schaffte aufzustehen und das Badezimmer zu blockieren. Was auch immer er darin tat, seine Haare gelen und absurde Outfits zusammenstellen wahrscheinlich. Aber nicht an diesem Tag.

Ich warf meinem Spiegelbild einen letzten zufriedenen Blick zu – der Lidstrich war mir wirklich gut gelungen – und marschierte aus dem Badezimmer.

„Wo ist dein Bruder? Es gibt Pancakes“, begrüßte Mum mich, die offenbar gerade auf dem Weg nach oben war, um nach uns zu sehen und bei meinem Anblick nun auf der Treppe verharrte. Sie trug ein kariertes Geschirrtuch über der Schulter und hatte jenen typisch geschäftigen Gesichtsausdruck, den sie immer dann aufsetzte, wenn sie mit dem Zubereiten von Essen oder mit der Hausarbeit zugange war. Der Geruch von frisch angebratenem Speck lag in der Luft und vermischte sich mit dem Duft von Pancakes und Kaffee. Für viele roch der Sommer nach frisch gemähtem Gras, nach Sonnenmilch und Blumen. Für mich roch er so.

„Schläft noch“, antwortete ich mit einem Wink in Richtung seiner verschlossenen Zimmertür.

„Dann weck ihn.“ Mum machte auf dem Absatz kehrt, um in die Küche zurückzukehren. „Und dann kommt endlich beide runter, bevor alles kalt und ungenießbar ist.“

Ich unterdrückte ein Aufseufzen, wandte mich jedoch wie befohlen Arons Zimmertür zu. Noch während ich die Klinke herunterdrückte, dachte ich darüber nach, wie wir den Tag verbringen würden. Es würde ein normaler Spätsommertag werden, zumindest dachte ich das noch. Wir würden Ilay in der Werkstatt seines Vaters besuchen, wo er sich seit kurzem im letzten Ausbildungsjahr befand. Wir würden schwimmen gehen, Fahrrad fahren, uns sonnen und Eis essen. Definitiv würden wir Eis essen.

Die Rollläden in Arons Zimmer waren fast komplett heruntergezogen. Nur wenige Sonnenstrahlen quollen durch die Schlitze und zeichneten kantige kleine Lichter auf den Boden. Mit drei großen Schritten war ich am Fenster und zog die Rollläden schwungvoll, laut und rasch in die Höhe – so wie er mich normalerweise nur zu gern zu wecken pflegte. Mit einem triumphierenden Blick wandte ich mich dem Bett zu, das nun von der Sonne geflutet wurde. Doch Aron reagierte nicht. Er versteckte sich nicht fluchend unter der Bettdecke, zog sich nicht das Kissen über den Kopf und machte sich auch nicht die Mühe, mich mit dem nächstbesten Gegenstand, den er greifen konnte, zu bewerfen. Er lag bloß da – reglos, blass und mit ineinander gefalteten Händen auf dem Bauch.

Ich hatte oft gehört, dass Menschen, die jemanden tot vorfanden, ihn im ersten Moment für schlafend hielten. Aber sobald ich ihn sah, ihn *wirklich* sah, wusste ich, dass er nicht schlief. Und dennoch – oder gerade deshalb – befahl ich ihm im nächsten Atemzug, aufzustehen.

Mit brüchiger Stimme und zittrigen Beinen näherte ich mich dem Bett und hatte just das Gefühl, mir selbst dabei zuzusehen. Mein Blick huschte über sein starr wirkendes Gesicht, über die geschlossenen Augen und die Haare, die ihm so ungewöhnlich platt ins Gesicht fielen, als wäre auch aus ihnen in dieser Nacht jegliches Leben gewichen. Sie glitten über die offene große Tablettendose auf seinem Nachttisch, über den ebenfalls dort platzierten weißen Briefumschlag und über seinen so sorgfältig aufgeräumten Schreibtisch, der normalerweise immer das reinste Chaos war. Als hätte er uns keine unnötige Arbeit hinterlassen wollen. Und während ich all das sah, verarbeitete und eins und eins zusammenzählte, hörte ich mich selbst immer lauter seinen Namen schreien.

„Aron!“ Mit einem erstickten Aufschrei fuhr ich in die Höhe, die Stirn nass von kaltem Schweiß, das Herz so heftig pochend, dass es wehtat.

„Muss ein schöner Traum gewesen sein, wenn ich darin vorkam.“ Aron saß auf der Fensterbank, schlug ein Bein über das andere und sah mich belustigt an. „Habe ich den Nobelpreis verliehen bekommen? Oder eine Rede in Hollywood gehalten? Nein, warte, sag es nicht – ich wurde ins Guinnessbuch der Rekorde eingetragen als Mensch mit dem höchsten IQ.“

Es dauerte einen Moment, bis ich realisiert hatte, dass ich nur geträumt hatte und inzwischen dreiundzwanzig Jahre alt war und er immer noch achtzehn und nur ein Produkt meiner zurzeit völlig verrücktspielenden Fantasie.

„Ich bilde mir dich nur ein“, murmelte ich und presste mir die Hände auf den schmerzenden Kopf, während ich die Beine aus dem Bett schlang.

„Du hast die Trauerfeier verpennt.“

„Wie tragisch.“ Ich verdrehte die Augen.

„Bist du nicht langsam ein bisschen zu alt für einen Mittagsschlaf?“ Er bedachte mich mit einem zur Seite geneigten Kopf und einem schelmischen Grinsen. „Oder schon so alt, dass du nun wieder einen brauchst?“

„Nichts von beidem.“ Ich warf ein Kissen in seine Richtung, doch es fiel durch ihn hindurch, ohne ihn zu berühren.

„Hast du ernsthaft erwartet, dass es mich treffen würde?“ Er gluckste. „Du solltest mal mit deinem Therapeuten sprechen.“

„Ich habe keinen und auch nicht vor, mir einen zu suchen“, entgegnete ich kopfschüttelnd. „Aber vielleicht solltest du mal zu einem gehen.“

„Also *ich* rede nicht mit Leuten, die nicht da sind“, amüsierte Aron sich.

„Aber du ...“

Ein Klopfen an der Tür ließ mich abrupt verstummen. Kurz darauf streckte Ilay seinen Kopf zur Tür herein.

„Störe ich?“, fragte er mit einem suchenden Blick durch den leeren Raum.

„Ähm ... nein. Ich rede nur gerade ... mit mir selbst“, brachte ich peinlich berührt hervor.

„Tja, manchmal braucht man einfach einen kompetenten Gesprächspartner.“ Ilay lächelte milde, kein bisschen verunsichert von meiner Aussage. „Geht's dir besser?“

„Ich glaube schon.“ Wie um meine Antwort zu überprüfen, erhob ich mich endlich vom Bett und machte ein paar behutsame Schritte. „Ich wollte mich nur kurz ausruhen. Hätte nicht gedacht, dass ich einfach einschlafe.“

„Ist doch in Ordnung.“ Ilay zuckte mit den Schultern. „Du warst nach der Beerdigung einfach erledigt – *und* hast Urlaub. Du kannst tun und lassen, was du willst. Und wenn du nicht willst, dann musst du auch nicht mitkommen.“

„Mitkommen? Oh, das *Goldies*.“ Ich erinnerte mich und nickte langsam. „Du hast gesagt, alle werden da sein und würden sich freuen, mich zu sehen.“

„Und *wie* sie sich freuen würden. Du weißt doch, hier passiert nicht viel. Das wäre wahrscheinlich das Jahreshighlight für einige von ihnen." Ilay lachte über seinen eigenen Witz. „Aber ernsthaft ... du musst nicht mitkommen. Wenn dir nicht danach ist, dann bleib lieber hier und ruh dich aus. Morgen ist auch noch ein Tag."

Der letzte ganze hier, schoss es mir unwillkürlich durch den Kopf. Schon Sonntag würde ich mich auf den Weg zum Flughafen machen.

„Ich würde gerne mitkommen", antwortete ich ehrlich. „Aber ich weiß nicht, was ich anziehen soll. Wie du bemerkt hast, ist meine Kleidung für hier eher ..." In Ermangelung eines passenden Wortes verstummte ich und biss mir auf die Unterlippe.

„Keine Ahnung, was du meinst. Im *Goldies* tragen alle ständig Outfits im vierstelligen Preisbereich", merkte Ilay trocken an. Dann fiel sein Blick auf meinen alten Kleiderschrank und sein Gesicht hellte sich auf. „Zieh doch etwas von früher an."

Ich musste lachen, so absurd war der Vorschlag. „Von früher, Ilay? Das passt mir doch alles gar nicht mehr. Ich bin keine achtzehn mehr! Mein Körper hat sich verändert."

„Höchstens ein wenig an Hüfte und Oberweite", stellte Ilay nach einem fachmännischen Blick fest, und ein unerwartetes Kichern entfuhr mir. Errötete ich etwa? Das war schon der zweite unerwartete Kommentar, den er über meinen Körper gemacht hatte. Und das Gefühl, das ich dabei empfand, war gleichermaßen paradox wie irgendwie wohlig. Little Goldcoast spielte mir echt übel mit. Ich war kaum noch ich selbst.

„Darf ich?" Ilay deutete auf meinen Kleiderschrank.

„Nur zu.“ Ich zuckte mit den Achseln. „Ich glaube nicht, dass du etwas darin finden wirst, was ich freiwillig anziehe.“

Er stöberte eine Weile lang in meiner Kleidung, dann hielt er mit herausforderndem Gesichtsausdruck ein rot-schwarz-kariertes Kleid in die Höhe.

„Wie wäre es damit?“

„Auf gar keinen Fall.“

Es folgten einige sehr enge Hosen, ein paar Oberteile, die ich vor Jahren als stylish empfunden hatte, Unmengen an blumigen Kleidern, und schließlich zog er ein Paar Overknee-Stiefel hervor und bedachte mich mit einem amüsierten Blick.

„Wieso kenne ich die nicht?“

„Weil ich sie nie getragen habe. Stell sie zurück“, verlangte ich kichernd. Meine Güte, wieso kicherte ich eigentlich ständig? Stieg mir die Kleinstadtluft etwa zu Kopf?

„Was ist damit?“, fragte Ilay, nachdem er die Stiefel mit bedauerndem Blick zurück in den Schrank hatte wandern lassen, und hielt ein dünnes, langärmliges Sweatkleid in meliertem Hellgrau in die Höhe, als würde es sich dabei um eine hart erkämpfte Trophäe handeln.

„Hm. Das könnte tatsächlich gehen“, gab ich zu und nahm es an mich. Ich hatte das Kleid zwar selbst gekauft, es aber nie getragen, da es mir schlussendlich doch nicht gefallen hatte. Wahrscheinlich war es meinem jugendlichen Ich zu schlicht gewesen. Nun jedoch war es das so ziemlich Ansprechendste, was der Schrank meiner Meinung nach hergab.

„Dann werde ich der Lady mal ein wenig Freiraum zum Umziehen geben.“ Ilay deutete auf die noch angelehnte Zimmertür.

„Sehr rücksichtsvoll, der Herr, vielen herzlichen Dank.“ Ich deutete eine übertriebene Verneigung an.

„So bin ich, Mylady. Ein Gentleman durch und durch. Bis gleich.“ Ilay grinste, trat in den Flur und zog lautlos die Tür hinter sich zu. Kaum hatte er den Raum verlassen, war Aron wieder da.

„Warum hast du es ihm damals eigentlich nicht einfach gesagt?“, fragte er.

„Was meinst du?“

„Du weißt schon.“ Aron verdrehte mit wissendem Blick die Augen. „Dass du unsterblich in ihn verliebt warst.“

Ich gab ein Geräusch von mir, das wie eine wilde Mischung aus einem Hustenanfall und ungläubigem Lachen klang.

„Ich war ein Teenager, Aron! Ich hatte doch gar keine Ahnung davon, was Liebe eigentlich ist“, behauptete ich mit einem überlegenen Lächeln.

„Ach, und jetzt weißt du es?“, erkundigte er sich.

„Klar“, behauptete ich. „Ich meine ... wahrscheinlich. Wer weiß schon so genau, wie Liebe sich anfühlt? Ist doch individuell.“ Ich zuckte mit den Schultern, legte das Kleid auf mein Bett und strich behutsam darüber. Dazu meine Stiefeletten und fertig war das schlichte Herbst-Outfit für die Kleinstadt. Schnell schlüpfte ich hinein. Es passte wie angegossen. Als ich mich wieder der Fensterbank zuwandte, war Aron verschwunden.

Kapitel 13

Alte Freunde, neue Erkenntnisse

It's been a long day without you, my friend
And I'll tell you all about it when I see you again
We've come a long way from where we began
Oh, I'll tell you all about it when I see you again
When I see you again

Ich schluckte schwer und versuchte, nicht auf das Lied zu hören, das im Küchenradio so laut lief, dass es bis ins Obergeschoss drang. All die Jahre lang war es mir so leicht gefallen, Aron und meine Vergangenheit zu vergessen, doch nun war all dies so gegenwärtig, dass es mich stetig einholte. Kopfschüttelnd eilte ich ins Badezimmer, stellte meine Kosmetiktasche auf dem Waschbeckenrand ab und musterte mein müde dreinblickendes Spiegelbild.

„Du hast auch schon mal besser ausgesehen, Nora Harrison", tadelte ich mich selbst.

„Du siehst gut aus, entspann dich, Big City Girl", drang eine warme Stimme aus dem Hintergrund.

Erschrocken wirbelte ich herum und fand mich Angesicht zu Angesicht mit Ilay wieder, der mit einem weißen Shirt in der Hand im Badezimmer stand und offenbar gerade dabei war, sich anzuziehen. Er trug eine helle Jeanshose und war oberkörperfrei, und noch während ich dies realisierte, wurde mir klar, dass ich ihn anstarrte.

„Ich ... ähm ... sorry", stammelte ich und wandte mich so schnell wie möglich von ihm ab. „Ich wollte nur ... ich wusste nicht, dass ..."

„Alles gut, du kannst dich wieder umdrehen. Ich bin angezogen." Ilay lachte. Im Gegensatz zu mir wirkte er völlig ungehemmt.

Mit glühenden Wangen tat ich, was er sagte. Obwohl er das weiße Shirt, das er gerade noch in der Hand gehalten hatte, nun am Leib trug, sah ich seinen nackten Oberkörper noch allzu deutlich vor mir. Ich hatte meinen besten Freund schon unzählige Male in einer Badehose gesehen, aber dass er nicht mehr schlaksig, sondern sogar ziemlich durchtrainiert und männlich geworden war, war mir neu. Das Bild seines definierten Bauchs, der muskulös anmutenden Brust und des gut sichtbaren Vs, das im Hosenbund verschwand, war in meinem Kopf wie eingebrannt. Und wieso zum Teufel fiel mir das überhaupt auf? Ich musste an Mason denken und wurde von einer heißen Welle des schlechten Gewissens niedergedrückt, auch wenn ich mich nicht bewusst dafür entschieden hatte, mit einem halbnackten Ilay in einem Raum zu sein. Hingesehen, und das nicht nur für eine Millisekunde, hatte ich, das war Fakt.

„Was machst du eigentlich hier?“, fragte ich so lässig wie möglich und wandte mich zur Ablenkung meinem Spiegelbild zu, um ein wenig Make-up aufzutragen.

„Dein Vater hat mich vor der Beerdigung gebeten, später kurz einen Blick auf den Motor seines Wagens zu werfen, also habe ich, für den Fall, dass ich mich dabei schmutzig mache, Wechselkleidung eingepackt, damit ich das erledigen kann und wir anschließend zusammen zum *Goldies* aufbrechen können“, erklärte er schlicht.

„Und du ... schließt nie ab, wenn du dich umziehst?“ Ich pinselte ein wenig Puder in mein Gesicht und betonte meine Wimpern mit etwas Mascara.

„Nein, so was machen wir in Little Goldcoast nicht. Wir schließen auch unsere Autos nicht ab“, erklärte Ilay, und ich hörte, dass er grinste. „Steht dir übrigens gut, das Kleid.“

„Vielen Dank“, sagte ich und merkte sofort selbst, wie förmlich das klang. „Wer wird denn gleich alles da sein, im *Goldies*?“ Ich versuchte, die merkwürdige Stimmung zwischen uns etwas aufzulockern.

„Oh, Maya, Drake und Max auf jeden Fall“, zählte Ilay an den Fingern seiner rechten Hand ab. „Und Jonah und Romy natürlich.“

„Romy?“ Ich puderte einen kleinen Hauch Rouge auf meine Wangen, um nicht ganz so blass auszusehen. Den Namen hatte ich nie zuvor gehört.

„Jonahs Freundin“, antwortete Ilay. „Du wirst sie mögen. Sie ist ein wenig schüchtern, aber sehr nett und tut Jonah wirklich gut. Die beiden wohnen zurzeit im Ferienhaus der Abercrombies. Soweit ich weiß, arbeitet

Romy im Homeoffice für irgendeine Anwaltskanzlei in Los Angeles."

„Und Liam?"

„Ist nicht mehr oft hier."

„Hm ..." Ich öffnete meine zusammengebundenen Haare und unterdrückte ein Seufzen, als sie mir platt und strohig ins Gesicht fielen. Ich vermisste mein Glätteisen. „Du gehörst jetzt also zur großen Clique, was?"

Soweit ich zurückdenken konnte, waren sie immer die große Clique gewesen, und wir – Liam, Ilay, Aron und ich – die kleine.

„Na ja." Ilays Gesicht verdunkelte sich ein wenig, was mir im Spiegel sofort auffiel. „Die kleine Clique gibt es nicht mehr, weißt du."

Mit einem Kloß im Hals nickte ich, kämmte mir die kinnlangen Haare streng zurück und band sie zu einem kleinen Dutt am Hinterkopf zusammen, bevor ich mich Ilay zuwandte. „Können wir?"

Er lächelte. „Gerne."

Ich war so oft im *Goldies* gewesen, dass ich davon ausgegangen war, beim Betreten des Diners sofort in nostalgische Stimmung zu verfallen. Aber das Gegenteil davon passierte. Ich fühlte mich merkwürdig. Wie ein Fremdkörper. Ich hatte es wesentlich größer in Erinnerung und stellte erstaunt fest, dass es klein, geradezu winzig war. Außerdem war es so schlecht besucht, dass es fast leer war. Ein alter Mann an der Bar, der meines Wissens Joe Morgan hieß, und die Clique, die mir sofort ins Auge fiel und in ein sehr lebhaftes Gespräch versunken schien, waren die einzigen Besucher. Noch während ich mich umsah und darauf wartete, dass die Nostalgie mich doch noch ergriff, nahm Ilay mir wie selbstverständlich den Mantel von den Schultern und ging zur Garderobe.

Im selben Moment erschien Grayson Kane, seines Zeichens wortkarger Besitzer des Diners, hinter dem Tresen. Er hielt eine Flasche in der einen und ein Paket Spültücher in der anderen Hand. Als er mich so verloren dastehen sah, hob er eine Augenbraue. „Haben Sie sich verlaufen?"

„Ich ... ähm, nein ... ich bin's, Nora! Nora Harrison", klärte ich auf und versuchte so zu lächeln, wie es mein Teenager-Ich getan hatte.

„Nora?" Sein Blick glitt prüfend über mein Gesicht. „Ganz sicher?"

„Sehr sicher", bestätigte ich.

Er wirkte immer noch skeptisch, als Ilay zurückkehrte und mir sanft eine Hand in den Rücken legte.

„Sie ist es wirklich", wandte er sich an den tätowierten Schwarzhaarigen.

„Wenn du das sagst ..." Grayson zuckte gleichgültig mit den Schultern und wandte sich seinem Spülbecken zu.

Widerstandslos ließ ich mich von Ilay an den kleinen Tisch schieben, an dem die Clique saß, die tatsächlich erst Notiz von uns nahm, als wir direkt vor ihr standen. Nacheinander begrüßten sie Ilay per Handschlag und mich mit einer Umarmung. Selbst das fühlte sich fremd an. Ich hoffte, dass mir niemand ansah, wie unwohl ich mich in meiner Haut fühlte. Wo war die Nora Harrison geblieben, die Feiern für tausende von Besuchern ausrichtete, mit wichtigen Geschäftsleuten verhandelte und selbstbewusst bei jedem noch so großen Event auftrat?

Als Jonah mich mit dem Arm kurz an sich drückte, musste ich lachen. Er hatte sich von allen am meisten verändert.

„Wann genau bist du eigentlich zu Jason Momoa Junior mutiert?", fragte ich.

„Mit genau dem habe ich ihn anfangs insgeheim auch immer verglichen." Die langhaarige schlanke Frau an seiner Seite lächelte und schüttelte mir verhalten die Hand. „Ich bin Romy."

„Nora. Freut mich." Ich mochte sie sofort.

„Du hast mich mit Jason Momoa verglichen?", wandte Jonah sich ihr zu.

„Vielleicht." Romys Wangen färbten sich zartrosa und sie unterbrach seinen durchdringenden Blick. Die Chemie zwischen den beiden war bis hierher spürbar.

„Wie geht's dir, Süße?", fragte Maya und zog mich unerwartet auf die Bank neben sich.

„Gut", antwortete ich und nickte ein wenig träge. „Wirklich ... wirklich gut, danke. Und dir? Euch? Was macht ihr so?"

Mein Blick glitt durch die Runde über all die freudigen, vertrauten Gesichter. Nicht nur Ilay und Jonah waren erwachsen geworden. All die jungen Menschen, die ich aus meiner Jugend in Little Goldcoast kannte und die damals noch ihren einundzwanzigsten Geburtstag und das endgültige Herauswachsen aus ihren Kinderschuhen gefeiert hatten, hatten sich zu eindeutig erwachsenen jungen Männern und Frauen entwickelt. Max, der damals Lehramt studiert hatte, wirkte mit seinem glatt gekämmten Seitenscheitel und dem Sakko eher wie Mitte dreißig, Maya war noch weiblicher und hübscher geworden als sie es immer schon gewesen war und der dunkelblonde Drake, bei dem es damals nicht zu mehr als ein wenig Flaum im Gesicht gereicht hatte, hatte sich tatsächlich einen Bart stehen lassen.

„Wo ist Luna?“, erkundigte ich mich. Die quirlige Sportfanatikerin fehlte in der Runde.

„Tunesien“, antwortete Drake wie aus der Pistole geschossen und nahm einen Schluck aus der Bierflasche, die vor ihm stand.

„Woher weißt eigentlich ausgerechnet du immer so genau, wo sie sich gerade aufhält?“, erkundigte Maya sich mit gerunzelter Stirn.

„Kenne deine Feinde und ihren Aufenthaltsort. Sagt man doch so“, antwortete Drake ausweichend.

Jonah legte einen Arm um Romys Schulter und strich sanft mit seinem Daumen über ihren Oberarm. Die beiden sahen so glücklich und vertraut miteinander aus, dass ich den Blick nicht von ihnen abwenden konnte.

„Wie habt ihr euch kennengelernt?“, erkundigte ich mich.

„Oh, das ist eine interessante Geschichte“, antwortete Jonah. Während sich ein breites Grinsen in seinem Gesicht ausbreitete, lief Romy synchron dazu dunkelrot an. „Die Kurzversion: Edith hat Romy das Ferienhaus zur selben Zeit überlassen, in der ich dort eine Auszeit nehmen wollte.“

„Und es hat sofort gefunkt?“, riet ich.

Die beiden tauschten einen Blick miteinander.

„So ähnlich, ja.“

„Es *hat* sofort gefunkt“, erklärte Maya an ihrer Stelle. „Die beiden haben es nur nicht sofort gemerkt. Mir war von Anfang an klar, dass sie ein Paar werden.“

„Was möchtest du trinken, Nora?“, erkundigte Ilay sich von der Seite.

Ich öffnete schon den Mund, um instinktiv um einen trockenen Weißwein zu bitten, besann mich dann aber eines Besseren und bestellte ein Bier, immerhin tranken das all die anderen ebenfalls. Meinem Ruf als Big City Girl wollte ich nicht direkt innerhalb der ersten Minuten hier gerecht werden.

„Ich nehme auch noch eins“, warf Drake ein.

„Klar. Noch jemand?“

„Ich. Danke.“ Maya trank den letzten Schluck aus ihrer Flasche und wedelte damit vielsagend durch die Luft.

Ilay nickte und entfernte sich von unserem Tisch, um Grayson an der Theke aufzusuchen.

„Und ihr kommt immer noch jeden Abend hierher?“, erkundigte ich mich. „Oder geht ihr manchmal auch woanders hin?“

„Wir sind fast immer hier“, antwortete Drake. „Was will man woanders, wenn man hier alles hat?“

Ich senkte den Blick. Mason und ich wechselten ständig die Location, wollten immer wieder etwas Neues ausprobieren und besuchten selten ein zweites Mal dasselbe Restaurant. New York war riesig und die Möglichkeiten, etwas zu essen oder zu trinken, schier unerschöpflich. Neue angesagte Läden mit hipper Einrichtung und außergewöhnlichen Angeboten schossen in der Großstadt eben wie Unkraut aus dem Boden.

„Und du bist zu Besuch bei deinen Eltern?“, erkundigte Romy sich und fügte hinzu: „Ich habe sie mal getroffen. Sie haben mir Kleidung von dir geliehen. Jonah und ich waren zusammen da und es hat furchtbar geregnet, also waren wir klitschnass und ... lange Geschichte.“

„Das war ein sehr interessanter Abend“, ergänzte Jonah tiefenentspannt.

Romy wurde knallrot und interessierte sich plötzlich brennend für die Speisekarte.

„Die wurde auch seit Jahrzehnten nicht erneuert, oder?“, fragte ich und deutete auf die abgegriffene Karte in ihrer Hand.

„Nicht mehr, seit das *Goldies* dem alten Kane gehört hat“, antwortete Jonah und rief, Richtung Theke gewandt: „Wie geht‘s eigentlich deinem alten Herrn, Grayson?“

„Gut“, antwortete der, als er Ilay gerade vier Flaschen Bier anreichte, einsilbig.

„Genießt er das Rentnerdasein in vollen Zügen?“

„Jap.“

„Vermisst er das Diner nicht manchmal?“

„Nope.“

„Immer wieder schön mit ihm zu reden. Die alte Labertasche.“ Jonah schüttelte grinsend den Kopf.

Kaum hatte Ilay neben mir Platz genommen und mir eine Flasche gereicht, begann mein Handy zu vibrieren. Sofort sprang ich auf und zog es aus der Handtasche.

„Ich gehe kurz zur Toilette“, beeilte ich mich zu sagen und eilte mit großen Schritten davon.

Auf dem Weg warf ich einen Blick auf das Display und entspannte mich innerlich ein wenig, als ich Ambers Namen nebst einem Foto von ihr, auf dem sie im Wachsfigurenkabinett neben einer Brad Pitt-Figur posierte, angezeigt bekam. Es war also offensichtlich nichts in der Agentur passiert, was mir Sorgen bereiten müsste. Ein Glück!

„Hi, Süße!", ging ich ran, nachdem ich die Tür hinter mir zugezogen hatte.

„Er hat eine andere!" Amber würgte die Worte geradezu heraus und schnäuzte anschließend lautstark in ein Taschentuch.

„Alistair?!", fragte ich unnötigerweise. Das Entsetzen in meiner Stimme war nicht einmal gespielt. Ich konnte mir kaum vorstellen, dass jemand eine Frau wie Amber betrügen würde.

„Ich habe in seinem Handy nachgesehen. Eine gewisse Elaine hat ihm geschrieben", erklärte sie, von Schluchzern begleitet. „Sie haben über ein Treffen gesprochen, über irgendein Restaurant und ... " Ihre Stimme brach.

„Oh Süße, das tut mir so leid." Ich musterte mein Spiegelbild, das trotz Rouge bleich aussah, und drehte den Wasserhahn auf, um mir ein wenig kaltes Wasser ins Gesicht zu spritzen. Am liebsten hätte ich Alistair auf der Stelle eigenhändig erwürgt, aber ich zwang mich, erst mal Ruhe zu bewahren. Im Zweifel für den Angeklagten.

„Hast du ihn darauf angesprochen?"

„Nein", gab Amber nach einem besonders tiefen Schluchzer zu. „Ich wollte erst mal mit euch darüber reden."

„Hat Celia nicht direkt angeboten, ihn umzubringen?"

„Sie hat gesagt, sie kann per Expressversand noch heute Bleiche, reißfeste Müllbeutel und Handschuhe besorgen", antwortete Amber halb beeindruckt, halb besorgt.

„Ja, das klingt nach Celia." Ich musste trotz der angespannten Lage grinsen. Dann seufzte ich. „Vielleicht gibt es eine logische Erklärung für das Ganze. Du solltest ihn damit konfrontieren und ..."

„Ich höre ihn gerade auf der Treppe, Nora!" Amber flüsterte auf einmal. „Ich melde mich nachher." Und schon klickte und piepte es in der Leitung.

Kopfschüttelnd verstaute ich das Handy wieder in meiner Tasche. Ob Alistair Amber wirklich betrogen hatte? Ich mochte ihn nicht besonders, aber das wiederum traute ich selbst ihm nicht zu. Amber war definitiv eine Zehn von zehn und hätte selbst an der Seite der heißen Hemsworth-Brüder eine gute Figur abgegeben.

Nach einem letzten knappen Blick in den Spiegel wandte ich mich zum Gehen, hielt aber in der Tür nochmal inne und zog kurz in Erwägung, mein Make-up aufzufrischen. Der kurze Moment reichte aus, um ein Gespräch mitanzuhören, das eindeutig nicht für meine Ohren bestimmt war. Maya und Ilay, die sich ein wenig von der Gruppe entfernt hatten, bemerkten mich gar nicht.

„Sie hat sich verändert. Sie wirkt so ... steif. Als wollte sie gar nicht hier sein", murmelte Maya.

„Sie ist noch immer Nora. Gib ihr etwas Zeit", sagte Ilay, die Stimme gelassen wie eh und je. „Außerdem hat sie viel mitgemacht."

„Nur sie? *Du* hast viel mitgemacht, Ilay. Du hast deinen besten Freund und deine beste Freundin zur selben Zeit verloren."

„Das ist nicht Noras Verschulden", nahm Ilay mich nach wie vor in Schutz.

„Das mag sein", antwortete Maya ruhig. „Du weißt, ich mag Nora und bei Gott, dieses Mädchen hat Schreckliches mitgemacht und hat mein ganzes Mitgefühl und meinen Respekt, dass sie immer noch aufrecht steht. Aber sie wird wieder nach New York gehen, das ist der Ort, an den sie jetzt gehört. Sie kann nicht anders. Und Ilay ... ich kenne dich. Ich sehe, wie du sie ansiehst. Verirr dich nicht in einem Labyrinth ohne Ausweg. Auch wenn du nach all den Jahren nie aufgehört hast, sie zu lieben."

Kapitel 14

Ungeahnte Gefühle

Es war exakt dieser Moment, in dem etwas in meinem tiefsten Inneren sich voller Schmerz zusammenzog und ein ganzes Dutzend Gedanken wie ein Schmetterlingsschwarm durch meinen Kopf flatterte. Ilay Baker, mein allerbester Freund und engster Vertrauter, in den ich jahrelang heimlich verknallt gewesen war, hatte also ebenso für mich empfunden? Und tat es, wenn man Mayas Worten Glauben schenken konnte, womöglich sogar immer noch? Wie würde mein Leben jetzt aussehen, wenn dies bereits vor Arons Tod ans Licht gekommen wäre? Und wie zum Teufel war es möglich, dass ich mein geliebtes New York plötzlich dem verschlafenen Little Goldcoast gleichsetzte?

Und es war auch exakt der Moment, in dem Ilay sich plötzlich umdrehte, als hätte er meinen Blick im Rücken gespürt, und mir direkt in die Augen sah. Kurz zog ich in Erwägung, zurückzuweichen und die Tür der Damentoilette schnell wieder hinter mir zu schließen, doch dafür war es definitiv zu spät.

„Ups“, war alles, was Maya dazu offensichtlich einfiel. „Ich ... lass euch das dann mal eben allein klären.“ Mit einem entschuldigenden Lächeln verschwand sie auf Zehenspitzen von der Bildfläche, um sich wieder zum Rest der Clique zu gesellen.

Erst jetzt wurde mir bewusst, dass ich immer noch die Klinke in der Hand hielt. In Zeitlupentempo ließ ich sie los. Mein Arm fiel schwer an meinen Körper und schien plötzlich nutzlos – wie der ganze Rest von mir. Für eine gefühlte Ewigkeit, wahrscheinlich waren es nur ein paar Sekunden, schaffte ich es nicht, mich zu bewegen, etwas zu sagen oder gar zu atmen, während Ilays Blick sich nach wie vor in meinen bohrte. Sah er ertappt aus? Erleichtert? Wütend? Ich konnte seine mir sonst so vertraute Mimik partout nicht lesen.

„Alles in Ordnung?" Seine Stimme drang wie aus weiter Ferne an mein Ohr. „Ist etwas passiert?"

„Passiert?", wiederholte ich, als hätte ich den Begriff nie zuvor gehört.

„Ja. Der Anruf, den du erhalten hast", half er mir auf die Sprünge und kam auf mich zu.

Unauffällig musterte ich ihn, aber nichts deutete darauf hin, dass er sich mir gegenüber anders verhielt als sonst.

„Ach so. Ähm ... nein, alles gut", beeilte ich mich zu sagen. „Es war bloß meine Freundin Amber. Sie glaubt, dass ihr Freund sie betrügt. Er ist Professor an der Uni, an der wir gemeinsam studiert haben, und ist viel älter als sie. Sie ist wunderschön, wirklich, aber aus irgendeinem Grund glaubt sie immer, ihn nicht halten zu können. Und jetzt schreibt er auch noch mit irgendeiner fremden Frau namens Elaine."

Die Worte entwichen meinem Mund einfach so, ich konnte gar nichts dagegen tun. Es war fast, als hätte mein Kopf auf Autopilot umgeschaltet, um den aufgebrachten Rest von mir erst mal herunterzufahren. „Sie ... ähm ... hat mit ihrer Annahme jedenfalls offensichtlich recht gehabt und jetzt redet sie mit ihm und will sich danach nochmal bei mir melden. Aber ich denke, unsere gemeinsame Freundin Celia hat das im Griff. Wenn er sie betrügt, bringt sie ihn um. Sie hat so einiges, aber absolut keine Skrupel." Erschöpft atmete ich aus.

„Okay", sagte Ilay gedehnt und musterte mich mit leicht hochgezogener Braue.

„Sollen wir zu den anderen gehen?", schlug ich lahm vor und gestikulierte in ihre Richtung. „Die fragen sich sicher schon, was wir hier treiben. Also nicht, dass wir hier was treiben würden. Also ... ähm ..." Ich schluckte und musste gleich darauf husten. „Wir treibens jedenfalls nicht miteinander."

Großer Gott. Warum hielt mir niemand den Mund zu?

„Richtig", stimmte Ilay mir mit einer beneidenswert professionellen Ernsthaftigkeit zu.

Als wir uns synchron in Richtung Clique aufmachten, hielt er mich kurz am Arm zurück. Die Berührung durchfuhr mich wie ein Blitz.

„Du hast gehört, was Maya gesagt hat, richtig?"

„Was? Nein! Ich habe gar nichts gehört. Was hat sie denn gesagt?", stieß ich ohne Atempause hervor. Ich blinzelte kurz, dann seufzte ich. „In Ordnung, ich *habe* etwas gehört. Eine ganze Menge davon sogar. Ich wollte nicht lauschen, aber es hat sich irgendwie so ergeben."

„Verstehe." Ilay nickte, dann senkte er seine Stimme. „Du musst dir keine Sorgen machen, Big City Girl. Die

Zeit, in der ich in dich verliebt war, ist lange vorbei. Wir waren fast noch Kinder."

„Klar", nickte ich und presste ein unnatürliches Lachen heraus.

„Ich meine ... nur damit du dir keine Sorgen machst. Du bist erstens eine verlobte Frau und zweitens würde ich nichts tun, was unserer Freundschaft schaden könnte."

„Natürlich." Ich hatte auf einmal Masons Bild vor Augen. Wie war es möglich, dass ich ihn innerhalb der letzten Minuten gar nicht mehr auf dem Schirm gehabt hatte? Begann so Fremdgehen? War ich wie Alistair?

Mit einem Kopfschütteln versuchte ich die dunklen Gedanken zu vertreiben, die sich wie ein hungriger Schwarm Moskitos auf mich gestürzt hatten und gierig ihre Zähne in mich schlugen.

Zurück am Tisch taten wir beide, als wäre nichts geschehen, und auch Maya verhielt sich mir gegenüber wie immer. Auch wenn ihre Worte über mich wehgetan hatten, wusste ich, dass sie die Wahrheit gesagt hatte. Ich *hatte* mich verändert. Ich war nicht mehr die Nora, die ich vor Arons Tod und vor dem Verlassen der Kleinstadt gewesen war, und auch die Rückkehr zu meiner Wahlheimat New York war unumgänglich.

„Alles in Ordnung?" Romy lächelte mich über den Tisch hinweg an. „Ist bestimmt komisch, nach fünf Jahren wieder herzukommen, oder?"

„Und wie", antwortete ich, dankbar, über etwas anderes nachdenken und sprechen zu können. „Es ist fremd und vertraut zugleich, komplett verrückt."

Kopfschüttelnd trank ich einige Schlucke von meinem Bier. Es war kein trockener Weißwein, schmeckte aber besser als erwartet. Als ich die Flasche zurück auf den Tisch stellte, erschien Grayson gerade mit einem Tablett und schob jedem mit einer gekonnten kleinen Handbewegung ein kleines Glas mit Bourbon über den Tisch hinweg zu. Außerdem hatte er für Maya, Romy und mich einen Cocktail mitgebracht und für Max, Drake, Jonah und Ilay eine weitere Flasche Bier.

„*Golden Blood*", quietschte Romy erfreut.

„Die Runde geht auf mich", erklärte Jonah, der die Bestellung offenbar aufgegeben hatte, und prostete allen zu. Gleichzeitig setzten wir die Gläser an unsere Lippen. Das süße Vanillearoma breitete sich in meinem Mund aus und ließ ein warmes Gefühl in mir aufsteigen. Es war anders, als in New York Alkohol zu trinken, wobei ich mich meistens aufgeheitert und wach gefühlt hatte. Hier zu trinken, machte mich eher entspannt und innerlich warm.

Und aus irgendeinem Grund wollte ich mehr davon. Ich wollte mich weiterhin so fühlen, intensiver so fühlen. Mich an die Nora erinnern, die ich gewesen war, bevor der Tod mich verändert hatte. Ich wollte ihnen allen und mir selbst beweisen, dass ich noch ich war.

Ich stellte das Glas ab und leerte meine Bierflasche, ehe ich am *Golden Blood* nippte. Verzückt fuhr ich mir mit der Zungenspitze über die Lippen. So herrlich wie dieser Cocktail schmeckte in New York ungelogen rein gar nichts. Die Mischung aus Wodka und Pfirsichlikör kribbelte auf meiner Zunge, in meinem Hals und schließlich in meinem Bauch. Als ich das Glas erneut an die Lippen setzen wollte, legte Ilay mir unerwartet eine Hand auf den Arm.

„Mach langsam, Big City Girl“, verlangte er rau. „Keiner nimmt dir was weg.“

„In New York City sagen wir: Zeit ist Geld“, erklärte ich ihm erhaben, schob seine Hand sanft beiseite und trank einen Schluck.

„Und in Little Goldcoast sagen wir: Der Grat zwischen *voll super* und *super voll* ist schmal“, entgegnete er trocken.

„*Super voll* klingt für mich ziemlich gut.“ Ich prostete den anderen zu. „Auf Little Goldcoast!“

„Auf Little Goldcoast“, wiederholten sie munter.

„Echt schade, dass man hier nirgendwo tanzen kann“, merkte ich etwas später an, wohlwissend, dass zumindest teilweise der Alkohol aus mir sprach.

„Kann man doch“, entgegnete Jonah.

„Ach ja? Hat hier etwa ein Club aufgemacht, von dem ich nichts weiß?“, erkundigte ich mich aufregt.

„Nein.“ Er lachte. „Aber ich bin mir sicher, dass Grayson nichts gegen eine kleine Tanzeinlage im *Goldies* hätte.“ Einladend deutete er auf das fast gänzlich leere Diner. „Nur bitte nichts von Taylor Swift.“ Vielsagend deutete er auf seine Freundin. „Sonst hält Romy nichts mehr auf dem Stuhl.“

Diese kicherte und wieder färbten ihre Wangen sich dezent rosa. Wahrscheinlich ein Insiderwitz, den nur die beiden verstanden.

Ich zuckte mit den Schultern, leerte mein Glas und stellte es schwungvoll auf den Tisch zurück. Ein paar Münzen aus meiner Handtasche klaubend, erhob ich mich so majestätisch wie irgend möglich. Tatsächlich schwankte der Boden des Diners schon ein wenig. Ich reckte die Faust gen Himmel. „Auf zur Jukebox.“

Romy klatschte freudig in die Hände und folgte mir. Bei jedem Schritt spürte ich Ilays Blick im Rücken.

„Kennst du dich damit aus?“, fragte Romy ehrfürchtig, als wir vor dem altmodischen Gerät aus lackiertem Holz und blauer Beleuchtung zum Stehen kamen, während der Rest der Clique uns belustigt hinterhersah.

„Logisch“ antwortete ich. „Du nicht?“

„Ähm ... nein“, gab sie zu und strich sich unsicher lächelnd ihre blond gesträhnten dunkelbraunen Haare hinter das Ohr. „Ich komme nicht von hier. Aber es ist schön, jetzt ein Teil von hier zu sein.“

Mein Blick wanderte suchend über die Liederauswahl. „Du arbeitest von hier per Homeoffice für eine Kanzlei?“, erinnerte ich mich an Ilays Worte.

„Ja, genau“, stimmte Romy mir ein wenig zu schnell zu. „Superlangweiliger Job. Müssen wir nicht länger drüber reden. Und was machst du so?“

„Ich bin Eventmanagerin und besitze eine kleine, gut laufende Agentur in New York“, erklärte ich mit einem gewissen Stolz in der Stimme.

„Wow. Da hast du ganz schön viel mit Menschen zu tun, was?“

„Ja, richtig.“ Ich verharrte bei *The time of my life* von *Bill Medley* und *Jennifer Warnes*. Obwohl *Dirty Dancing* über ein Jahrzehnt vor meiner Geburt erschienen war, hatte ich den Film als Jugendliche heiß und innig geliebt.

Als die ersten Klänge des Liedes das Diner durchdrangen, reichte ich Romy die Hände und zog sie trotz ihrer überrumpelt dreinblickenden Miene in die Mitte des *Goldies*.

„Oh bitte nicht, ich kann wirklich nicht tanzen", wisperte sie, vor Schreck zur Salzsäule erstarrt.

„Dann sind wir schon zu zweit", flüsterte ich gut gelaunt zurück.

„Now I've had the time of my life
No, I never felt like this before
Yes I swear, it's so true
And I owe it all to you
'Cause I've had the time of my life
And I owe it all to you",

sang ich aus voller Kehle und mehr schlecht als recht mit und ließ Romy nicht los, die mit einer Mischung aus Belustigung und Scham immer wieder von mir zu Jonah blickte. Ihren stummen Hilfeschrei beantwortend eilte er tatsächlich schließlich herbei, löste sanft meine Hände von ihren und zog sie zu einem eng umschlungenen Paartanz an sich. Dass ich Jonah Abercrombie mal bei so was zusehen würde, hätte ich auch nicht erwartet. Kopfschüttelnd warf ich Ilay einen Blick zu und deutete mit fassungsloser Miene auf die beiden. Er grinste bloß.

I've been waiting for so long
Now I've finally found someone to stand by me
We saw the writing on the wall
As we felt this magical fantasy

Ich blendete Jonah und Romy neben mir aus und tanzte nur für mich, fast so wie früher. Ich hatte ständig getanzt, als ich in Little Goldcoast gelebt hatte und als das Leben leicht gewesen war. Und obwohl ich diese Nora Harrison, die getanzt und laut gelacht, geweint und sich getraut hatte, ins Freibad einzubrechen, um dort nackt zu schwimmen, in den letzten fünf Jahren nicht vermisst hatte, fühlte es sich nun an, als würde sie mit einer riesigen Menge an Schmerz und Druck aus mir herausbrechen. Wie ein Schmetterling, der endlich aus seinem Kokon schlüpfte, nachdem er geglaubt hatte, das Leben als Raupe fristen zu müssen. Aber vielleicht lag es auch bloß am Alkohol, dass ich plötzlich vor mich hin philosophierte.

Ich tanzte an den vielen kleinen runden Tischchen vorbei, auf denen die altmodisch anmutenden Serviettenhalter und Ketchupflaschen standen, zur Jukebox hin und wieder zurück, Richtung Tresen und ... übersah die Stufe, die dahinter führte. Einen schrecklichen Moment lang strauchelte und stolperte, dann fiel ich – mit dem Oberkörper voran. Doch bevor mein benebeltes Hirn überhaupt die Chance bekam zu verstehen, was hier vor sich ging, wurde der Sturz auch schon unerwartet abgefangen. Statt auf den harten Boden des Diners war ich weich gefallen. Es dauerte einen Augenblick, bis ich realisierte, dass die starken Arme, die mich aufgefangen hatten, Ilay gehörten. Er und die anderen hatten sich offensichtlich, ohne dass ich es bemerkt hatte, während des Songs ebenfalls von ihren Plätzen erhoben, um uns Gesellschaft zu leisten.

Und obwohl ich längst wieder festen Boden unter den Füßen hatte, ließ Ilay mich nicht mehr los. Die Hände um meine Oberarme gelegt, meinen Körper an seinen gepresst, verharrten wir beide wie eingefroren. Wann hatte er eigentlich so feste Brustmuskeln bekommen?

Sein mir so vertrauter Geruch stieg mir in die Nase und löste absurd widersprüchliche Gefühle in mir aus. Ich fühlte mich sicher und geborgen, aber auch nervös und erregt. *Erregt?* Oh ja, es kribbelte eindeutig in einer Körperregion, die ein guter Freund nicht wirklich zum Kribbeln bringen sollte.

„Ich ... muss kurz an die frische Luft“, brachte ich mit gepresster Stimme hervor.

Ilay ließ mich los, als hätte er sich verbrannt, und ich stürmte an der gut gelaunten Maya vorbei, die mit einem Cocktail in der Hand neben Drake und Max ihren Hüftschwung zum Besten gab. Niemand schien mitbekommen zu haben, was passiert war, was gut war, denn daher versuchte zumindest niemand, mich aufzuhalten.

Die kalte, klare Herbstluft, die mich vor dem *Diner* empfing, ließ mich gefühlt schlagartig nüchtern werden. Alles Schummrige, Leichte und Kribbelnde, das mich gerade noch gänzlich erfüllt hatte, wich mit einem einzigen Atemzug aus meinem Körper.

Ich brachte ein paar Meter zwischen mich und das *Goldies* und versteckte mich bei den Müllcontainern, die an der seitlichen Hauswand standen. Nur für den Fall, dass doch noch jemand nachkommen und nach mir sehen würde. Dort versuchte ich erst mal einen klaren Kopf zu bekommen. Was war gerade passiert? Auch wenn ich mir einzureden versuchte, dass ein alter Freund mich bloß vor einem Sturz bewahrt hatte, nicht mehr und nicht weniger, so wusste ich doch nur allzu gut, dass ich mich damit selbst belog. Nichts daran war harmlos, nichts daran freundschaftlich gewesen. Sein Reflex, mich aufzufangen, seine Nähe und Wärme, die unerwartet starken Arme und dieser Geruch – frustriert fuhr ich mir mit beiden Händen durchs Gesicht, als könnte ich das, was ich vorhin empfunden hatte, einfach wie lästige Spinnweben fortwischen. Scham erfüllte mich. Das schlechte Gewissen Mason gegenüber zwang mich fast in die Knie. Das hatte er nicht verdient. Jeder, aber nicht er. Er, der alles für mich tat, der mir alles verzieh, der meinen Perfektionismus und mein Dasein als Workaholic kommentarlos annahm und immer das Richtige sagte. Was war bloß los mit mir? Wie um mich selbst zu quälen, rief ich mir sein makelloses Gesicht in Erinnerung, seine durchdringend blauen Augen, seine perfekt geschwungenen Lippen, die sich wieder und wieder zu einem Lächeln kräuselten, sobald er mich sah. Am liebsten hätte ich mich selbst geohrfeigt.

„Jep ... okay ... verstehe ...", riss mich eine nicht weit entfernte raue Stimme aus meinem trübsinnigen Monolog.

Ich runzelte die Stirn. War das nicht Grayson? Neugierig entfernte ich mich von den Containern, um zurück Richtung Eingang zu gehen. Ich begann allmählich zu frösteln. Als hätte der Schock nachgelassen, spürte ich erst jetzt, dass es eiskalt war und ein rauer, pfeifender Wind um die Häuser zog. Instinktiv schlang ich die Arme um meinen Körper.

„Nächsten Monat, Bill." Grayson stand, der Tür des Diners den Rücken zugekehrt, den Blick Richtung leerer Straße gewandt, wenige Meter von mir entfernt, telefonierte und zerzauste sich die fast schulterlangen schwarzen Haare. „Jep ... verstehe. Nope ... jep ... selbstverständlich." Er atmete so tief ein, als würde er die gesamte Luft aus Little Goldcoast saugen wollen, dann drang ein tiefer, lange angestauter Seufzer aus seiner Brust. „Bill, versteh doch ... Ich *habe* kein Geld. Nichts. Niente!"

Ich hielt die Luft an, und es folgte wieder eine Aneinanderreihung an *Jeps* und *Nopes* und *Verstehes*, die nur von kurzen Pausen unterbrochen wurden, in denen er seinem Gesprächspartner zuhörte.

„Machst du Witze?" Grayson klang plötzlich aufgebracht. Obwohl er immer noch mit gedämpfter Stimme sprach, war herauszuhören, dass er wütend war. „Niemals! Ich verkaufe das *Goldies* nicht. Nur über meine Leiche. Fuck you, Bill."

Plötzlich fühlte es sich an, als würde ich fallen. Das *Goldies* hatte es schon gegeben, als meine Eltern noch jung gewesen waren. Ich erinnerte mich an den alten Kane, dem das Diner damals gehört hatte, bevor irgendwann sein uns bis dato allen unbekannter und wenig gesprächiger Sohn Grayson es urplötzlich übernommen hatte. Er war, soweit ich wusste, um die zehn Jahre älter als ich, schweigsam und ein Einzelgänger, aber jeder wusste, dass er ein gutes Herz hatte und das Goldies und seine Besucher aufrichtig liebte. Nun musste ich mit Scham feststellen, dass seine Existenz für mich stets eine Selbstverständlichkeit gewesen war und ich mir nie zuvor Gedanken um den Menschen hinter dieser Wortkargheit gemacht hatte. Ich wusste nicht, wer er war, wo er wohnte, welche Musik er hörte und ob er in einer Beziehung lebte. Und da war ich mit Sicherheit nicht die Einzige.

Ich wartete, bis die nunmehr unterkühlt klingenden *Jeps* und *Nopes* verebbten und Grayson das Handy in die Tasche seiner zerschlissenen Jeans steckte. Mit einem tiefen Ausatmen fuhr er sich mit den Handinnenflächen mehrfach durch das Gesicht und wandte sich dann ruckartig um. Ich hielt den Atem an – doch er nahm gar keine Notiz von mir und eilte zurück ins Diner.

Erleichtert schnappte ich nach Luft. An einem Abend beim Belauschen zweier Gespräche erwischt zu werden, hätte sich auch wirklich *sehr* unangenehm angefühlt.

Ich wartete einen Moment, damit es nicht doch noch auffiel, nahm noch einen tiefen Atemzug der klirrend kalten Herbstluft und folgte ihm.

Kapitel 15

Schöner Schein

„Alles in Ordnung?“ Maya bedachte mich mit einem mütterlichen Blick.

Die gesamte Gruppe war inzwischen wieder an ihren Stammplatz zurückgekehrt und in Gespräche vertieft, die Stimmung losgelöst.

„Danke, alles bestens“, beeilte ich mich zu sagen und setzte ein Lächeln auf, das Selbstsicherheit vorgaukeln sollte. „War nur ein bisschen viel.“ *Ein bisschen viel Ilay.* „Ein bisschen viel Alkohol.“

Ich bestellte mir eine Cola und verfolgte zurückhaltend die Gespräche der anderen, während mein Blick immer wieder zu Grayson hinüberglitt. Als wäre nichts passiert, polierte er Gläser, sah bei den wenigen Gästen nach dem Rechten und hielt sein Pokerface aufrecht. Nun wusste ich, wie es dahinter aussah. Zumindest ein wenig. Wie lange trug er diese Bürde wohl schon mit sich herum? Gab es jemanden, dem er sich anvertrauen konnte? Jemanden, der ihn unterstützte, aufmunterte, auffing? Ich wandte den Blick ab und bemerkte, dass Ilay bemerkt hatte, wie ich Grayson beobachtete. Aus irgendeinem Grund war mir das unangenehm. Ich wollte nicht, dass er dachte, dass ich auf ihn stand. Also grinste ich unbeholfen und nippte an meiner Cola, während seine Augen immer noch auf mich gerichtet waren.

„Und du, Ilay?“ Jonahs Stimme schaffte es, seine Aufmerksamkeit von mir abzuwenden. „Immer noch nichts Neues am Start?“

Nichts Neues am Start? Es dauerte eine Weile, bis mir klar wurde, dass Jonah über Frauen sprach. Paradoxerweise hatte ich mir meinen besten Freund nie mit einer Frau an der Seite vorgestellt. In meinem Kopf war er Dauersingle und dies so überzeugend, dass ich ihn seit meiner Ankunft in Little Goldcoast nicht ein einziges Mal danach gefragt hatte. Dass das in der Realität wohl doch eher unwahrscheinlich war, dämmerte mir erst jetzt. Ilay war sechsundzwanzig, attraktiv, sympathisch und bei allen, die ich kannte, überaus beliebt. So unauffällig wie möglich, obwohl ich innerlich komplett gebannt war, wartete ich auf seine Antwort.

„Zurzeit nicht“, klärte er endlich auf, und ich atmete erleichtert aus.

Wieso zum Teufel war ich eigentlich erleichtert? Ich biss mir auf die Unterlippe. Er war mein Freund, ich sollte ihm wünschen, dass er glücklich war! Dass er geliebt wurde. Aber trotz des Schuldbewusstseins überwog das Gefühl der Erleichterung.

„Dabei ist das mit Abby doch schon über ein Jahr her, Ilay“, fuhr Jonah fort und klang ein wenig ermahnend. „Wird langsam Zeit, dich wieder ins Gefecht zu stürzen.“

Abby, wiederholte sich der Name, den Jonah ausgesprochen hatte, dumpf in meinem Kopf. Wer war

Abby? Und wieso fühlte es sich so merkwürdig an, diesen Namen im gleichen Atemzug mit Ilays zu hören?

„Ins Gefecht?“, wiederholte Romy belustigt.

„Ja, du weißt schon ... er muss zurück in den Sattel.“

„In den ... Sattel?“ Seine Freundin runzelte nach wie vor verständnislos die Stirn.

„Männer müssen regelmäßig im Sattel sitzen, sonst verlernen sie das Reiten“, erklärte er unnötigerweise und betonte dabei jedes Wort, als wollte er sichergehen, dass sie ihn richtig verstand.

„Ist *Sattel* hier ein Synonym für *Sex*?“, erkundigte Maya sich entspannt von der Seite aus.

„Wenn es aus Jonahs Mund kommt, eindeutig ja“, antwortete Max und leerte seine Bierflasche.

Der lachte und Romy versetzte ihrem Freund einen sanften Schlag gegen den Oberarm.

„Mach dir keine Sorgen, Prinzessin. Ich habe seit einer ganzen Weile nur noch ein einziges Pferd im Stall und kein Interesse an einem neuen“, besänftigte er sie.

Sie schien nicht ganz zu wissen, ob sie lachen oder die Augen verdrehen sollte, also tat sie beides.

„Also, Junge ... wie ist das mit dir und dem Zurückkehren in den Sattel?“, erkundigte sich nun auch Drake und lehnte sich mit gespannter Miene zurück.

Da saßen wir nun also und sprachen über Ilays Sexleben. Nicht allzu interessiert, aber auch nicht auffällig abgeneigt, sah ich ihn ebenfalls abwartend an. Doch er grinste bloß geheimnisvoll.

„Macht euch mal keine Sorgen um meinen Sattel“, antwortete er entspannt. „Dem geht‘s bestens.“

„Wird regelmäßig von Hand poliert?“, legte Jonah noch einen drauf, was ihm ein genervtes Aufstöhnen von Maya und Romy entlockte und die Männer zum Lachen brachte.

„So in etwa. Alles bestens“, antwortete Ilay ohne den Anflug von Scham in der Stimme. „Und selbst?“

„Oh, ich kann mich nicht beschweren.“ Jonah legte einen Arm um Romy und sie errötete leicht. „Regelmäßige Ausritte und hin und wieder eine Runde Rodeo.“

Maya verschluckte sich an ihrem Cocktail und hustete so heftig, dass ich ihr auf den Rücken klopfen musste. Mit hochrotem Kopf wischte sie sich die Lachtränen aus den Augen.

„Bei mir herrscht in jeglicher Beziehung tote Hose“, warf sie in den Raum, als sie wieder zu Atem gekommen war. „Im wahrsten Sinne des Wortes.“

„War da nicht was mit der Kleinen vom Paketdienst?“, hakte Jonah nach. „Bunte Schürsenkel, drahtig, wilder Afro?“, setzte er erklärend hinzu, als hätte Maya selbst längst den Überblick verloren.

„Ich dachte, da lief was mit dem Sohn vom Filialleiter dieses neuen Coffeeshops in Belbridge“, mischte Max sich ein.

„Oh ... nein.“ Maya winkte ab, immer noch von minimalen kleinen Hustern unterbrochen, die dem Verschlucken von vorhin zuzuschreiben waren. „Es war nett mit beiden, aber weiter entwickelt hat sich daraus nichts. Und du, Max?“

Offenbar ging das Spiel nun reihum. Ich wappnete mich innerlich für die neugierigen Fragen, die über meine Beziehung mit Mason folgen würden, und wandte mich, wie die anderen, dem Grundschullehrer der Gruppe zu.

„Ich habe gar keine Zeit für sowas", winkte der lapidar ab und schüttelte grinsend den Kopf.

„Alter, du hast drei Monate Sommerferien", erinnerte Drake ihn trocken. „Wenn du keine Zeit hast, wer dann? Ich arbeite Schicht und schaffe es noch, meine Beziehungen aufrecht zu erhalten."

„Die Betonung liegt auf der Mehrzahl. Beziehung*en*", kicherte Maya.

„Ich bin eben ein geselliger Typ", verteidigte Drake sich, musste aber ebenfalls schmunzeln.

Über die aufgeheizte Stimmung vergaß ich Grayson und sein Geldproblem beinahe.

„Und du, Nora?" Es kam, was kommen musste. Maya wandte sich als Erste an mich, die Blicke der anderen folgten neugierig. „Was macht die Liebe bei dir?"

Wieso hatte das Gespräch eigentlich bei Sex begonnen und war nun bei Liebe angelangt? Um Zeit zu schinden, nahm ich zwei große Schlucke Cola, dann hielt ich vielsagend meine linke Hand in die Runde. Das musste genügen.

Romy quietschte verzückt. Verständlich. Mason hatte sich den Verlobungsring von *Tiffanys,* einen Achtzehnkaräter in Roségold, einiges kosten lassen. Aber diese expliziten Informationen, die ich mit Celia und Amber nur zu gern geteilt hatte, behielt ich hier für mich. Little Goldcoast war anders. Die Menschen waren anders.

„Sieht teuer aus", raunte Romy ehrfürchtig.

„Und prollig", merkte Maya an und fügte gleich darauf hinzu: „Auf eine gute Art."

Ich wusste nicht, wie man *prollig* auf eine gute Art meinen konnte, aber ich ließ es gelten. Maya trug ihr Herz auf der Zunge und sie hatte ja recht. Ich erinnerte mich daran, wie Mason ihn mir angesteckt hatte – er unter Tränen, ich gewohnt gefasst – und an das Gefühl, dass er zu viel für mich sei. Zu auffällig, schwer, zu wertvoll. Und zu bindend. Doch schneller als gedacht hatte ich mich daran gewöhnt und das Gefühl, dass er nicht passte, abgelegt. Denn er tat es – er passte an diese perfekt manikürte Hand einer Designerkleidung tragenden, erfolgreichen Eventmanagerin. Er passte zur Verlobten eines außergewöhnlich gutverdienenden Architekten. Er passte zur New Yorker Nora Harrison. Doch nun, nach all der Zeit, fühlte er sich zum ersten Mal wieder schwer an.

„Er muss dich *sehr* lieben." Romy konnte den Blick gar nicht von meiner Hand nehmen, als hätte der Ring mit seinem funkelnden Diamanten sie hypnotisiert. Als ich den Arm zurückzog, schüttelte sie kurz den Kopf, als wäre sie gerade tatsächlich aus einer Art Trance erwacht.

„Tut er", antwortete ich knapp.

„Und wie ist er so? Sieht er gut aus?" Maya stützte ihre Ellbogen auf dem Tisch ab, legte das Kinn in die offenen Handflächen und musterte mich durchdringend. „Ich wette, er ist heiß."

„Hast du ein Foto von ihm?", fragte Romy aufgeregt.

„Ähm ... mein Akku ist leer", log ich. Dabei entging mir Ilays durchdringend skeptischer Blick nicht. Er wusste nur zu gut, dass ich mit niedrigem Akkustand das Haus nicht verlassen würde. Wieso fühlte es sich nur so merkwürdig an, mit der Clique über meinen Verlobten zu sprechen? Lag es wirklich nur daran, dass diese beiden Welten, die hier aufeinanderprallten, so unterschiedlich waren? Daran, dass ich Little Goldcoast nie nach New York mitgenommen hatte und auch New York nicht mit nach Little Goldcoast?

Mit leichtem Widerwillen zog ich mein Handy hervor, scrollte kurz durch die Galerie und öffnete ein Foto vom letzten Frühling, das Mason und mich beim Brunch zeigte. Amber hatte uns eingeladen und kaum etwas gegessen, weil sie der Meinung gewesen war, fünfhundert Gramm zugenommen zu haben und in ihrem Kleid wie ein – Zitat – *schlachtreifes Schwein* auszusehen. Celia hatte schlechte Laune gehabt, weil ihr eine andere Frau im *Macys* das letzte Spitzentop in ihrer Größe und Lieblingsfarbe vor der Nase weggeschnappt hatte und Mason und ich waren abwechselnd von Kunden und Angestellten angerufen worden. Es war kein schöner Tag gewesen und alles in allem sehr kräftezehrend. Wir hatten kaum ein Gespräch bis zum Ende führen können und waren nach zwei Stunden zurück in unsere Büros gefahren. Und dennoch sahen wir auf dem Bild entspannt, glücklich und verliebt aus. Wir waren herausgeputzt, frisch frisiert und bleckten die Zähne zu einem Lächeln, das jeder Zahnpastawerbung Konkurrenz gemacht hätte. Eine perfekt inszenierte Momentaufnahme, ein schöner Schein, aber nicht mehr.

Alle Blicke wandten sich dem Handy zu, als ich es in die Runde hielt.

„Er *ist* heiß“, bestätigte Romy Mayas Annahme von vorhin mit Genugtuung in der Stimme und drückte Jonah gleich darauf einen Kuss auf die Wange, als würde diese Aussage ihr ein schlechtes Gewissen bereiten. „Nicht so heiß wie du natürlich“, hörte ich sie ihm leise ins Ohr raunen.

„Alles gut, ich finde ihn auch heiß“, tat Jonah gleichgültig, und Romy kicherte.

„Wow! Freut mich für dich.“ Maya klang aufrichtig gönnerhaft.

„Er sieht aus, als könnte er sich so einen Ring leisten“, nickte Max anerkennend.

„Du kannst es sicher kaum erwarten, wieder bei ihm zu sein“, strahlte Romy mich an, den Kopf an Jonahs Schulter gebettet. Sie war eindeutig eine Romantikerin, süß und verträumt durch und durch.

„Ihr passt zusammen“, nickte Drake, und was das Foto anging, hatte er eindeutig recht. Die New Yorker Nora passte zu Mason. Doch würde ich diese jemals wieder sein können? Würde ich Little Goldcoast beim Rückflug erneut wie eine lästige Staubschicht von mir abstreifen und vergessen können? Ein Großteil von mir hoffte es inständig. Ein kleinerer leiserer Part jedoch wünschte sich verzweifelt, dass es nicht so sein würde.

Alle außer Ilay hatten etwas zu dem Bild gesagt. Er jedoch schien sich plötzlich sehr für das Etikett der Bierflasche zu interessieren, die vor ihm stand, und drückte wiederholt eine leicht abstehende Ecke davon wieder an das kalte Glas. Plötzlich war ich müde. Ich ließ den Bildschirm meines Smartphones, auf dem immer noch das Foto leuchtete, schwarz werden, verstaute es in meiner Tasche und täuschte ein Gähnen vor.

„Ich werde mich dann mal auf den Heimweg machen“, erklärte ich, zog mein Portemonnaie hervor und trat an die Theke, um bei Grayson zu bezahlen. „Habt noch einen schönen Abend!“, rief ich der Clique über meine Schulter hinweg zu.

Etwas überrumpelt erwiderten sie meine Worte. Ich spürte jeden einzelnen Blick im Rücken.

„Was schulde ich dir?", erkundigte ich mich so lässig wie möglich, denn Graysons Telefongespräch und die Verzweiflung, die er unentwegt spüren musste, waren beim Blick in seine Augen sofort wieder präsent. Ich schluckte. „Für alles", fügte ich mit gesenkter Stimme hinzu. „Ich übernehme, was auch immer wir alle getrunken haben."

Er musterte mich kurz mit unergründlicher Miene, dann schob er wortlos einen schmalen weißen Zettel über den Tresen, auf dem er sich die Getränke und Preise notiert hatte.

„In Ordnung." Ich klaubte ausreichend Scheine aus meinem Portemonnaie und legte noch fünfzig Dollar obenauf. „Sie werden sicher noch einiges trinken", erklärte ich, ehe er sich wundern konnte.

„Danke." Grayson verstaute das Geld in der Kasse und bedachte mich mit einem knappen Nicken. „Mach's gut."

„Du auch." Ich rang mir ein Lächeln ab, doch er hatte sich bereits von mir abgewandt.

Als ich die Tür öffnen wollte, kam mir jemand zuvor. Überrascht fiel mein Blick auf die kräftige Männerhand, die sich um den Knauf gelegt hatte, und ich fand mich Angesicht zu Angesicht Ilay gegenüber. Mir entging nicht, dass er seine Jacke übergezogen hatte.

„Was machst du?", fragte ich, obwohl das offensichtlich war.

„Wonach sieht's denn aus? Ich bringe dich nach Hause."

„Oh, das ist wirklich nicht nötig“, beeilte ich mich zu sagen und schüttelte den Kopf. „Danke, aber ich komme klar. Es ist Little Goldcoast. Die Wahrscheinlichkeit, hier auf dem Trockenen von einem weißen Hai attackiert zu werden, ist wahrscheinlich höher als die, überfallen oder ausgeraubt zu werden.“

„Dann werde ich dich eben vor den Haien beschützen“, erklärte er mit fester Stimme, und ich wusste, dass es ihm egal wäre, was ich noch sagen würde.

Ein Seufzen unterdrückend nickte ich und schlüpfte unter seinem Arm hindurch, als er mir die Tür aufhielt. Eigentlich hatte ich mich darauf eingestellt, mir auf dem Weg zu Mums und Dads Haus vom kalten Herbstwind den Kopf freipusten zu lassen. Es passte mir nicht, dass mein bester Freund mich dabei begleiten würde – nicht nur, weil ich allein sein wollte, sondern vielmehr, weil ich mir nach den vergangenen Stunden nicht mehr über den Weg traute, mit ihm allein zu sein.

Kapitel 16

Unerwartete Wendungen

Die Sonne schien nicht mehr. Längst war sie untergegangen und hatte durch ihr Verschwinden dafür gesorgt, dass die Herbstluft in Little Goldcoast eiskalt und schneidend wurde. Jeder Atemzug, den ich tat, drang mit einem Gefühl des Schmerzes in meine Lungen ein. Zudem zog ein rauer Wind durch die uneben gepflasterte Straße.

Der Weg vom *Goldies* bis zum Haus meiner Eltern war nicht weit. Eigentlich war die Entfernung sogar perfekt – vor allem, wenn man etwas getrunken hatte und nur einige wenige Meter weit stolpern musste, bis man sich ins Bett fallen lassen konnte. Heute jedoch fühlte die Entfernung sich nicht perfekt an. Der Weg kam mir zu lang vor, kaum dass wir begonnen hatten, ihn zu gehen. Und paradoxerweise wünschte ich mir im selben Moment, er würde nie enden.

„Sie haben sich kaum verändert", setzte ich in einem verzweifelten Versuch an, belanglosen Smalltalk zu betreiben, um diese drückende Stille zwischen uns zu durchbrechen, und warf Ilay einen kurzen Blick zu.

„Wir sind alle dieselben wie damals“, stimmte er mir zu.

„Aber ich nicht.“ Ich versuchte zu schlucken, aber meine Kehle zog sich krampfhaft zusammen und machte es schier unmöglich. „Auch wenn ich kurz dachte, ich kann noch die Alte sein ... ich bin ein völlig anderer Mensch geworden.“

„Das glaube ich nicht.“ Im Augenwinkel sah ich, wie er entschieden den Kopf schüttelte. „Die alte Nora ist noch da drin. Irgendwo. Davon bin ich überzeugt.“

„Ach ja? Was macht dich da so sicher?“

Als er nicht antwortete, wandte ich mich ihm zu. Vielleicht hatte er mich nicht gehört. Vielleicht war der Wind zu laut gewesen.

„Ein Blick in deine Augen“, antwortete er, als unsere Blicke sich trafen. „Ich sehe sie noch, wenn ich in deine Augen sehe. Ich sehe dich.“

Irgendetwas an seinen Worten jagte mir eine Gänsehaut über den gesamten Körper, und ich konnte nicht mit Sicherheit sagen, ob es seine leise, fast flüsternde Stimmlage war, das, was er tatsächlich aussprach oder die Art und Weise, in der er mich währenddessen mit seinem Blick gefangen hielt. Erst jetzt bemerkte ich, dass wir stehengeblieben waren.

„Ich akzeptiere und respektiere die neue Nora. Die, die alles mit dem Kopf entscheidet. Die kühlere, teurer gekleidete und erwachsene Nora ... weil ich weiß, dass die bezaubernde, lebensfrohe und unbedarfte Nora, die Entscheidungen aus dem Bauch heraus trifft, noch da drin ist. In dieser ... perfekt manikürten, frisierten und gekleideten Hülle.“

Ich öffnete den Mund, um etwas zu sagen, aber mir fehlten die Worte.

„Es ist verständlich, dass du, nach allem, was passiert ist, versuchst zu kontrollieren, was um dich herum geschieht. Weil du nicht kontrollieren konntest, wie er sich gefühlt hat. *Dass* er sich so gefühlt hat. Dass er diesen Weg gewählt hat, um damit abzuschließen", fuhr Ilay fort, und in seiner Stimme lag etwas Beschwörendes.

Ich wusste, er wollte mich nicht verletzen, doch er tat es.

„Aber die Dinge zu kontrollieren, kann sie nicht reparieren. Kann sie nicht davor bewahren, kaputtzugehen. Entscheidungen ausschließlich mit dem Kopf zu treffen und das Bauchgefühl zu ignorieren, muss nicht unbedingt heißen, dass die Entscheidungen klug sind, die man trifft."

„Ich weiß nicht, wovon du sprichst." Endlich hatte ich meine Stimme wiedergefunden, auch wenn sie ein wenig heiser klang.

„Doch, das weißt du", widersprach er mir bestimmt.

Ich hob den Blick, sah meinem besten Freund direkt in die Augen und schob das Kinn ein wenig vor, so wie Celia es tat, wenn sie sich behaupten musste.

„Morgen ist mein letzter ganzer Tag hier. Am Sonntag fliege ich zurück nach New York und werde das Leben weiterleben, für das ich mich vor fünf Jahren entschieden habe." Ich klang nicht annähernd so überzeugend wie gewollt, aber hoffentlich dennoch überzeugend genug. „Ich will mich nicht so fühlen wie ich es hier tue. So hilflos, traurig, verunsichert, verwirrt, nachdenklich, nackt, hin- und hergerissen", zählte ich auf. „In

New York fühle ich ... gar nichts. Ich funktioniere einfach. Und das ist gut, das ist richtig, das treibt mich voran."

„Nora ... nichts daran, zu funktionieren, ist gut", entgegnete Ilay mit einem Anflug von Strenge in der Stimme. „Maschinen funktionieren. Du bist kein Roboter."

„Vielleicht bin ich genau das." Ich zwang mich, seinem Blick standzuhalten. „Und vielleicht will ich genau das sein. In New York."

Ilay holte tief Luft und fuhr sich mit beiden Händen durch die dichten dunklen Haare. „Wieso bist du dann zurückgekommen?" Er schüttelte langsam den Kopf. „Wenn alles dort so toll ist und hier so schrecklich, wieso bist du dann nicht dortgeblieben? Ich wüsste nicht, dass dir deine Tante so viel bedeutet hätte, dass du unbedingt bei ihrer Beerdigung dabei sein musstest. Sag es mir, Nora. Wieso bist du zurückgekommen?"

„Deinetwegen!", brach es endlich aus mir heraus.

Diese Erkenntnis überraschte mich selbst, denn es war mir völlig neu, auch wenn es, im Nachhinein betrachtet, das einzig Logische war.

„Ich bin deinetwegen zurückgekommen, Ilay ... deine Stimme am Telefon an diesem Tag, ich ... ich kann mich nicht erinnern, dass irgendeine Stimme je so viel in mir ausgelöst hat und ich ... ich wollte dich plötzlich wiedersehen, ich wollte ... ich weiß nicht, was ich wollte. Frieden schließen. Mit allem." Meine Stimme versagte.

„Nora."

Einen Moment zu lange sahen wir einander in die Augen, und in dieser klirrend kalten, windigen Herbstnacht wurde mir so warm, dass ich am liebsten meinen

Mantel abgelegt hätte. Plötzlich war ich wieder ein Teenager, war fünfzehn, sechzehn, siebzehn, frische achtzehn Jahre alt und träumte davon, dass mein bester Freund mich genauso ansah, wie er es nun, viele Jahre später, tat.

Ilays Blick streifte über mein Gesicht, verharrte kurz an meinen Lippen und fand dann meine Augen wieder.

„Du bist angetrunken und traurig ... und verlobt." Mit einem energischen Kopfschütteln, als müsste er sich selbst dazu zwingen, wandte er als Erster den Blick ab. Seine Augen nahmen den unebenen Boden ins Visier, und die Wärme, die sie gerade noch in mir ausgelöst hatten, schwand so plötzlich, dass mir schwindlig wurde.

„Ich bringe dich jetzt nach Hause." Auf einmal schien er es eilig zu haben. Schnellen Schrittes setzte er den Weg in Richtung meines Elternhauses fort.

Mein Herz schlug mir bis zum Hals. Er war wieder erwachsen, ich jedoch spürte immer noch mein verliebtes, naives Teenager-Ich in meinem Inneren, rasend vor Aufregung. Es war schwer, gegen den heulenden Wind anzulaufen. Zum Schutz gegen die raue Kälte schlang ich meine Arme um meinen Körper und beeilte mich, Ilay einzuholen.

„Sei doch nicht immer so verdammt anständig, Ilay Baker!", schrie ich ihm hinterher und hatte selbst keine Ahnung, wo diese Worte, diese Wut, diese Erwartung, dieser Wille zu provozieren, plötzlich herkamen. Ich glaubte fest daran, dass sie sowieso vom Wind zerrissen werden würden, doch sie erreichten ihn.

Abrupt blieb er stehen. So abrupt, dass ich beinahe in ihn hineingelaufen wäre. Nur Zentimeter von ihm entfernt blieb ich stehen.

„Ich soll nicht immer so anständig sein?" In seinen sonst so sanften braunen Augen flackerte plötzlich etwas auf. Etwas, das ich nie zuvor darin gesehen hatte. Er war mir so nah, dass ich seine sich unruhig auf und ab wölbende Brust direkt vor mir sah und seinen warmen Atem im Gesicht spürte. Eine Geruchsmischung aus Erde, Leder, Holz, Bourbon und jenem Parfum, das er seit Ewigkeiten benutzte, schlug mir entgegen und schnürte mir die Kehle vor Sehnsucht, Verlangen und etwas wie Furcht zusammen. Ich fürchtete, was nun geschehen würde, doch ich sehnte es auch so sehr herbei, dass es mich innerlich schier zerriss.

In Zeitlupentempo, zumindest fühlte es sich so an, auch wenn er sich wahrscheinlich ganz normal bewegte, wanderte Ilays Hand an mein Gesicht, strich zart wie ein Windhauch über meine Wange, ehe sein Daumen meine Lippe streifte. Ich hielt den Atem an. Jegliches Denken setzte aus. Seine Hand wanderte weiter, legte sich in meinen Nacken, und plötzlich zog er mich mit einem so unerwarteten Ruck an sich heran, dass ich lautstark Luft durch die Nase einsog. Im nächsten Augenblick lagen Ilays Lippen auf meinen, warm und weich und noch viel sanfter, als ich es mir in all meinen tausend Tagträumen je ausgemalt hatte.

Die Starre, die von mir Besitz ergriffen hatte, ließ allmählich nach, und ich schlang meine Arme um seinen Hals und presste mich an ihn. Meine Zunge öffnete seine Lippen, und ein leises, sehnsüchtiges Seufzen entfuhr ihm.

Im nächsten Moment schon war er fort, und mit ihm all die Wärme, Sehnsucht und das Prickeln, das innerhalb der letzten Sekunden in meinem Nacken begonnen hatte und mit rasantem Ausmaß über meinen gesamten Körper gekrochen war. Seine Hand lag immer noch an meinem Gesicht, hielt meine Wange, streifte mit unfassbarer Zärtlichkeit über meine Lippen, doch in seinen Augen lag plötzlich etwas wie Wehmut.

„Angetrunken, traurig und verlobt“, wiederholte er mit Nachdruck und einem bitteren Unterton in der Stimme. Seine Hand glitt langsam von mir, ehe er sie tief in den Hosentaschen verbarg, als fürchtete er, sie sonst nicht mehr unter Kontrolle halten zu können.

Nur allmählich schaffte mein vernebeltes Hirn es, die Bedeutung hinter seinen Worten zu begreifen. Ilay hatte recht. Ich hatte mehr als genug getrunken. Ich vermisste Aron. Ich hatte Mason. Der Ring an meinem Finger schien auf einmal schwerer zu werden, ebenso wie mein Herz.

„Ich bringe dich jetzt nach Hause.“ Ilay nickte in Richtung meines Elternhauses, das nun wirklich nicht mehr weit entfernt lag.

Den Rest des Weges gingen wir schweigend nebeneinander her und bis auf das stete Heulen des Windes war es so still, dass es wehtat. Ilay hatte die Hände immer noch in den Hosentaschen versenkt, als ich den Schlüssel, den Mum mir gegeben hatte, aus meiner Tasche klaubte und mit zitternden kalten Fingern die Tür aufschloss.

„Gute Nacht, Ilay“, sagte ich, ohne mich noch einmal umzudrehen.

„Gute Nacht, Big City Girl.“

Die Tür fiel ins Schloss und ich wusste, dass er noch davorstand und mir nachsah. Plötzlich schossen mir Tränen in die Augen. Heiße, brennende Tränen, völlig anders als jene, die ich um Aron geweint hatte. Als ich Schritte aus dem Wohnzimmer hörte, die sich eilig dem Flur näherten, zwang ich mich hektisch, sie herunterzuschlucken und ein Lächeln aufzusetzen. Ich war davon ausgegangen, dass meine Eltern längst schliefen, doch offenbar hatte ich mich geirrt.

„Sie wird platzen vor Freude!", prophezeite meine Mutter mit ungewöhnlich euphorischem Unterton in der Stimme, ehe sie den Flur betrat und mich mit dem Geschirrtuch, das sie gerade noch über der Schulter getragen hatte, ins Wohnzimmer winkte.

Als ich den altmodisch eingerichteten Raum betrat, gefror mir das Lächeln im Gesicht. Auf jenem grün-rot-karierten Sofa, über dem sich unzählige Stick- und Knüpfbilder sowie mindestens zwei Dutzend Kinderfotos von Aron und mir befanden, saß niemand Geringerer als mein Verlobter.

Kapitel 17

Kleinstadt-Nora gegen Großstadt-Nora

„Das kann doch unmöglich alles gewesen sein.“ Aron seufzte abgrundtief und schlug sich die Hände, an deren Nägeln noch die Reste abgekratzten schwarzen Nagellacks hafteten, vors Gesicht. „So ein guter Kuss und dann soll es das Ende sein statt des Anfangs? Ein Kuss, auf den du wartest, seit er in den Stimmbruch gekommen ist?!“

Seit einer gefühlten Ewigkeit ließ ich eiskaltes Wasser direkt aus der Leitung über meine Handgelenke laufen und bemühte mich, die Stimme meines Bruders auszublenden. In meinem Kopf überschlugen sich die Gedanken so sehr, dass es wehtat. Ilay, der Kuss und der verdammt harte Kontrast vom Anzug tragenden Mason auf der altmodischen karierten Couch meiner Eltern sorgten dafür, dass ich mich nach einer Kopfschmerztablette sehnte. Ich würde Mum gleich danach fragen, sobald ich mich aus dem Gäste-WC heraustrauen würde. Aber vorher musste ich es irgendwie schaffen, meine Gedanken zu ordnen, um zumindest wie ein halbwegs normaler Mensch agieren zu können.

„Es *muss* das Ende sein, Aron.“ Bestimmt schaltete ich das Wasser aus, trocknete meine fast zu Eisblöcken gefrorenen feuerroten Hände ab und wandte mich ihm mit gefasstem Gesichtsausdruck zu. „Falls du es nicht mitbekommen hast: Im Wohnzimmer sitzt mein Verlobter. Mein Verlobter, der extra aus New York hierher geflogen ist, um mir beizustehen, weil er der Meinung ist, dass ich ihn brauche“, setzte ich mit sehr leiser Stimme hinzu, um zu verhindern, dass irgendjemand mich hört.

Aron, der im Schneidersitz auf der zugeklappten Toilette saß und seine langen, dünnen Beine angewinkelt hatte, verdrehte die Augen.

„Dein Verlobter, über den du dich so sehr freust, dass du dich erstmal im Gäste-WC einsperrst, um deine Hände zu massakrieren und mit dem Geist deines toten Zwillings zu sprechen?“

„Wenn du das so sagst, klingt es schräger, als es eigentlich ist.“ Ich schüttelte den Kopf. Mein Spiegelbild sah aus, als hätte ich drei Tage lang durchgefeiert und irgendwo in der Gosse übernachtet. Ich schämte mich dafür, dass Ilay mich in diesem Zustand geküsst hatte. Und noch mehr dafür, dass Mason mich so zu Gesicht bekam. Meine Haare standen zu Berge, mein Make-up war verlaufen und hatte kleine dunkle Krümelchen unter meinen Augen hinterlassen, und in dem Kleid, das mein Teenager-Ich ausgesucht hatte, fühlte ich mich auf einmal wie kostümiert. Wütend auf mich selbst schaltete ich den Wasserhahn wieder an, befeuchtete meine Hände und fuhr mir damit in einem verzweifelten Versuch, meinen Bob ein wenig zu glätten, wiederholt über die Haaroberfläche, als es plötzlich an der Tür klopfte.

Erschrocken fuhr ich herum. Aron war verschwunden. Nach einem letzten prüfenden Blick in den Spiegel – ich sah immer noch ziemlich fertig aus, nun jedoch mit nassen Haaren – öffnete ich zaghaft die Tür.

„Habe ich dich mit meinem spontanen Erscheinen hier erschreckt?“ Mason neigte den Kopf leicht und schenkte mir ein perfektes Lächeln. Waren seine Zähne schon immer so weiß gewesen? So gerade und makellos? Er sah einfach umwerfend aus.

„Ein wenig“, gab ich zu.

„Das war nicht mein Bestreben, entschuldige.“

Entschuldigte er sich gerade ernsthaft dafür, seinen einnehmenden Job pausiert zu haben, um einen Flug zu buchen und sich ins nach Mottenkugeln stinkende Wohnzimmer seiner potenziellen Schwiegereltern zu setzen, um seine Verlobte zu überraschen? Ich seufzte leise und schüttelte den Kopf.

„Du musst dich nicht entschuldigen. Die Aktion ist süß. Ich habe bloß nicht damit gerechnet. Ich freue mich. Wirklich.“ Ich rang mir ein Lächeln ab und hoffte inständig, dass es überzeugend aussah. Freute ich mich, Mason zu sehen? Ich wusste es selbst nicht. Beim Gedanken daran, was geschehen wäre, wenn er nicht im Wohnzimmer, sondern an der offenen Haustür auf mich gewartet und mich mit Ilay gesehen hätte, drückte das schlechte Gewissen krampfartig meinen Magen zusammen.

Wie erstarrt ließ ich zu, dass er mich aus dem Gäste-WC zog und, nachdem ich das Wohnzimmer vorhin bei seinem Anblick fluchtartig und ohne ein Wort verlassen hatte, zur Begrüßung küsste. Die Qual, seinen Mund auf denselben Lippen zu spüren, auf denen wenige Minuten zuvor noch Ilays gelegen hatten, zerriss mich innerlich beinahe. Masons Kuss war anders als Ilays. Um Welten anders. Ilay küsste sanft, langsam, zärtlich. Mason schneller, fester und vertrauter.

„Wir müssen reden", brach es aus mir heraus, das Gesicht ganz nah an Masons nach Zitrone, Aftershave, Seife und Zahnpasta duftender, frisch rasierter Wange.

„Morgen", vertröstete er mich väterlich. „Ich bin todmüde." Ein leises Grinsen huschte über sein Gesicht. „Und schrecklich gespannt auf dein Zimmer."

„Sei nicht so unhöflich, Nora, nun zeig ihm schon dein Zimmer!" Meine Mutter – wer weiß, wie lange sie schon heimlich im Türrahmen des Wohnzimmers gestanden und uns mit seligem Lächeln im Gesicht beobachtet hatte – deutete auf die nach oben führende Treppe. „Mason ist müde und will sicher ein bisschen traute Zweisamkeit mit seiner Verlobten."

Ihrem Blick nach zu urteilen war sie ziemlich beeindruckt von dem Mann, mit dem ich mir in New York ein Leben aufgebaut hatte. Normalerweise hätte mich das mit einem gewissen Stolz erfüllt, nun jedoch fühlte ich mich dabei wie eine Heuchlerin. Mason war groß, gut gebaut, sehr attraktiv und gepflegt. Er hatte jenen bezaubernden männlichen Charme, mit dem er jeden um den Finger wickeln konnte, nutzte das aber nie zu seinen Gunsten aus. Er war der perfekte Schwiegersohn. Ich wäre ein Narr, ihn gehen zu lassen.

Es fühlte sich merkwürdig an, den vertrauten Weg nach oben zu gehen, während Mason mir auf dem Fuße folgte. Ich fragte mich, was er von dem kleinen Haus hielt, in dem ich aufgewachsen war, und wie er meine Eltern fand. Dass er Eindruck hinterlassen hatte, stand außer Frage. Seine ganze Präsenz, sein Auftreten, seine Ausstrahlung widersprachen Little Goldcoast und diesem Haus so sehr, dass es geradezu absurd war. Ich fühlte mich schäbig und distanziert ihm gegenüber, und das Gefühl, dass gerade zwei Welten, die ich bisher gut voneinander hatte trennen können, miteinander kollidierten, ließ den Schmerz in meinem Kopf mehr und mehr ansteigen.

„Nach dir." Mason stieß meine Zimmertür, auf die ich unnötigerweise zeigte, über meine Schulter hinweg auf und sah sich neugierig im Obergeschoss um.

„Rustikal", bewertete er die altmodische Einrichtung höflich. „Wer ist Aron?"

Die Frage raubte mir kurz die Luft zum Atmen.

„Mein Bruder", antwortete ich knapp und schaltete das Licht in meinem Zimmer an.

„Du hast einen Bruder?" Mason schloss die Tür hinter uns und blickte sich um.

„Hatte. Er ist gestorben."

„Oh ..." Er war sichtlich betroffen. „Das tut mir leid. Gut, dass ich nicht nach den Fotos im Wohnzimmer gefragt habe. Woran ist er gestorben?"

„Ich bin ziemlich müde." Ich schluckte und deutete ausweichend auf das schmale Bett. Kurz zog ich in Erwägung, ihm die Couch anzubieten, dann schämte ich mich sofort für den Gedanken. Immerhin war er mein Verlobter.

„Ich muss dir wirklich etwas sagen“, murmelte ich.

„Hm.“ Mason besah sich die Zimmertür etwas genauer. „Hast du keinen Schlüssel?“

„Ich ... nein, wozu?“

Er lächelte vielsagend. „Damit niemand hereinplatzt, während wir Liebe machen.“

Daran hätte ich wirklich als Letztes gedacht. Zum ersten Mal, seit wir ein Paar waren, sträubte sich alles in mir dagegen, meinen Körper mit seinem zu vereinen. Noch ehe ich mir eine Ausrede überlegen oder gar Ilay und den Kuss ansprechen konnte, hatte Mason den kleinen Abstand zwischen uns verringert, mich an sich gezogen und so intensiv geküsst, dass mir schwindlig wurde. Gekonnt zog er mir das Kleid vom Leib, öffnete meinen BH und verbarg sein Gesicht in der kleinen Kuhle zwischen meinem Hals und dem Schlüsselbein. Sein heißer Atem kitzelte auf meiner Haut.

„Mason ...“, protestierte ich schwach, kam jedoch nicht umhin, wohlig zu erschaudern, als ich seine Erregung durch die Hose spürte.

„Ich habe dich drei Tage lang nicht gesehen“, raunte er an meinen Hals und begann, meinen Körper mit Küssen zu bedecken. „Drei Tage sind lang.“

Ich schluckte, als seine Lippen Richtung Bauchnabel wanderten, und legte den Kopf in den Nacken.

„Was wolltest du mir sagen?“ Jäh war sein Gesicht wieder vor meinem, ganz nah, und seine stechend blauen Augen sahen mich voller Liebe, Begehren und Leidenschaft an.

Einen Moment lang rang ich mit mir, nur einen winzigen, kleinen Moment. Dann schüttelte ich sachte den Kopf.

„Nichts, das nicht warten könnte“, antwortete ich, zog ihn an mich und öffnete seine Hose.

Und als er sich schließlich in meinem schmalen Jugendbett über mich legte und mit einem unterdrückten Stöhnen in mir versank, verschwand endlich die verunsicherte Kleinstadt-Nora, um der selbstsicheren New Yorker Nora den Weg zu räumen. Mit jedem Stoß vertrieb er etwas aus mir, das in den letzten Tagen zu viel Raum eingenommen und mich verändert hatte: Aron, die Clique, meine Eltern und Little Goldcoast. Und Ilay.

Kapitel 18

Zwei Männer am Frühstückstisch

Als ich am kommenden Morgen die Augen aufschlug, gab es einen herrlich unwissenden Moment, in dem ich mich lebendig, frei und völlig unbeschwert fühlte. Ich glaube, jeder kennt diese wenigen Sekunden kurz nach dem Aufwachen, in denen man sich nicht an irgendwelche negativen Erlebnisse, den unschönen Vortag oder das eigene schlechte Gewissen erinnert. Und dann, plötzlich und unerwartet, bricht es wie eine Welle über einen herein, weckt, lähmt, ertränkt.

Ich hielt den Atem an, als die Erinnerungen an die letzten Tage sich vor meinem inneren Auge wie ein Film aus einzelnen fluchtartigen Bildern abspielten: Aron, mein altes Kinderzimmer, das Aufeinandertreffen mit der großen Clique, der Alkohol – und Ilay. Und Mason. *Mason*!

Eilig wandte ich den Kopf, doch der Platz neben mir war leer. Ich lag nackt und allein in meinem ehemaligen Jugendbett, zugedeckt mit einer frisch gewaschenen, nach Vanille-Weichspüler und Mottenkugeln riechenden Decke. Für einen kurzen Moment zog ich in Betracht, mir Masons Gesellschaft womöglich nur eingebildet zu haben, doch ein Blick durch das Zimmer belehrte mich eines Besseren. Neben dem Schreibtischstuhl stand die kleine marineblaue Tasche, die er immer als Handgepäck für Kurzreisen nutzte, darüber hing fein säuberlich sein Jackett.

„Mist", hörte ich mich selbst murmeln.

Ich musste dringend mit ihm sprechen. Mit einem unterdrückten Seufzen schwang ich die Beine aus dem Bett, zog frische Unterwäsche an, schlüpfte in eine dunkle Leggins und ein Top, zog Mums fast bodenlange grau-melierte Strickjacke über und verschwand für wenige Minuten im Badezimmer.

Der Blick in den Spiegel gab mir den Rest. Hätte ich gewusst, dass Mason käme, hätte ich ihn gebeten, mir mein Glätteisen mitzubringen. Kopfschüttelnd musterte ich die vielen roten Strähnen, die mir teils platt am Kopf klebten, teils wirr in sämtliche Richtungen abstanden. Ich sah aus, als hätte ich in eine Steckdose gegriffen. Unzufrieden band ich sie am Hinterkopf zusammen, wusch mir das Gesicht mit eiskaltem Wasser und putzte mir die Zähne. Zum Schminken blieb keine Zeit. Der Kuss mit Ilay lag mir wie ein Stein im Magen und musste unbedingt gebeichtet werden – so schnell wie möglich. Ich versuchte nicht direkt an die Situation zu denken, sondern mit ausreichend Distanz und Klarheit nur daran, dass sie überhaupt stattgefunden hatte. Auf keinen Fall konnte ich zulassen, dass meine verwirrten Gefühle mich erneut verunsicherten.

Auf der Treppe nach unten stieg mir der Geruch von frisch aufgebrühtem Kaffee, Speck und Pancakes in die Nase. Mum hatte sich eindeutig ins Zeug gelegt, um ihren zukünftigen Schwiegersohn zu beeindrucken. Mein Magen grummelte hungrig, doch ich war mir sicher, heute keinen Bissen herunterbringen zu können.

Kaum hatte ich die Tür zum Esszimmer geöffnet, riss ich vor Schreck die Augen auf. Das konnte doch nicht möglich sein! Am reichlich gedeckten Frühstückstisch saß neben meinem Vater nicht nur ein auffallend gestriegelt aussehender Mason, sondern auch Ilay, der ein offenes rotes Kapuzenhemd über einem lässigen Shirt und Jeans trug. Ausgerechnet!

Ich schluckte den Kloß in meinem Hals angestrengt herunter und würgte ein *Guten Morgen* hervor, für ein Lächeln reichte es nicht mehr.

„Morgen, Nora." Meine Mutter, wie immer schwer beschäftigt, drückte mir einen knappen Kuss auf die Wange und ein Glas Erdnussbutter in die Hand, mit der Bitte, es noch auf den Tisch zu stellen. Zwischen einer großen Schüssel mit Rührei, diversen Marmeladen, einem Teller voller Waffeln, frischen Brötchen, einer Riesenauswahl an Aufschnitt, Sirupflaschen, einem guten Dutzend Pancakes und drei verschiedenen Sorten Saft fand das Glas gerade noch so Platz. Schweigend ließ ich mich auf den Stuhl zwischen Mason und meinem Vater sinken und legte die Hände in den Schoß, um mein Zittern vor den anderen zu verbergen. Dass Ilay, der mir direkt gegenübersaß, mich durchdringend musterte, spürte ich, ohne den Blick zu heben.

„Zwei so schöne Überraschungen kurz hintereinander." Mum nahm mit einem zufriedenen Seufzen am

Kopf des Tisches Platz und goss erst allen anderen, dann sich selbst dampfenden Kaffee ein. „Erst steht Mason am Abend auf einmal vor unserer Tür und dann taucht Ilay am frühen Morgen spontan mit Brötchen zum Frühstück auf. Und einen Strauß Blumen hat er mir mitgebracht, der Kavalier." Fröhlich deutete sie auf den kleinen Herbstblumenstrauß, der in einer Vase neben der Spüle stand. Dahlien, Gerbera, Hortensien und Lilien – meine Lieblingsblumen. Ich wagte zu bezweifeln, dass der Strauß tatsächlich für Mum gedacht war.

„Ja, was für eine Überraschung." Ging es nur mir so, oder klang Ilays Stimme ungewöhnlich rau?

„Ich wusste von nichts", murmelte ich und nippte an meinem viel zu heißen Kaffee. Ich schaffte es immer noch nicht, ihm in die Augen zu sehen.

„Wie schön, nicht nur Noras Eltern, sondern auch ihren besten Freund kennenzulernen", lächelte Mason typisch gentlemanlike. „Früher hat sie sich ja lange in Schweigen gehüllt, was ihre Vergangenheit anging, aber nachdem Sie mich angerufen haben, hat sie ein, zwei Dinge von damals erzählt."

„Ach ja? Wie schön", hörte ich Ilay trocken entgegnen.

„Ja. Dass Sie ihr allerbester Freund und immer für sie da waren", fügte Mason erklärend hinzu, schnitt ein Brötchen auf und belegte beide Hälften mit Käse. „Und Sie sind nie aus Little Goldcoast herausgekommen? Haben Sie einen Job hier? Einen Partner?" In meinen Ohren klang Mason ein wenig anmaßend, aber vermutlich bildete ich mir das bloß ein.

Ein kurzes Schweigen breitete sich aus, das nur vom Klirren der Gabel meines Vaters durchbrochen wurde, der unbekümmert sein Rührei aß. Mason hatte *Partner* gesagt. Nicht *Partnerin.* Nicht *Partner oder Partnerin.*

Ilay war es eindeutig aufgefallen, meinen Eltern wahrscheinlich nicht. Oh nein! Die Erinnerung an unsere Unterhaltung nach dem damaligen Telefonat mit Ilay holte mich ein. Es war anders gewesen, als Mason es gerade dargestellt hatte. Ich hatte ihm nichts von Ilay erzählt, es war eher eine Art Verhör gewesen. Ein Frage und Antwort Spiel, in dem mein Verlobter – mit gutem Recht – krampfhaft etwas über meine Vergangenheit hatte erfahren wollen, die ich ihm bis dato verschwiegen hatte. Und womöglich war ich nicht bei jeder Antwort ganz ehrlich gewesen.

„Mason, möchten Sie noch ein wenig Speck haben? Von dem bisschen wird ein stattlicher Mann wie Sie doch nicht satt. Und Ilay, mein Lieber, darf ich dir Saft eingießen?“, unterbrach meine Mutter fröhlich das unangenehme Schweigen. Sie ging ganz in ihrer Rolle als Gastgeberin auf und freute sich offensichtlich sehr, mal wieder ein volles Haus zu haben.

„Eigentlich ...“, setzte Ilay an, schob seinen Stuhl zurück und erhob sich, „... fällt mir gerade ein, dass ich dringend zur Werkstatt muss. Der Wagen vom Bürgermeister braucht neue Bremsen.“

„Ach, wie schade.“ Mum presste die Lippen aufeinander, schien ihm die Lüge aber bereitwillig abzukaufen. „Nora, Schatz, begleitest du Ilay noch zur Tür?“

„Das ist nicht nötig, ich finde selbst raus“, lehnte der höflich ab.

„Oh, aber nicht doch, wir sind ein gastfreundliches Haus.“ Meine Mutter schüttelte den Kopf und warf mir einen strengen Na los jetzt-Blick zu.

Ich schluckte und folgte Ilay aus dem Esszimmer. An der Haustür angekommen atmete er lautstark aus.

„Du hast ihm erzählt, ich sei schwul?“ Seine Stimme klang nicht einmal vorwurfsvoll. Bloß bedrückt.

„Ich habe ihm ... ja.“ Es brachte nichts, das Ganze zu leugnen. Ich nickte ertappt.

„Wieso? Nicht dass es schlimm wäre, schwul zu sein. Aber ich bin es nicht, Nora, und das weißt du. Wieso also lügst du?“

Gequält hob ich den Blick und sah ihm endlich in die Augen. Er wirkte verletzt. Nicht wegen der Lüge – wegen allem. Weil Mason da war, weil ich offensichtlich die Nacht mit ihm verbracht hatte, weil ich kein Wort über das verloren hatte, was zwischen ihm und mir am Abend passiert war.

„Die Blumen waren für mich, nicht wahr?“, erkundigte ich mich leise.

„Natürlich waren sie das.“ In Ilays Stimme schwang Bitterkeit mit. „Aber dein Verlobter ist mir wohl zuvorgekommen.“

„Ilay, das zwischen uns ...“ Ich biss mir auf die Unterlippe.

„ ... hatte nichts zu bedeuten, natürlich“, beendete er meinen Satz trocken.

„Wir sind Freunde. Das ... das war ...“ Tausende von Worten lagen mir auf der Zunge, kein einziges davon auch nur annähernd passend für das, was ich sagen wollte.

„Schon klar, alles gut. Mach dir keinen Kopf.“ Er machte eine wegwerfende Handbewegung, als würde er eine lästige Fliege vertreiben wollen. „Wir hatten beide zu viel getrunken. Ich wollte das nicht ausnutzen. Es tut mir leid."

Mein Herz zog sich schmerzhaft zusammen. Er entschuldigte sich? Dabei war doch eindeutig ich die Person gewesen, von der der Kuss ausgegangen war. Hätte ich es nicht so sehr darauf angelegt, hätte er mich bloß nach Hause gebracht. Doch gerade als ich das aussprechen wollte, hörte ich Schritte hinter mir, und wusste ohne hinzusehen, dass es Mason war.

„Mach's gut", verabschiedete Ilay sich.

Masons Hand legte sich schwer auf meine Schulter. „Komischer Kauz", raunte er belustigt und folgte ihm kopfschüttelnd mit dem Blick. „Aber so sind sie wohl, die Kleinstadtkerle."

Ich schaffte es nicht, auch nur ein Wort darüber zu verlieren. Weder konnte ich Mason zustimmen noch ihm das Gegenteil erklären. Meine Kehle war wie zugeschnürt. Lautlos schob ich die Haustür ins Schloss und unterdrückte den winzig kleinen Anteil der alten Nora in meinem Inneren, die nichts anderes wollte, als Ilay zu folgen – barfuß, kopflos und sofort.

„Sieh dich an." Mason hielt mich an der Schulter zurück und deutete auf den schmalen Spiegel im Flur.

„Ja, ich weiß." Unwohl wandte ich den Blick ab. Das war nicht der Anblick, den er gewohnt war.

„So habe ich dich noch nie gesehen."

„So was?" Ich lächelte müde. „So ungeschminkt? So unpassend gekleidet? So schlecht frisiert?"

„Nein." Mason schüttelte bedächtig den Kopf. „So glücklich."

Kapitel 19

Masons Überraschung

Glücklich wäre wohl eines der letzten Worte gewesen, mit denen ich mein Befinden seit der Ankunft in Little Goldcoast beschrieben hätte. *Verwirrt* hätte es eher getroffen. *Aufgewühlt*, *verletzlich*, *sentimental* und *klein* ebenso. Keines davon war ein Adjektiv, das die New Yorkerin Nora Harrison beschrieb, die eine gut laufende Eventmanagementagentur leitete und mit einem reichen Architekten verlobt war. Jene Nora Harrison, die zu jeder Zeit an jedem Tag alles im Griff hatte. Umso mehr verwunderte es mich, dass Mason mich ausgerechnet jetzt, mit meinen zerzausten Haaren, Augenringen, einem nicht miteinander harmonierenden Outfit und viel zu vielen Emotionen im Bauch als glücklich betitelte. Wahrscheinlich interpretierte er hier einfach etwas völlig falsch, da er mich so nicht kannte und es nicht anders einzuschätzen wusste.

„Ich habe mir etwas überlegt, eine Überraschung", sagte er plötzlich mit fester Stimme und riss mich so abrupt aus meinen Gedanken, dass ich schuldbewusst den Blick von meinem Spiegelbild abwandte. „Jetzt gerade erst. Es bedarf noch einiger Gespräche und Klärungen, aber ich bin mir sicher, dass du begeistert sein wirst, wenn ich dich einweihe."

„Eine Überraschung?", fragte ich mit einem unsicheren Lächeln „Du weißt doch, dass ich keine Überraschungen mag, Mason." Mit einem schmerzhaften Ziehen im Bauch erinnerte ich mich an jenen Geburtstag zurück, an dem er sich die Mühe gemacht hatte, mithilfe von Celia und Amber eine gigantische Überraschungsparty für mich zu organisieren. Seine Familie und Freunde, eine ganze Menge Bekannte und sogar einige wichtige Klienten von mir hatte er eingeladen, eine riesige Halle gemietet und alles mit goldfarbenen Luftballons und Konfetti dekorieren lassen. In dem Moment, in dem mir klar geworden war, dass es sich nicht um das Treffen mit einem potenziellen Neukunden gehandelt hatte, sondern um eine Überraschungsparty mit mir im Mittelpunkt, hatte sich mir der Magen umgedreht und ich hatte mich den Rest des Abends unwohl gefühlt – und undankbar.

„Ein *gutes* Geheimnis", mühte Mason sich sogleich, meine Bedenken zu zerstreuen. „Du wirst es mögen."

Ich blickte in seine perfekten tiefblauen Augen und versuchte mich zu entspannen. Er sah nicht annähernd so aus, als hätte er gerade einen Flug und eine viel zu kurze Nacht in einem viel zu engen Teenagerbett hinter sich, sondern eher so, als wäre er schnurstracks vom roten Teppich hierhergekommen.

„Vorher muss ich dir aber unbedingt noch etwas beichten", brachte ich gequält hervor. Wenn ich mir den Kuss mit Ilay nicht endlich vom Gewissen reden konnte, würde ich deswegen noch implodieren.

Just in diesem Moment klingelte sein Handy. Selbstverständlich. Super Timing. Ich biss mir auf die Unterlippe und setzte ein gespielt verständnisvolles Gesicht auf, als er sich mit einer kleinen Geste wortlos entschuldigte und, immer zwei Stufen auf einmal nehmend, ins Obergeschoss lief, um sein wichtiges Telefonat anzunehmen.

Resigniert schlurfte ich zurück ins Esszimmer, setzte mich zu meinen Eltern an den Tisch und würgte ein wenig Rührei und ein halbes Brötchen mit Marmelade herunter, während Mum von Mason schwärmte, als wäre nicht ich, sondern sie mit ihm verlobt. Sie lobte seine Höflichkeit, seine Attraktivität, seine Kleidung und auch die Tatsache in den höchsten Tönen, dass er keine Kosten und Mühen gescheut hatte, ihnen wegen Tante Florentine ein kleines Trauergeschenk – eine edel anmutende, mit einem Kreuz gravierte Holzkiste, die eine Kerze, eine handgemachte Trauerkarte, eine kleine Laterne und sogar ein speziell für Trauernde gestaltetes Sternzertifikat enthielt – mitzubringen.

„Jap, er ist perfekt", murmelte ich mit vollem Mund, und auf einmal wurde mir klar, dass ich Little Goldcoast so bald wie möglich verlassen musste, wenn ich seine und unsere Perfektion weiterhin aufrechterhalten wollte.

Es war Abend, als Mason offenbar genug geklärt hatte, um mich mit seinem Geheimnis vertraut zu machen. Ich packte gerade meinen Koffer und sandte ein Stoßgebet gen Himmel, weil dieser unendlich wirkende Tag endlich vorbeiging und wir am kommenden Vormittag schon wieder auf dem Weg nach New York sein würden. Obwohl er angeklopft hatte, fuhr ich zusammen und spürte, dass mir ein wenig Farbe aus dem Gesicht wich, als er den Raum betrat.

„Ich habe mit deinem Vater noch ein wenig über Autos gefachsimpelt“, erklärte er.

Ich runzelte die Stirn und legte eine meiner Blusen in den Koffer. „Du hast keine Ahnung von Autos.“

„Google aber.“ Er grinste breit, nahm auf meinem Bett Platz und sah mir dabei zu, wie ich angestrengt den Reißverschluss des Koffers zuzog. Obwohl nichts dazugekommen war, schien er voller zu sein als an dem Tag, an dem ich ihn in New York gepackt hatte.

Mason klopfte neben sich auf das Bett, und ich ließ mich mit einem erschöpften Seufzen auf das weiche Polster fallen.

„Bist du bereit für die ultimative Überraschung?“, erkundigte er sich geheimnisvoll.

„Keine Ahnung, sag du es mir.“ Ich lächelte gequält, und plötzlich brach es wie ein Hurrikan aus mir heraus: „Ich habe Ilay geküsst.“

Einen Moment lang war es absolut still im Raum. So still, dass selbst ein Atemzug zu laut gewesen wäre, also hielt ich den Atem an, den Blick mit einer Mischung aus Spannung, Furcht und schlechtem Gewissen auf Masons Gesicht gerichtet. Es schien ein wenig zu dauern, bis ihm klar wurde, was ich da gerade gesagt hatte. Erst schluckte er, dann spannte sein Kiefer sich sichtbar an.

„Den ... schwulen Ilay?“ Masons Stimme war leise, und es war schwer zu sagen, ob er verletzt oder wütend war, beides zugleich oder womöglich auch nichts davon.

„Er ist nicht schwul." Ich strich mir eine platte rote Haarsträhne hinter das Ohr. „Das habe ich nur behauptet, damit du dir keine Gedanken machst, mich zu ihm nach Little Goldcoast fliegen zu lassen."

„Nora!" Mason atmete lautstark aus. „Ich habe dich nicht zu irgendeinem Mann, sondern zu deinen Eltern in deine Heimatstadt fliegen lassen."

„Ich weiß, ich meinte nur ... wegen des Telefonats und ..." Meine Stimme versagte. „Es tut mir leid, Mason. Ich habe keine Worte, um das zu entschuldigen. Ich übernehme die volle Verantwortung dafür und ... und ich respektiere jede Konsequenz, die du daraus für uns ziehen wirst."

Er starrte auf den Boden, die Hände auf den perfekt glatt gebügelten Hosenbeinen. „Hat er dich geküsst oder du ihn?"

Ich presste kurz die Augen zusammen. „Wir einander."

„Einmal oder öfter?"

„Ein einziges Mal."

„Hast du mit ihm geschlafen?"

„Nein!" Ich schüttelte entschieden den Kopf. „Es war nur ein Kuss."

Ich fügte nicht hinzu, dass wir beide angetrunken und aufgewühlt gewesen waren, denn das hätte das Ganze kleingeredet, und das wollte ich nicht. Ich wollte keine billige Ausrede für das, was ich selbst aus freien Stücken heraus getan hatte. Ich wollte mein Vergehen nicht mindern.

„Gut." Mason fuhr sich mit der linken Hand über sein stoppelfreies, glattes Kinn, dann musterte er mich intensiv.

Noch immer fiel es mir schwer zu deuten, wie er sich fühlte. Er wirkte völlig ruhig. Fast wäre es mir lieber gewesen, er hätte mich angeschrien, irgendetwas zerbrochen oder ein paar Tränen gelassen. Aber so war Mason nicht. Er war wie ich: beherrscht, logisch denkend, völlig klar im Kopf.

„Hast du vor, ihn erneut zu küssen?“, fragte er kühl.

Ich zögerte. Es ging nicht anders. Obwohl ich *Nein* sagen wollte, hatte ich plötzlich für einen Sekundenbruchteil das Gefühl, Ilays Lippen erneut auf meinen zu spüren – weich und sanft. Es hatte sich so vertraut angefühlt, so richtig und zugleich im Nachhinein so falsch. Mason schien mein Zögern nicht zu bemerken. Ich schüttelte den Kopf.

„In Ordnung. Ich bin froh, dass du ehrlich zu mir warst.“ Auf einmal lag etwas Geschäftiges in seiner Stimme.

„Du vergibst mir?“ Ich klang nicht annähernd so erstaunt wie ich tatsächlich war. „Einfach so?“

„Natürlich. Deine Heimat hat dich aufgewühlt, du warst wahrscheinlich sehr emotional und sensibel und hast mich vermisst. Das kann jedem passieren.“

„Jedem? Nein. Du würdest nie ...“ Ich stockte.

Mason faltete die Hände ineinander und legte sie sich ans Kinn, den Blick aufmerksam auf mich gerichtet. Er musste es nicht laut aussprechen, um es zu sagen.

„Du hast ... wann?“, brachte ich mühsam hervor.

„Wir waren erst ein paar Monate zusammen“, erklärte Mason ruhig. „Sie hat mich in einer Bar angesprochen, in der ich mit einigen Kollegen war. Du hattest wegen eines wichtigen Termins keine Zeit. Wir kamen ins Gespräch, ein Wort gab das andere und ich bin mit zu ihr nach Hause gefahren. Eine Menge Alkohol und Stress haben da mit reingespielt. Ich habe es sofort bereut und nie wieder etwas in der Art getan. Das war der Moment, in dem ich damals begriffen habe, wie viel du mir wirklich bedeutest." Nüchtern hatte er sich alles von der Seele geredet, während sein Blick mich weiterhin festhielt.

„Du hast ... mit einer anderen Frau geschlafen?"

„Wie gesagt, es ist ewig her." Mason zuckte mit den Achseln. „Sex nach einer so kurzen Beziehung oder ein Kuss nach einer langen ist doch fast dasselbe, findest du nicht?"

Das sah ich anders. Aber es fühlte sich nicht an, als wäre ich gerade in der Position, dies auszudiskutieren.

Eine Weile lang saßen wir schweigend da, während ich versuchte, die letzten Minuten zu verdauen, die sich zu einem wirren Knäuel der unterschiedlichsten Emotionen in meinem Bauch miteinander verwoben hatten.

Mason war in meiner Vorstellung immer der perfekte Mann gewesen: makellos, intelligent, aufopfernd und athletisch. Ich hatte nie in Erwägung gezogen, dass er Fehler haben könnte. Dass er Fehler *machen* könnte.

„Sagen wir einfach einander, dass es uns leidtut und vergessen diese beiden dummen kleinen Ausrutscher", schlug er vor und legte mir einen Arm um die Schulter.

Ich versuchte vor ihm zu verbergen, wie unangenehm mir seine Nähe in diesem Moment war. Ich wollte ihn weder verletzen noch mich selbst in die Opferrolle schieben. Er hatte einen Fehler gemacht, ja. Einen, der lange zurücklag. Meiner war ganz frisch, und dennoch hatte er mir sofort vergeben. Zeugte das nicht von echter Liebe? Von wahrer Größe?

Angestrengt schluckte ich meinen Stolz herunter und nickte. Für ihn war die ganze Sache offensichtlich damit geklärt. Ich atmete betont tief ein und wieder aus, doch die erhoffte Erleichterung, die süße Erlösung, von der ich erwartet hatte, sie nach der Beichte zu verspüren, blieb aus. Der Kuss war immer noch so präsent wie ein Pfeil, der in meinem Herzen steckte.

„Wir wollen heiraten", erklärte Mason.

Kurz fragte ich mich, ob er das sagte, um mich daran zu erinnern oder um sich zu vergewissern, ob der Plan immer noch stand.

„Ja, richtig." Ich nickte bedächtig.

„In New York", fuhr er fort, ohne den Blickkontakt zu mir zu unterbrechen, als fürchtete er, ansonsten eine Reaktion von mir zu verpassen, die ausschlaggebend für das war, was er noch plante zu sagen.

„In New York", wiederholte ich mit gerunzelter Stirn. „Worauf willst du hinaus?"

„Nun, Nora Harrison, was hältst du davon, wenn wir ein einziges Mal in unserem durchgeplanten, organisierten Leben all das über den Haufen werfen?" Zu meinem Erstaunen ging Mason vor mir auf die Knie. „Ich sehe, wie sehr du dieses kleine schräge Städtchen liebst", fügte er hinzu. „Lass es uns hier tun. Lass uns hier heiraten. Ohne Raumdekorateure, ohne hunderte von Gästen und auch ohne weiße Tauben. Ganz klein, spartanisch und bescheiden. So wie alles hier."

Ich öffnete den Mund, um etwas zu sagen, aber mir fehlten die Worte. Ich rang nach Luft. *Das* war die Überraschung, die er heimlich organisiert hatte? Mit einem

Geräusch, das wie eine Mischung aus Keuchen und Schlucken klang, klappte ich meinen Unterkiefer wieder zu.

„Eine freie Trauung“, schwärmte Mason, und mir kam es so vor, als würde sein Blick durch mich hindurchgleiten. „Nur mit den wichtigsten Menschen an unserer Seite. Was sagst du dazu? Heiratest du mich in Little Goldcoast, Nora Harrison?“

Kapitel 20

Gespräche am Golden Lake

„Im Herbst ist der Golden Lake am schönsten." Ich wandte den Blick und konnte nicht einmal in Erwägung ziehen, mir die Tränen aus dem Gesicht zu reiben, schon saß Ilay mit angewinkelten Beinen neben mir an der kalten, steinigen Küste. Durch einen nebelartigen Tränenschleier sah ich ihn an. Um dem pfeifenden Wind zu trotzen, trug er eine dünne braune Mütze, unter der einige Strähnen seines dichten Haars herausschauten. Noch bevor ich den Mund öffnen und irgendetwas sagen konnte, hatte er den Arm um mich gelegt und mich an sich herangezogen, sodass ich an seiner Brust lehnte und in seiner warmen Umarmung weiterweinen konnte. So war er eben: Egal was zuvor geschehen war – kein Streit, keine Meinungsverschiedenheit und auch kein Kuss konnten ihn davon abhalten, ein wirklich guter Freund zu sein. Ich konnte nicht sagen, wie lange wir so dagesessen und einander gehalten hatten, bis die Tränen schließlich versiegten und ich mich leicht zurücklehnte, um ihn ansehen zu können.

„Sorry“, murmelte ich mit belegter Stimme und fuhr mir mit den Handinnenflächen über die geschwollenen heißen Augen.

„Wofür denn?“ Ilay schüttelte sachte den Kopf und strich mir eine Haarsträhne aus dem Gesicht. Dann schluckte er deutlich sichtbar. „Du musst das, was geschehen ist, endlich aufarbeiten, Nora.“

Es dauerte einen Moment, bis mir klar wurde, wovon er sprach. Er dachte, ich würde um Aron weinen.

„Wozu ich fünf Jahre lang Zeit hatte, hast du bloß aufgeschoben, damit es dich jetzt einholt“, ergänzte er, sichtlich bemüht, sanft und ohne Vorwurf mit mir zu sprechen. „Du musst ihm irgendwann vergeben. Und deinen Eltern. Und ...“

„Es tut mir leid, dass ich mich damals nicht von dir verabschiedet habe“, brach es so plötzlich aus mir heraus, dass ich ihm ungewollt ins Wort fiel. „Ich habe einfach nicht an dich gedacht. Auch nicht an Mum oder Dad oder an irgendwen anders. Ich hatte das Gefühl, als ... als ...“ Händeringend suchte ich nach Worten. „Als würde Little Goldcoast mich ersticken, wenn ich auch nur einen einzigen Tag länger bleiben würde. Ich habe ihn überall gesehen! *Überall!* Mit einer Schüssel Cornflakes am Küchentisch sitzend, auf dem Weg die Treppe hinauf, mit baumelnden Beinen auf meiner Fensterbank, vor der Tür des *Millers Moms-and-Pops Stores.*“ Nach jedem Part der Aufzählung machte ich eine kurze Pause.

Ilay sagte gar nichts. Er hörte mir einfach nur zu, und ich hätte ihm nicht dankbarer sein können.

„Und jedes einzelne Mal ist mir mit einem Gefühl, als würde mir jemand bei lebendigem Leibe das Herz rausreißen, bewusst geworden, dass er all das nie wieder tun würde. *Nie wieder*", wiederholte ich mit Nachdruck, und es erschütterte mich nach all den Jahren immer noch so sehr, dass ein kalter Schauer über meinen gesamten Körper lief. „Ich war nicht traurig, Ilay, auch nicht wütend oder einsam. Ich war bloß voller Panik, dass es sich nie wieder anders anfühlen würde, hier zu sein. Ich zu sein. Also habe ich all meine Ersparnisse zusammengekratzt und ..."

„All deine Ersparnisse?" Es war das erste Mal, dass Ilay eine Zwischenfrage stellte. Erstaunt sah er mich an.

„Ilay Baker, du kennst mich einfach zu gut", seufzte ich, schlug die Hände vors Gesicht und musste lachen.

„Als ob du jemals auch nur einen Cent gespart hättest", zog er mich auf.

„Na gut, es war Arons Erspartes", gab ich zu, verspürte kurz einen Anflug von Scham, schüttelte diesen jedoch eilig wieder ab. „Er wollte immer, dass wir mal zusammen nach New York fliegen. Und er brauchte es nicht mehr", rechtfertigte ich mich.

„Ich bin mir sicher, dass er gewollt hätte, dass du es nimmst", stimmte Ilay mir zu und sah mir auffordernd in die Augen, als wollte er mich dazu bringen fortzufahren.

„Ich habe nicht einmal eine Tasche gepackt und bin mit einem Taxi völlig überstürzt zum Flughafen gefahren. Die ganze Zeit über habe ich von mir selbst erwartet, dass ich einen Rückzieher machen würde." Ich schluckte. „Aber als ich dann im Flugzeug saß und alles unter mir immer kleiner wurde, da wurde mein Herz synchron dazu stetig leichter. Es hatte sich angefühlt, als würde alles, was ich mein ganzes Leben lang gewesen war, dort zurückbleiben. Und diese Möglichkeit, einfach jemand anderer zu sein, mich ganz neu zu erschaffen, die hat mich beflügelt. Als ich in New York aus dem Flugzeug gestiegen bin, bin ich aufrecht und erhobenen Hauptes in mein neues Leben stolziert und habe nicht mehr zurückgesehen."

Schweigend blickten wir beide auf den *Golden Lake* hinaus, dessen Oberfläche vom Wind wild hin- und her gepeitscht wurde.

„Ich glaube, wenn ich zu dir gekommen wäre, um dich in meinen Plan einzuweihen und mich zu verabschieden ...", setzte ich an.

„Dann hättest du nicht gehen können", schloss Ilay nüchtern.

Ich nickte.

„Und dann wäre ich schuld daran gewesen, dass du immer noch hier wärest ... mit Fernweh im Bauch und todunglücklich", ergänzte er trocken.

Dazu sagte ich nichts. Die Wahrheit war: Ich wusste nicht, ob ich wirklich todunglücklich geworden wäre. Nicht mehr. Ich war immer davon ausgegangen, dass es so gewesen wäre, doch nun, da ich mich damit ernsthaft auseinandersetzte, war ich mir dessen gar nicht mehr so sicher. Eine leise, zaghafte Stimme in mir fragte sich sogar, was aus Ilay und mir geworden wäre, wenn New York und demnach auch Mason nie ein Thema gewesen wären. Hätten wir es je geschafft, uns unserer Gefühle füreinander richtig bewusst zu werden? Hätten wir es gewagt, unsere wertvolle Freundschaft für den Versuch einer jungen Beziehung aufs Spiel zu setzen? Hätte es womöglich sogar funktioniert? Ich schüttelte den Gedanken ab, ehe er Wurzeln in meinem Kopf schlagen konnte.

„Es ist einfach nur so, dass ich gern für dich dagewesen wäre, als es passiert ist", erklang Ilays Stimme gedämpft neben mir. Langsam ließ er den Arm von meiner Schulter sinken, setzte die Mütze ab und fuhr sich durch das dichte dunkle Haar. „Nicht dass es Arons Tod ungeschehen gemacht hätte, aber ... aber wir beide und Liam hätten gemeinsam um ihn trauern können. Ich habe dir nie vorgeworfen, dass du verschwunden bist und dich all die Jahre über nicht gemeldet hast. Ich dachte, du brauchst Zeit. Aber vergessen habe ich dich nie. Niemand hier hat das."

Ich schluckte schwer. Ich zog den Mantel noch enger um mich und schlang die Arme um meinen Oberkörper. Ich sah auf den See hinaus. Der Abstand zwischen uns war kaum größer geworden, doch die unerbittliche Herbstkälte spürte ich sofort.

„Aber das ist nicht der einzige Grund, weshalb du hergekommen bist." Es war eine Frage, aber es klang nicht wie eine. Es klang wie eine Feststellung.

„Was veranlasst Sie zu der Annahme, Sherlock?", witzelte ich, obwohl mir nicht nach Scherzen zumute war. „Und was schlagen Sie vor, was ich gegen meine Probleme tun soll?"

„Mit mir reden, Big City Girl. Die Therapiestunde ist kostenlos, der Seeblick dazu luxuriös und meine Fähigkeiten als Zuhörer ganz passabel ... habe ich mir zumindest vor zehn Jahren von einer unglücklich verliebten, mordsmäßig verheulten Dreizehnjährigen sagen lassen, nachdem sie mein heißgeliebtes Coldplay-Shirt durchnässt hat."

Trotz der Schwere in meiner Brust zuckten meine Mundwinkel. Dann seufzte ich resigniert. „Was soll ich nur tun, Ilay?" Ich presste mir die Handballen auf die geschlossenen Augen, bis ich kleine Sternchen vor mir tanzen sah. „Mason will mich heiraten. *Hier.* Er hat vorgeschlagen, die Trauung hier nach Little Goldcoast zu verlegen. Er hat meinen Rückflug nach New York gecancelt und mit meinen Eltern gesprochen. Er hat sogar auf die Schnelle einen Pfarrer organisiert."

Ilay sagte gar nichts. Ich deutete sein Schweigen als stille Aufforderung fortzufahren. Also tat ich das, ohne die Augen zu öffnen.

„Er will, dass wir in vier Tagen heiraten. In *vier* Tagen! Mum ist ganz aus dem Häuschen, und sie ist mit einem breiten Grinsen im Gesicht selbstverständlich sofort nach Belbridge gefahren, um Deko und Servietten zu besorgen und um jemanden zu organisieren, der eine Torte backt. Einen Brautstrauß will sie auch vorbestellen, und mein Kleid ... mein Kleid soll ich mir auf einmal spontan aussuchen und kaufen. Mason denkt, er tut mir einen riesengroßen Gefallen damit. Er glaubt, seine Idee sei das Beste, was mir in dieser Beziehung je passiert ist. Er denkt, die Kollision dieser beiden Leben ist nicht katastrophal. Obwohl sie genau das ist."

„Die ... Kollision?"

Dass ausgerechnet das bei Ilay hängengeblieben war, ließ mich verzweifelt aufstöhnen.

„So nenne ich es insgeheim, wenn sich das Leben der New Yorker Nora und das der Little Goldcoast Nora überschneiden. Zum Beispiel, indem Menschen aus dem einen Leben ungeplant in das andere kommen."

„Wow." Ilay klang, als würde er mit einer Mischung aus Belustigung und Bewunderung den Kopf über mich schütteln. „Und wie geht es nun weiter?"

„Ich hatte gehofft, du könntest mir das sagen." Ich öffnete langsam die Augen. Es dauerte einen Moment, bis sie sich an das herbstgraue Tageslicht gewöhnt hatten. Ilay hatte seine Mütze wieder angezogen und starrte auf den Golden Lake hinaus, als würde er vermeiden wollen, mich anzusehen.

„Ich finde, die Antwort liegt auf der Hand", philosophierte er ruhig.

„Du sprichst in Rätseln, Ilay."

„So wie ich das sehe, gibt es zwei Möglichkeiten." Zur Veranschaulichung klaubte er zwei unterschiedlich aussehende Steine vom Boden auf und zeigte sie mir. Der in seiner linken Hand war grau, länglich und glatt. Der in seiner rechten hatte einem schmutzigen Weißton und war eher eckiger Natur. „Möglichkeit Nummer eins: Du willst Mason heiraten, sagst *Ja* und tust es einfach." Er warf den grauen Stein in den See und deutete auf den weißen. „Möglichkeit Nummer zwei: Du willst ihn nicht heiraten, sagst *Nein* und heiratest ihn nicht." Und damit ließ er den zweiten Stein dem ersten folgen und klopfte seine Hände sauber.

„Wenn es doch bloß so einfach wäre."

„Es *ist* so einfach."

„Du irrst dich."

„Nein, *du* irrst dich."

„Ilay! Es geht hier nicht nur um ein bloßes *Ja* oder *Nein* oder um das, was ich will!"

„Ach nein?"

„Nein!" Ich raufte mir die Haare. „Es geht um Mason! Er hat auch Gefühle, Bedürfnisse und Wünsche, nicht nur ich. Es geht um das Leben, das wir in New York führen und in das wir zurückkehren werden. Die daraus resultierende logische Schlussfolgerung ist, dass wir heiraten, ein Haus bauen und gemeinsam alt werden. Es geht um den Plan, den wir hatten – und ich *liebe* Pläne! Ich mag es, wenn sie aufgehen, wenn sie funktionieren, wenn sie mich zu einem Ziel führen, das ich den ganzen Weg über im Auge hatte. Es gibt nichts Besseres auf der Welt als das. Oh, und Ilay ... es geht auch um meine Eltern. Ich habe ihnen schon einmal das Herz gebrochen, ich kann nicht verantworten, das ein zweites Mal zu tun."

„Dann ist die Antwort doch klar."

Ich schluckte. Wieso fühlte ich mich nun, wo ich neben ihm saß, so anders als der Mensch, der in der Nacht zuvor mit Mason zusammen gewesen war? Wieso waren da auf einmal Zweifel, die ich ausgemerzt geglaubt hatte – und das, obwohl der Kuss zwischen uns zu meiner Erleichterung rein gar nichts zwischen uns verändert hatte.

„Er will Kinder, weißt du?" Meine Stimme klang ungewöhnlich rau. Ich ließ meinen Blick über den unruhigen Golden Lake schweifen und fragte mich, ob ich ihn heute zum letzten Mal sehen würde. „Und jedes Mal, wenn das Thema aufkommt, sage ich, dass ich mich noch nicht dazu bereit fühle, es aber definitiv ebenso sehr will wie er. Dass meine Karriere erst mal noch Vorrang hat. Dass wir in ein, zwei, drei Jahren darüber sprechen und unsere Prioritäten neu ordnen können. Aber weißt du, was die Wahrheit ist? Die hässliche, nackte Wahrheit? Ilay ... ich will keine Kinder."

Er runzelte die Stirn. „Du wolltest doch immer welche", sagte er und zitierte mein jugendliches Ich sogleich mit: *Am liebsten zwei Jungen und zwei Mädchen.*

„Das war früher." Ich schüttelte den Kopf. „Inzwischen kann ich es mir nicht mehr vorstellen. Absolut nicht."

Ilay sah mir prüfend in die Augen, doch ich schaffte es nicht, seinem Blick standzuhalten.

„Ich glaube dir nicht", bemerkte er leise. „Du wolltest immer Mutter sein, und ausgerechnet mit dem perfekten Mason an deiner Seite hast du es dir anders überlegt?"

Irrte ich mich, oder sprach er den Namen meines Verlobten mit einer gewissen Antipathie aus?

„Was ist, wenn sie wie er werden?"

„Wie Mason? Gutaussehend, erfolgreich und wohlriechend?"

„Wie Aron. Was, wenn sie freundlich sind und lebensfroh, wenn sie zu mitfühlenden und hilfsbereiten Individuen heranwachsen, auf die ich so unfassbar stolz bin, dass mein Herz sich anfühlt, als würde es platzen? Wenn sie alle zum Lachen bringen, sich um jeden kümmern und immer einen schlagfertigen Spruch auf den Lippen haben?" Ich lächelte, aber es war das glatte Gegenteil eines glücklichen Lächelns. „Was, wenn sie traurig werden ... in unvorhersehbaren Wellen, aus denen ich ihnen nicht heraushelfen kann? Wenn sie sich manchmal zurückziehen und sich falsch, sentimental und anders fühlen und niemanden sehen wollen?" Ich versuchte, den Kloß herunterzuschlucken, der mir während meiner Worte in den Hals gestiegen war und schüttelte entschieden den Kopf. „Ich werde nicht zulassen, dass das passiert."

„Dass du jemanden verlierst, den du liebst?", fragte Ilay sachte.

„Lieber werde ich nie wissen, wie es ist, sie geboren und geliebt zu haben", endete ich mit schmerzlich verzerrter Stimme.

„Nora. Du weißt nicht, ob es so wird. Vielleicht wird es ganz anders. *Bestimmt* wird es ganz anders. Du solltest deine Zukunft nicht nach dem ausrichten, was die Vergangenheit dir angetan hat."

Einen Moment lang schwieg ich und starrte mit zusammengekniffenen Augen auf den See hinaus. „Das Leben ist nicht für jeden was. Es ist wie mit Winterjacken. Irgendwann merkt man, dass es einfach nicht passt." Langsam wandte ich mich um und sah jenes große Fragezeichen in Ilays Blick, mit dem ich schon gerechnet hatte. „Das stand in Arons Abschiedsbrief."

„Das und nichts weiter?"

„Das und nichts weiter."

„Puh ..." Ilay rieb sich kurz mit der Hand über das Gesicht. „Irgendwie typisch für ihn."

Ich antwortete nicht. Stattdessen erhob ich mich rasch vom feuchten, steinigen Küstenboden und rieb mir die Kälte und den Dreck vom Mantel. Leicht überrascht dreinblickend tat Ilay es mir nach.

„Ich weiß jetzt, was ich Mason sage", erklärte ich mit fester Stimme.

Kapitel 21

Aussprache

„Was genau soll das bedeuten, Nora?“

„Genau das, was ich gesagt habe.“ Ich verschränkte die Arme vor der Brust und bemühte mich, Masons Blick standzuhalten. „Ich kann mich nicht für meine Zukunft entscheiden, wenn ich meine Vergangenheit nicht geklärt habe.“

Mason starrte mich noch einen Moment lang sichtlich fassungslos an, dann nickte er bedächtig, während seine blauen Augen mich immer noch fixierten.

„Das ... habe ich mir zugegebenermaßen anders vorgestellt“, murmelte er dann.

„Tut mir leid.“ Ich atmete tief aus und ließ mich erschöpft auf mein Jugendbett fallen. Ich war trotz aller Zweifel ein klein wenig stolz darauf, dass ich es geschafft hatte, bei meiner Entscheidung zu bleiben, auch wenn sie für andere – vor allem für meinen Verlobten – vielleicht nicht logisch sein mochte.

„Geht es generell um das Heiraten oder ...“, setzte Mason an und ließ den Satz unvollendet. Seine Stimme war ruhig und gesenkt, damit meine Eltern, die noch nichts von meiner Entscheidung wussten, vorerst außen vor blieben.

„Nein, ich ... ich glaube, es geht erst mal darum, sofort zu heiraten. Deine Überraschung hat mich überrumpelt, auch wenn sie gut gemeint war“, antwortete ich ehrlich. „Ich weiß gerade nicht, ob ich das jetzt und so wirklich will. Und wenn wir heiraten, dann sollte es doch so sein, dass wir beide zu hundert Prozent dahinterstehen, oder?“

„Puh, Nora ...“ Mason zog Luft durch die Nase und fuhr sich mit der flachen Hand über den Nacken. Unruhig begann er in meinem kleinen Zimmer auf und ab zu laufen. „So kenne ich dich gar nicht. Hat dir dieser Ilay vielleicht eine Gehirnwäsche verpasst?“ Seine Stimme war ungewohnt rau.

„Was? Nein, hat er nicht“, entgegnete ich irritiert.

„Du weißt doch sonst immer ganz genau, was du willst.“ Mason machte zum ersten Mal, seit ich ihn kannte, einen aufgebrachten Eindruck. Auch wenn seine Stimme nach wie vor leise war, schwang plötzlich ein unverkennbar zorniger, wenngleich auch hilfloser Unterton mit. „Wie kann es sein, dass du ein paar Tage weg bist und plötzlich nicht mehr weißt, was du willst? Dass du hier einiges aufzuarbeiten hast, verstehe ich. Dass dich hier einiges sehr mitnimmt, dafür habe ich ebenfalls vollstes Verständnis. Aber dass du auf einmal nicht mehr weißt, ob du mich heiraten willst ... Gott, Nora, du arrangierst verdammte Früchte in der Obstschale nach ihrer Optik! Und jetzt willst du mir allen Ernstes verklickern, dass du nicht mehr weißt, wer du bist? Was du willst? Wen willst du?“ Immer unruhiger lief er im Zimmer auf und ab und raufte sich die perfekten Haare.

„Mason, beruhige dich bitte.“ Mit erhobenen Händen stand ich auf, um ihn zu beruhigen. Ich kannte ihn so nicht, und diese neue Seite an ihm brachte mein Herz auf eine unangenehme Art zum Rasen.

Gerade als ich ihn erreicht hatte, warf er mir einen bitterbösen Blick zu und versetzte mir unerwartet einen Stoß, der mich zum Straucheln brachte. Ich stolperte rückwärts und landete unsanft wieder auf der Bettkante, wo ich starr vor Schreck sitzen blieb.

„Tut mir leid, Nora!“ Auf einmal kreidebleich kniete Mason vor mir und legte seine Hände auf meine Oberschenkel. „Das wollte ich nicht. Hast du dir wehgetan?“

„Ich ... nein“, beeilte ich mich zu sagen, während es sich anfühlte, als würde mir das Herz bis zum Hals schlagen.

„Es war ein Reflex. Ich liebe dich, Nora. Und es macht mich fertig, zu sehen, was hier gerade passiert.“ Er seufzte und sah nunmehr müde und traurig aus. „Wenn du Zeit brauchst, nimm sie dir. Ich werde ein paar Telefonate führen und zurückrudern, das sollte alles kein Problem darstellen.“ Er bemühte sich, wieder zu einem geschäftigen Ton zu wechseln, doch mir entging nicht, dass sein Blick immer noch ein wenig hektisch wirkte. „Wir kriegen das hin, das mit deiner Vergangenheit. Wir beide zusammen. Okay?“

Ich zwang mich zu einem Nicken, gepaart mit einem aufgesetzten Lächeln, das sich wie eine schmerzhafte Grimasse anfühlte. *Mason hatte mich geschubst.* War das schon Gewalt gewesen? War es damit gleichzusetzen, dass er mich geschlagen hätte? Oder war es wirklich eine Art Reflex gewesen, ein innerer Selbstschutz? Wahrscheinlich dramatisierte ich die Situation gerade gänzlich und hätte mit ziemlicher Sicherheit ähnlich reagiert, wäre ich an seiner Stelle gewesen. Oder nicht? Ich war völlig durcheinander.

„Wir bleiben so lange hier, wie du das willst, um alles zu bereinigen. Wenn du deine Vergangenheit klären willst, bevor unsere Zukunft beginnt, dann soll es so sein", versprach er mir. Seine Hände ruhten immer noch schwer auf meinen Oberschenkeln. „Oder willst du nach Hause? Ich kann uns sofort ein Taxi rufen, das uns zum Flughafen bringt."

Mason hatte mich geschubst. Immer noch raste mein Herz wie verrückt. Das, was mich daran am meisten traf, war aber nicht die Tatsache, dass er es überhaupt getan hatte. Es war die, dass er vollkommen ruhig geblieben war, als ich ihm den Kuss mit einem anderen Mann gebeichtet hatte – dann aber überreagiert hatte, als es um seine persönliche Planung und Organisation ging.

„Möchtest du nach Hause, Nora?" Wie durch Watte drang seine Stimme zu mir durch.

Mechanisch schüttelte ich den Kopf. „Ich ... ich will ein paar Tage hierbleiben", brachte ich heiser hervor. Ich räusperte mich angestrengt. „Ich ... ich rufe in der Agentur an und gebe dort Bescheid. Und wenn hier alles geklärt ist, was ich schon vor Jahren hätte klären sollen, dann ... dann fliegen wir zurück." Ich sah ihm in die Augen, in denen immer noch ein schuldbewusstes Flattern lag. „Und dann heiraten wir."

Mum reagierte wie erwartet auf die Hiobsbotschaft: sichtlich enttäuscht, aber sogleich praktisch denkend und das Ganze mit einem Lächeln überspielend.

„Ach schade, dann bewahren wir die Gestecke eben für die nächste Geburtstagsfeier auf", erklärte sie tapfer und verstaute sogleich eine Ansammlung von weißen Serviettenringen, Girlanden aus Kunstblumen und hässlichen Porzellantäubchen, die sie bereits freudig auf dem Wohnzimmertisch ausgebreitet hatte, in der nächstbesten Schublade. Es brach mir das Herz.

„Ihr kommt einfach ein paar Tage vor der Hochzeit schon nach New York und wir dekorieren zusammen", versprach ich ihr, wohlwissend, dass unsere Dekorateurin beim Anblick der kitschigen Tauben gewaltig ins Schwitzen geraten würde.

„Ja, eine nette Idee." Mit ein wenig Gewaltanwendung drückte sie die vollgestopfte Schublade zu, seufzte leise und wandte sich mir zu. „Wo ist Mason?"

„Er telefoniert. Das wird sicher eine Weile dauern." Ich nickte in Richtung Obergeschoss, wo mein Verlobter, wie ich wusste, in meinem Jugendzimmer auf- und ablief, um sämtliche Arrangements, die er für die Hochzeit getroffen hatte, wieder abzublasen. Das schlechte Gewissen hielt mich immer noch in seinen Klauen.

Meine Mutter lächelte verständnisvoll. „Soll ich uns einen schönen Tee kochen?", schlug sie vor.

Ich nickte, und fügte gleich hinzu: „Wir müssen über Aron reden, Mum."

Obwohl sie äußerlich ruhig blieb, milde lächelte und nickte, sah ich in ihren Augen eine wilde Mischung aus Schmerz, Widerwillen und Panik aufblitzen. Während sie in der Küche damit beschäftigt war, Tee aufzusetzen, nahm ich neben meinem Vater auf der Couch Platz. Wie die meisten Väter, die ich kennengelernt hatte, war er kein Mann vieler Worte – nie gewesen. Mum war immer die Fröhliche gewesen, die Laute, die sich Aufopfernde, während er meist schweigend dagesessen, seine Zeitung gelesen oder im Extremfall mal ein Machtwort gesprochen hatte. Sie war das kräftig schlagende, immerzu beschäftigte Herz dieser Familie gewesen, er die beständigen und starken Wurzeln.

„Na?", machte er und bedachte mich mit einem knappen Nicken, was ich mit *Wie läuft dein Leben so?* übersetzte.

„Alles nicht so einfach", murmelte ich, lehnte den Kopf an die karierte Couch und seufzte leise.

„Hm", brummte er, was ich als Zustimmung interpretierte. Unwillkürlich musste ich mir vorstellen, wie sich ein Gespräch zwischen ihm und dem ebenfalls so schweigsamen Grayson vom *Goldies* anhören würde. Wahrscheinlich gäbe es eine Menge *Japs*, *Nopes*, *Hms* und Gebrumme, was für Außenstehende völlig unverständlich und für die beiden eine vollwertige Kommunikation wäre.

Mum betrat das Wohnzimmer mit einem kleinen kitschigen Tablett, auf dem neben einer Zuckerschale in Wassermelonenoptik drei himmelblaue Tassen standen, aus denen es ordentlich dampfte. Nachdem sie Dad mit einem knappen Blick schweigend dazu aufgefordert hatte, seine Füße vom Tisch zu nehmen, stellte sie es darauf ab und ließ sich mit im Schoß gefalteten Händen auf das Sofa sinken.

„Tee“, sagte sie unnötigerweise in das Schweigen hinein.

„Danke.“ Ich nickte träge.

Dad grunzte etwas, das ebenfalls ein Dank zu sein schien.

„Wir müssen über Aron reden“, wiederholte ich das, was ich vorhin zu meiner Mutter gesagt hatte, noch einmal für beide.

Und dann tat ich es einfach. Ohne Punkt und Komma, ohne noch einmal vorher darüber nachzudenken oder die beiden anzusehen, begann ich zu erzählen. Erinnerte mich an den Morgen, an dem ich ihn gefunden hatte, an meine Beweggründe, Little Goldcoast ohne ein Wort des Abschieds zu verlassen und an den Wunsch, ein ganz neuer Mensch werden zu können. Nie hätte ich gedacht, dass so viele Worte, so viel Unausgesprochenes in mir gesteckt hatten und all die Jahre darauf gewartet hatten, endlich gesagt zu werden. Wie schon Ilay zuvor taten sie mir beide den Gefallen, mich nicht zu unterbrechen, sondern hörten einfach nur zu.

„Wir haben beide den falschen Weg gewählt. Ihr und ich“, murmelte ich, nippte an meinem immer noch heißen Tee und schüttelte den Kopf. „Ich habe alles verdrängt, was mich an ihn erinnert hat ... ein ganzes Leben lang. Und ihr habt einfach so weitergelebt, als wäre sein Tod nie geschehen. Als würde er einfach morgen zurückkommen. Du kochst sein Lieblingsessen, Mum ... Und sein Zimmer! Sein Zimmer ist immer noch genau so, wie er es hinterlassen hat.“

Erschöpft von all den Worten sank ich in das nach Mottenkugeln riechende Polster und sah erst meine Mum, dann meinen Dad an. Mum hatte aus dem Nichts ein Taschentuch gezaubert und tupfte sich damit die verdächtig glänzenden Augen ab. Auch mir liefen Tränen über das Gesicht. Im Küchenradio lief leise *In The Stars* von Benson Boone. Selten hatte ein Song besser zur Situation gepasst.

I'm still holdin' on to everything that's dead and gone
I don't wanna say goodbye, 'cause this one means forever.
And now you're in the stars and six feets never felt so far
Here I am alone between the heavens and the embers.

„Ich habe nie verstanden, wieso er ..." Mum unterbrach sich selbst, weil sie das Unaussprechliche nicht über die Lippen brachte. „Und all die Jahre war ich sicher, dass du gegangen bist, weil du uns die Schuld gibst."

Ich gab ihr nicht recht, aber ich widersprach ihr auch nicht. Zumindest teilweise lag sie mit ihrer Vermutung gar nicht mal so falsch.

„Er war schwul, Mum."

Mit einem großen Fragezeichen in den Augen sah sie mich an.

„Sein bester Freund Liam ...", ich biss mir auf die Unterlippe, „... war auch sein Partner. Die beiden waren ein Paar."

Meine Eltern tauschten einen Blick.

„Nora, das wussten wir", meldete sich mein Vater zu meiner Überraschung zu Wort. „Er hat es mir nicht direkt erzählt, ich habe ihn eher darauf angesprochen und er hat nicht gelogen. Er hat mich bloß gebeten, es

Mum nicht zu erzählen, damit sie sich keine Sorgen macht."

Ich konnte mich kaum erinnern, meinen Vater je zuvor so viel auf einmal gesagt haben zu hören.

„Aber du hast es trotzdem getan", schloss ich aus seinem Blick.

„Natürlich. Sie ist meine Frau."

„Es hat nichts für uns geändert." Mum schüttelte den Kopf. „Er war unser Junge. Ist doch gleich, wen er geliebt hat, Hauptsache, er *hat* geliebt." Und wieder tupfte sie sich mit dem Taschentuch über die Augen.

„Und ... seine Depressionen?", setzte ich zaghaft bei dem Punkt an, mit dem ich sie zunächst hatte konfrontieren wollen.

„Wir haben ihm mehrfach angeboten, eine Therapie zu machen." Dad nahm einen Schluck Tee. „Doch er hat immer abgelehnt. Dir gegenüber haben wir das Ganze immer etwas kleingeredet, um dir keine Angst zu machen."

„Wir wollten dir nichts aufbürden, was du nicht stemmen konntest", ergänzte Mum mit erstickter Stimme. „Du warst doch noch ein Kind, Nora. Genau wie er."

All das, was ich ihnen insgeheim vorgeworfen hatte, war nie ein Fehler von ihnen gewesen. In meinem Inneren löste sich auf einmal ein furchtbar dicker Knoten. Und plötzlich saß Aron bei uns, und wir weinten gemeinsam um ihn. Weinten um das Leben, das wir gehabt und verloren hatten und um das, was wir hätten haben können.

Plötzlich kam Mason mit geschäftiger Miene, frisch gestylten Haaren und seinem Handy in der Hand herein. Ob unserer Tränen hielt er, sichtlich unangenehm berührt, inne.

„Komme ich ungelegen? Soll ich ... später wiederkommen?"

„Nicht nötig." Mum schüttelte den Kopf und sprang gleich auf, während Dad sich geräuschvoll die Nase putzte. „Kann ich Ihnen eine Tasse Tee anbieten, mein Lieber?"

Ehe sie den Raum verließ, wandte sie sich noch einmal zu mir um. „Sein Zimmer."

„Was ist damit?"

„Ich habe den Gedanken nicht ertragen, ein Kind verloren zu haben. Aber noch schlimmer war der, beide meiner Kinder nicht mehr bei mir zu wissen. Nun, da ich weiß, dass du wiederkommen wirst ... nun ja ... ich habe überlegt, vielleicht einen Handarbeitsraum daraus zu machen. Für mein Garn, meine Nähmaschine und all die Wolle", schickte sie sogleich hinterher, und ich war mir fast sicher, dass sie bei jedem Wort, das sie aussprach, ein schlechtes Gewissen verspürte.

„Das klingt doch nach einem Projekt, bei dem ich euch unterstützen kann, solange ich noch hier bin", sagte ich versöhnlich.

Just in diesem Moment traf mich die Erkenntnis, dass ich heute neue Seiten entdeckt hatte. An Mason, an Ilay, an meinen Eltern – und an mir selbst.

Kapitel 22

The story of my life

Das Cocktailglas in Mayas Hand reflektierte die letzten rot glitzernden Sonnenstrahlen, die durch die großen Fenster des *Goldies* fielen. Mit einem aufgesetzten Lächeln kam ich ihrer stummen Aufforderung nach und stieß meines sachte gegen ihres.

„Auf einen schönen Abend", sagte sie andächtig, bevor sie sich an den Nächsten wandte.

Ein Glas nach dem anderen klirrte gegeneinander, alle stießen miteinander auf einen schönen Abend an, und jeder Blickkontakt fiel mir leicht – bis auf den zu Mason und Ilay. Hier zu sein fühlte sich falsch an, fühlte sich widernatürlich und unschön an. Doch was hätte ich tun sollen, als Mason vorgeschlagen hatte, das alte kleine Diner, von dem ich gesprochen hatte, mit ihm gemeinsam zu besuchen und ihm die Clique vorzustellen, die an diesem Samstagabend selbstverständlich dort war? Hätte ich verneinen sollen? Mir eine Ausrede überlegen? Es hatte sich angefühlt, als hätte ich keine Wahl gehabt, als mit ihm hinzugehen und zu hoffen, dass Ilay an diesem Abend nicht dort sein würde – was natürlich nicht der Fall war. Mit ihm gemeinsam am Golden Lake zu sein und über Aron und meine Zukunft zu sprechen, war etwas ganz anderes, als ihm mit Mason an der Seite gegenüberzusitzen. Zwar lächelte er, doch ich war mir fast sicher, dass die Situation für ihn genauso unangenehm war wie für mich. Nur Mason stand offensichtlich über dem, was geschehen war und behandelte Ilay nicht minder freundlich als die anderen. Er hatte sich sogar dazu herabgelassen, ein Bier zu bestellen, auch wenn er im Gegensatz zu den anderen Männern auf ein Glas bestand, weil er nicht aus der Flasche trinken wollte.

Ich gab mir einen Ruck und nahm endlich ein paar Schlucke von meinem Cocktail, einem köstlichen sogenannten *Goldies Soul*, der nach Mango und Orange und somit nach einer herrlichen Mischung aus Süß und Sauer schmeckte. Vielleicht war genau das nötig, versuchte ich mir selbst einzureden. Vielleicht gehörte es zu meinem Abschließen mit der Vergangenheit, dass ich meine Zukunft miteinbezog. Dass ich Mason hierherbrachte, an jenen Ort, den ich bisher nur mit Ilay verbunden hatte.

„Nicht besonders voll hier, was?" Mason sah sich neugierig um.

Nicht besonders voll war die Untertreibung des Jahrhunderts. Drake, Max, Ilay, Maya, Jonah, Romy, Mason und ich waren an diesem Abend die Einzigen im *Goldies*. Grayson stand mit dem Rücken an der Theke und scrollte durch sein Handy, dichte Strähnen seiner langen schwarzen Haare im Gesicht.

„Wir sind meistens allein hier." Maya zuckte gleichgültig mit den Schultern.

„Wie hält sich der Laden denn? Doch nicht von vier, fünf Leutchen, die hier am Wochenende ihr Feierabendbier trinken“, erkundigte Mason sich, ganz der Geschäftsmann, der er nun eben einmal war.

Unwillkürlich musste ich an das Telefongespräch von Grayson denken, das ich mitangehört hatte, und an seine großen finanziellen Probleme, von denen niemand hier wusste. Mein Magen krampfte sich schmerzhaft zusammen.

„Keine Ahnung, so wie es aussieht, finanzieren wir das *Goldies*“, antwortete Maya unbekümmert und nippte grinsend an ihrem Cocktail.

„Hm ...“ Mason war mit dieser Aussage ziemlich unzufrieden. Er sah aus, als würde er noch etwas zu dem Thema sagen wollen, doch glücklicherweise unterbrach ihn das Geräusch der sich öffnenden Eingangstür.

Hand in Hand und gerade in ein sichtlich amüsantes Gespräch vertieft, betrat ein attraktives männliches Paar das Diner, beide in stilvolle lange Mäntel gehüllt.

„ ... und daraufhin hat der Internist, ein wenig blass um die Nase, nur noch schweigend alles abgesegnet und den Rest des Tages kein Wort mehr verloren“, endete der ältere der beiden, ein Mann mit südländischem Teint und gepflegter Kurzhaarfrisur, und lachte.

„Endlich mal eine weise Entscheidung von ihm“, fiel der jüngere Blonde mit ein und grüßte Grayson. Erst in diesem Moment traf mich die Erkenntnis.

„Liam!“ Ich hatte es wesentlich lauter ausgerufen als gewollt.

Überrascht glitt sein Blick durch das Diner, fand mich, strauchelte einen Moment voller Unwissenheit und erhellte sich schlussendlich, als er mich erkannte.

„Nora *the Explorer* Harrison!“ Mit einem Zungenschnalzen, begleitet von einem immer noch ungläubigen Kopfschütteln kam er zu uns an den Tisch.

„Wie schön, dich zu sehen!“ Völlig geflasht davon, wie blendend Liam aussah, umarmte ich meinen alten Freund, der zu Jugendzeiten wesentlich pausbäckiger gewesen war und hartnäckige Akneprobleme gehabt hatte.

„Giovanni, das ist Nora. Nora Harrison“, wandte er sich an seinen Partner. Er sagte es, als würde er ihm gerade einen Hollywoodstar vorstellen.

„Nora Harrison?“ Giovanni hob sichtlich ehrfürchtig eine dunkle buschige Augenbraue. „Ich habe beeindruckende Geschichten von dir gehört.“

„Nimm das, was du gehört hast mal zehn, und du hast eine leise Ahnung davon, was wir als Teenies mit ihr mitgemacht haben.“ Ilay grinste und begrüßte die beiden Männer per Handschlag.

Ich kicherte. „Sie übertreiben natürlich maßlos“, erklärte ich Mason, der mich so musterte, als wäre ich ihm plötzlich fremd.

„*Untertreiben*, meinst du“, korrigierte Liam mich mit einem Zwinkern.

„Für euch auch zwei Bier?“, rief Grayson aus dem Hintergrund, steckte das Handy in die hintere Hosentasche seiner dunklen Jeans und musterte die beiden abwartend.

„Unbedingt. Und ein paar Nachos mit Spezialsauce“, verlangte Giovanni und rieb sich stöhnend den Bauch.

„Ich bin die ganze Schicht über nicht zum Essen gekommen."

„Setzt euch zu uns", forderte Jonah die beiden auf, nachdem sie alle begrüßt hatten und ich ihnen Mason vorgestellt hatte.

Zwei Stühle wurden herbeigerückt, und schon hatte unsere Gruppe sich erneut vergrößert. Eine gemütliche, heitere Atmosphäre entstand, auf die ich mich aber nicht so ganz einlassen konnte, da Masons Anwesenheit mich irgendwie nervös machte.

Grayson erschien, servierte die gewünschten Nachos mit Sauce sowie zwei Flaschen Bier für die Neuankömmlinge, verschwand kurz hinter dem Tresen und kehrte mit zwei Gitarren zurück, von denen er Jonah eine wie selbstverständlich in die Hände drückte. Der wirkte nicht wirklich überrascht. Verträumt dreinblickend ließ er seine Finger über die Saiten gleiten und spielte einige schlichte Töne, was seiner Freundin unmittelbar einen hochgradig verliebten Blick ins Gesicht zauberte. Grayson rückte sich einen Stuhl an unseren Tisch, schob ihn zwischen Drake und Max und setzte sich auf die Kante, während er seine Gitarre stimmte. Mason tippte mir unauffällig mit dem Finger auf den Unterarm.

„Ist das ... normal hier?", raunte er mir zu.

„Ich denke schon", wisperte ich mit einem unwissenden Lächeln, während Grayson *Last Fall* von *Matt Schuster* anstimmte und Jonah sich der Melodie sofort anpasste.

„Last fall, we were falling like the stars
Twenty-one and chasing cars
It was happy ever after, nothing mattered at all

Expect for you and me
Now it's hard to believe, can hardly take it
Heart is breaking
How we've changing with the leaves", sangen beide im Duett, und nach und nach fielen auch alle anderen, selbst die schüchterne Romy mit ein. Während sich Graysons Stimme mit ihrem rauchigen, dunklen Klang hervorragend anhörte und auch Jonah und Maya gar nicht übel sangen, gingen die Stimmen der anderen ein wenig unter. Besonders Ilay sang – wie mir bekannt war – alles andere als gut, aber dennoch aus vollem Herzen mit.

„*And I can tell something's wrong*
Ain't nobody said it
But if already gone is where we've headed", gab ich mir endlich einen Ruck und fiel, ebenso schlecht wie Ilay, mit ein, was mir einen irritierten Seitenblick von Mason einhandelte, der sich nun als Einziger vornehm zurückhielt.

„*We might as well slow dance in this burning room*
It's gonna hurt like hell
When the winter wind blows right on through
Seasons change and flames burn out
I know it's all but over now
So baby lie to me until last call
And make it last fall, last fall."

Ilay zwinkerte mir freundschaftlich zu, sich selbst eindeutig seines Könnens beziehungsweise Nicht-Könnens bewusst, und wahrscheinlich wie ich in bittersüßer Erinnerung schwelgend, wie wir uns schon früher gegenseitig mit unseren schlechten Stimmen aufgezogen hatten.

„Last fall, we were calling it forever by November
I knew it might come back around
But it ain't looking like that now
So we might as well.“

Von einem Atemzug auf den anderen wich die Leichtigkeit, die ich gerade noch gespürt hatte, einer erdrückenden Schwere und einer Traurigkeit, die nichts mit Aron oder diesem Ort an sich zu tun hatte. Es fühlte sich an, als wäre ich noch einmal jung, lebensfroh und glücklich gewesen und hätte erneut die Schwelle zum ernsten, ruhigen Erwachsensein überschritten – wohlwissend, dass ich nie wieder zurückgehen könnte.

Ich hörte auf zu singen. Die restlichen Zeilen des Textes verklangen und ich nippte an meinem Cocktail, den Blick ins Leere gerichtet. Erst als Grayson einen weiteren Song anstimmte und Jonah wieder als Erster mit einfiel, erwachte ich aus meinem tranceartigen Zustand.

„Written in these walls are the stories that I can't explain
I leave my heart open but it stays right here empty for days
She told me in the morning she don't feel the same about us in her bones
It seems to me that when I die these words will be written on my stone.“

„Komm schon, Alter – *One Direction*? Das hören doch nur Mädchen!“, unterbrach Drake ihn mit genervtem Stöhnen, was weder Grayson noch Jonah davon abbrachte, mit dem Gitarrenspielen aufzuhören. Im Gegenteil – Grayson schmunzelte sogar und schien sich angespornt zu fühlen, lauter zu spielen.

„Und wer hat gerade direkt erkannt, dass das Lied von denen ist?“, fragte er ruhig und ging unmittelbar zum Weitersingen über.

„And I'll be gone, gone tonight
The ground beneath my feet is open wide
The way that I've been holding on too tight
With nothing in between ...“

„*The story of my life, I take her home*“, grölten Max und Maya extra laut und ließen ihre Getränke klirrend gegeneinanderschlagen.

„I drive all night to keep her warm and time is frozen,
The story of my life, I give her hope
I spend her love until she's broke inside
The story of my life“

„*Written on these walls are the colors that I can't change*“, bahnte Ilays Stimme sich ihren Weg durch all die anderen an mein Ohr. *„Leave my heart open but it stays right here in its cage*
I know that in the morning I'll see us in the light up on the hill
Although I am broken, my heart is untamed still.“

„And I'll be gone, gone tonight“, fiel ich leise mit ein und stellte mein inzwischen leeres Cocktailglas auf dem Tisch ab. „*The fire beneath my feet is burning bright*
The way that I've been holding on so tight
With nothing in between.“

„Ein wichtiger Anruf.“ Ich hatte nicht einmal bemerkt, dass Masons Handy geklingelt hatte, als er plötzlich geschäftig dreinblickend aufsprang, es aus der Tasche zog und mir die offene Handfläche entgegenstreckte, während er aus dem *Goldies* lief, was so viel zu bedeuten hatte wie: *Warte bitte zwanzig bis sechzig Minuten auf mich.*

„Darf ich ehrlich sein?“ Mayas Stimme brachte mich dazu, den Blick zu heben.

Verunsichert nickte ich.

Die anderen sangen immer noch, auch wenn es inzwischen nicht mehr *One Direction*, sondern ein ruhiges Lied im Country-Style war, das ich nicht kannte.

„Zuerst dachte ich, er würde perfekt zu dir passen“, setzte sie an, die Stimme so sehr gesenkt, dass ich Mühe hatte, jedes Wort zu verstehen.

„Mason?“, fragte ich.

„Natürlich Mason.“ Maya kicherte. „Und versteh mich nicht falsch, er ist der Hammer. Rein optisch. Und wirklich höflich und offenbar intelligent. Und mit großer Wahrscheinlichkeit auch ein Halbgott im Bett.“

Peinlich berührt verbarg ich das Gesicht in den Händen und musste lachen.

„Das genügt mir als Antwort“, lachte Maya. „Man sieht ihm seine Qualitäten an.“

„Aber?“, hakte ich nach, denn dass ein solches kommen würde, stand außer Frage.

„Aber ich glaube nicht, dass er dein Herz glücklich machen kann. Deine Libido vielleicht. Und deine Geldbörse“, schloss sie und sah mir auf neugierig mitfühlende Weise in die Augen, so als wollte sie herausfinden, ob ihre Worte etwas in mir bewirkt hatten.

„Okay ... Danke für deine Meinung.“ Ich nickte bedächtig, völlig unsicher, wie man auf eine solche Ansprache reagieren sollte.

„Immer wieder gerne“, strahlte sie mich an und fiel daraufhin direkt neben mir so laut in den aktuellen

Song mit ein, dass mein Ohr für einen kurzen Moment schmerzend piepte.

Als Mason und ich uns am Ende des Abends vor allen anderen von der Clique verabschiedeten – er hatte mir vorher heimlich unter dem Tisch getextet, dass ihm allmählich langweilig wurde – nahm Maya mich noch einmal beiseite. Inzwischen war sie ein wenig angeheitert und hatte leuchtend rote Wangen sowie einen minimal verrückten Glanz in den Augen.

„Ilay ...“, flüsterte sie mir ins Ohr.

Mit einem Stirnrunzeln wartete ich, ob noch etwas kam.

„*Der* tut Herzen gut. Er ist toll. Richtig, richtig toll.“ Sie seufzte schwer. „Ich hoffe, du nutzt das nicht aus.“

„Was meinst du?“ Ein wenig verärgert sah ich sie an, die Arme wie zum Schutz vor der Brust verschränkt.

„Du weißt schon ...“ Maya wog vielsagend den Kopf hin und her. „Er mag dich ... ein bisschen zu sehr, wenn du mich fragst. Brich ihm bitte nicht das Herz.“

„Hatte ich nicht vor.“ Ich schluckte und schob das Kinn ein wenig vor. Sofort fühlte ich mich wie die sture Celia, die sich behaupten musste.

„Gut, denn ... mit Gefühlen spielt man nicht.“ Maya klang äußerst angeheitert, aber auch ernst.

Irgendetwas gab mir das Gefühl, dass sie Ilay vielleicht ein bisschen mehr mochte als einen gewöhnlichen Freund. Aber womöglich irrte ich mich auch.

„Mach dir keine Sorgen, Maya“, raunte ich ihr zu. „Ich habe nicht vor, Ilays Herz zu brechen. Oder überhaupt irgendjemandes Herz. Wir sind nur Freunde. Der Mann an meiner Seite ist Mason.“

Maya wirkte erleichtert.

„Versteh mich nicht falsch, ich möchte, dass du glücklich bist“, schien sie sich gezwungen zu sehen, die Wogen noch zu glätten. „Aber Ilay soll auch glücklich sein. Und weniger als hundert Prozent hat er nicht verdient.“

„Versuchst du mir gerade zu sagen, ich soll Mason für Ilay verlassen oder ich soll mit Mason von hier verschwinden und Ilay in Ruhe lassen?“ Langsam wurde ich ungeduldig. „Du redest wirres Zeug!“

„Ich versuche dir gar nicht zu sagen, was du tun sollst.“ Abwehrend hob sie die Hände. „Ich sage nur, dass diese beiden Männer ... Klarheit verdient haben.“

Ich nickte. „Die Klarheit gibt es längst“, antwortete ich womöglich eine Spur zu scharf.

„Also wirst du mit ihm nach New York gehen und ihn heiraten? Und Little Goldcoast und alles zurücklassen?“, erkundigte sie sich. „Um dein Leben im Big Apple weiterzuleben?“

„Du sagst das, als wäre es etwas Trostloses.“

„New York ist nicht Little Goldcoast. Und die Menschen dort sind nicht wie die Menschen hier.“ Sie kicherte verlegen und deutete auf das leere Glas in ihrer Hand. „Keine Ahnung, vermutlich spricht da einfach der vierte *Golden Blood* aus mir.“

„Nora, kommst du?“ Mason stand an der Tür, die Klinke bereits in der Hand und meinen Mantel faltenfrei über den linken Arm gelegt.

Ein letztes Mal wandte ich mich Maya zu. „Na ja, weißt du ... vielleicht ist genau das ja die ...“, ich hob die Zeige- und Mittelfinger beider Hände in die Luft und nutzte sie als symbolische Anführungszeichen, „... *Story of my life.*“

Kapitel 23

Ein Werkstattbesuch

„Es ist nur für ein paar Stunden." Mason stand vor dem wellenförmigen schmalen Spiegel im Flur und strich sich mit der Hand über seine perfekt liegenden Haare. „Der potenzielle Kunde kommt nun einmal aus unmittelbarer Nähe und ein persönliches Treffen käme seinem Anliegen sehr entgegen. Es trifft sich also hervorragend, dass Belbridge und Little Goldcoast so nah beieinander liegen." Mit leicht angewidertem Gesichtsausdruck klaubte er eine helle Staubfluse von seinem marineblauen Jackett und ließ sie mit spitzen Fingern zu Boden gleiten.

„Verstehe." Ich nickte, die Arme um meinen im Strickmantel eingehüllten Körper geschlungen. Dieser war wohl augenscheinlich für die Fluse verantwortlich.

„Ich kann dich also guten Gewissens kurz allein lassen?" Mason musterte mich eindringlich.

„Natürlich. Mach dir keinen Kopf", beruhigte ich ihn mit einer wegwerfenden Handbewegung. „Ich komme klar."

Tatsächlich machte mir die Aussicht recht wenig aus, ein paar Stunden ohne meinen Verlobten zu verbringen. Nach wie vor fühlte sich seine Anwesenheit in Little Goldcoast für mich paradoxerweise ermüdend an, auch wenn er in New York stets mein ruhiger, sicherer Hafen gewesen war. Die beiden Welten, die mein aktuelles und mein vergangenes Leben darstellten, waren einfach zu unterschiedlich, um zueinander zu passen. Empfand ich meine kleine Heimatstadt und das Haus meiner Eltern allein als gemütlich und erdend, so kam es mir an der Seite meines Verlobten altbacken und sogar ein wenig hinterwäldlerisch vor. Ebenso erging es mir mit Mason als Mensch, den ich in New York als Mann mit erlesenem Kleidungsgeschmack und perfekter Etikette ansah und der hier in Little Goldcoast eher gestriegelt und überheblich erschien. Außerdem hatte ich nach wie vor nicht vergessen, dass er mich von sich geschubst hatte, auch wenn er sich entschuldigt hatte und es im Eifer des Gefechts geschehen war. Die Erinnerung daran rief ein mulmiges Bauchgefühl bei mir hervor, und ich wusste, dass wir, sobald wir zurück in New York wären und die Wogen sich geglättet hätten, darüber sprechen mussten.

Kaum hatte ich Mason verabschiedet und dem Taxi nachgesehen, das ihn in die nächstgrößere Stadt bringen würde, kam Ilay um die Ecke geschlendert. Die Hände in den Taschen versenkt, die dichten Haare zurückgekämmt, erhellte sich sein Gesicht, als er mich an der Haustür stehen sah.

„Stalken Sie mich etwa, Mr Baker?“, zog ich ihn auf.

„Die Frage kann ich nur zurückgeben, Big City Girl. Sieht aus, als hättest du an der Haustür nur darauf gewartet, dass ich gutaussehender Junggeselle hier unbedarft meines Weges gehe."

Ich kicherte. Da war sie wieder, die Nora, die nur in seiner Gegenwart zum Vorschein kam.

„Und? Immer noch nicht zu einer Partie Gartenschlauch-Duschen zu motivieren?"

„Auf keinen Fall!" Allein bei der Vorstellung schlugen meine Zähne klappernd aufeinander. „Auch wenn mein Outfit heute nicht ganz so teuer ist."

Leicht verlegen ließ ich meinen Blick über meinen Körper gleiten, der in einer lockeren Leggins, einer knielangen Strickjacke meiner Mum und hässlichen, aber sehr bequemen Hausschuhen steckte. Meine Haare hatte ich frisch gewaschen zu einem Dutt zusammengedreht, aus dem sich einige noch feuchte Strähnen gelöst hatten, die mir lose ins Gesicht fielen. Außerdem war ich ungeschminkt. Die New Yorker Nora von vor einer Woche hätte bei meinem Anblick wahrscheinlich schreiend vor Verzweiflung die Hände über dem Kopf zusammengeschlagen und mir eine mittelschwere Identitätskrise oder gar den völligen Kontrollverlust über mein Leben vorgeworfen. Doch es hatte sich nun einmal herausgestellt, dass das Leben in Little Goldcoast und die Fashionkleidung New Yorks nicht wirklich kompatibel waren.

„Mir gefällst du so." Ilay war entspannt auf mich zugeschlendert, die Hände immer noch tief in den Taschen seiner verwaschenen hellen Jeans verborgen. Etwa drei Meter vor mir blieb er stehen. „Siehst aus wie das Mädchen von nebenan, mit dem ich aufgewachsen bin."

Ich hoffte, dass er mir meine Verlegenheit nicht ansah, denn auf irgendeine verquere Art und Weise schmeichelte diese Aussage mir mehr, als sie wohl sollte.

„Musst du nicht heute wieder arbeiten?", erinnerte ich mich vage an das, was meine Mutter mir berichtet hatte. Ilay hatte sich extra während der Tage meines geplanten Aufenthalts freigenommen, und heute war der Montag, an dem ich offiziell wieder in New York gewesen wäre.

„Habe Mittagspause." Ilay zuckte lässig mit den Achseln. „Außerdem ist mein Chef gleichzeitig mein Dad, wie du weißt. Und was machst du gerade, außer Männer zu stalken? Bist du auf dem Weg irgendwohin?"

„Nicht wirklich." Ich schüttelte den Kopf und wies in die Richtung, in die das Taxi wenige Minuten zuvor verschwunden war. „Ich habe Mason verabschiedet."

„Ist er abgereist?"

Irrte ich mich, oder klang Ilays Stimme ein wenig hoffnungsvoll? Prüfend musterte ich sein Gesicht, doch er blickte freundlich und interessiert wie immer drein. Wahrscheinlich bildete ich mir das Ganze bloß ein. Genau wie die Idee, dass der Kuss zwischen uns ihm irgendetwas bedeutet hatte. Er war bloß angetrunken gewesen. Und höflich. Außerdem hatte ich ihn geradezu herausgefordert.

„Woran denkst du, Big City Girl?" Ilay war näher an mich herangetreten und runzelte die Stirn.

„An nichts“, antwortete ich ein wenig vorschnell, denn dass ich unseren Kuss in meinem Hirn gerade erneut thematisiert hatte, musste er nun wirklich nicht wissen. Eine heiße Röte stieg mir in die Wangen.

„Mason hat ein Treffen mit einem potenziellen Kunden drüben in Belbridge. Sie gehen gemeinsam essen und er wird ein paar Stunden nicht hier sein.“

Wieso hatte ich das erwähnt? Kopfschüttelnd über mich selbst sah ich Ilay an.

„Wenn du Langeweile hast, komm doch mit in die Werkstatt“, schlug er pragmatisch vor. „Dad würde sich sicher freuen, dich mal wiederzusehen. Außerdem habe ich noch einen Keilriemenaustausch und einen Zündkerzenwechsel vor mir und könnte ein wenig Unterhaltung gebrauchen.“

„Oh ... okay. Das klingt ... aufwendig“, schloss ich, ein wenig überfordert mit dem Angebot, ihn zu begleiten.

„Ist es nicht.“ Ilay schüttelte den Kopf. „Sind schnelle Standardsachen. Danach bringe ich dich wieder nach Hause. Aber du kannst natürlich auch hier stehen bleiben und auf den nächsten attraktiven Junggesellen warten, der vorbeikommt. Könnte bloß einige Tage dauern. Soll ich dir für die Zwischenzeit vielleicht ein Fernglas besorgen?“

Lachend schüttelte ich den Kopf und lief ins Haus, um meinen Eltern Bescheid zu geben.

Mr Baker, Ilays Vater, hatte sich in den fünf Jahren, in denen ich fort gewesen war, kaum verändert. Lediglich einige weitere graue Haare waren dazugekommen, die sich aus seinem dichten dunklen Bart und der Kurzhaarfrisur wie feine Silberfäden abhoben. Er sah aus wie Ilay – sportlich, sanft und gutmütig. Einzig die hellblauen Augen unterschieden ihn von seinem Sohn, der ihn mit jungen zwanzig Jahren zum Vater gemacht hatte.

„Nora Harrison, wow!“ Als wir den Hinterhof der kleinen Werkstatt betraten, die seit drei Generationen als Familienbetrieb lief, kam er uns entgegen, legte ein längliches silbernes Werkzeug unterwegs auf einen rußig aussehenden Holztisch und rieb seine Finger mit einem schmierig aussehenden Tuch ab, bevor er mir mit festem Griff die Hand schüttelte. „Ilay hat mir natürlich ausgiebig davon vorgeschwärmt, wie toll du aussiehst, aber er hat maßlos untertrieben.“

„Dad!“ Ilay fuhr sich peinlich berührt mit den Händen durch die Haare und sah plötzlich wieder aus wie ein Teenager.

„Was denn, das wird man doch wohl noch sagen dürfen ...“ Sein Vater grinste. „Ich würde dir ja gern einen Platz anbieten, Liebes, aber ich fürchte, du würdest dich bloß schmutzig machen hier.“

Sein Blick glitt über meinen schlichten schwarzen Hosenanzug, die teuren Stiefeletten und den roten Mantel, den ich darüber trug. Für einen Werkstattbesuch wohl doch ein wenig zu aufgedonnert, aber ich hatte auch nicht in der einige Nummern zu großen Steppjacke meiner Mutter hierherkommen wollen.

„Ach, das ist schon in Ordnung“, winkte ich so unbekümmert wie möglich ab. „Ich nehme mir einfach so einen da.“ Mit der Hand wies ich auf einen der drei abgenutzten Klappstühle neben uns. „Ich setze mich zu Ilay, wenn er die ... ähm ... Dinge da repariert, die er reparieren muss.“

„In Ordnung. Dann hab mir schön ein Auge darauf, dass er anständig arbeitet“, verlangte er grinsend, bevor er sich wieder zum Gehen wandte. „Sonst kürze ich ihm den Lohn.“

Kopfschüttelnd sah Ilay ihm nach, ehe er mich mit einer einladenden Geste dazu aufforderte, ihm zu folgen. Den Klappstuhl klemmte er sich gleich unter den Arm und nahm ihn mit, ehe ich auch nur daran denken konnte, ihn selbst zu tragen.

Am hinteren Ende der Halle stand ein älteres Mercedesmodell, neben dem er den Stuhl abstellte, bevor er kurz verschwand, um wenig später in einem Blaumann und mit einer Werkzeugtasche wieder aufzutauchen. Ich hätte mich selbst belügen müssen, hätte ich behauptet, dass mir das, was ich da zu sehen bekam, nicht gefiel. Als unsere Blicke sich trafen, suchte ich wie ertappt etwas anderes, das ich mit den Augen fixieren konnte. Meine Stiefeletten zum Beispiel. Wahrscheinlich war ich wegen allem, was gerade geschah, einfach nur hochgradig verwirrt. Ein paar Tage in New York würden mir, nachdem ich alles hier geklärt haben würde, den Kopf wieder freimachen. Davon war ich überzeugt.

Während Ilay mit gekonnten Griffen und recht mühelos an dem Wagen herumschraubte, nahm ich die Werkstatt etwas genauer in Augenschein. Sie lag am anderen Ende von Little Goldcoast, ein wenig abgelegen vom Rest, zwischen einer Pferdeweide und einer alten Scheune. Ich war oft hier gewesen, um ihn mit dem Rad abzuholen, doch meistens hatten Liam und er Aron und mich eingesammelt, da unsere Mutter ihnen oft noch selbstgebackene Leckereien zugesteckt hatte. In

Erinnerungen versunken sah ich mich um, nur um festzustellen, dass das Leben in Little Goldcoast wirklich stillzustehen schien. Obwohl ich fünf Jahre lang fort gewesen war und ein völlig neues Leben begonnen hatte, war hier alles nahezu unverändert.

„Und wie läuft der Mit-allem-abschließen-Prozess?“, erkundigte Ilay sich, hielt kurz in seinem Tun inne und musterte mich.

„Ganz gut“, antwortete ich wahrheitsgemäß und berichtete ihm vom Gespräch mit meinen Eltern.

„Diese Unterhaltung habt ihr alle drei sowas von nötig gehabt“, behauptete er, ehe er sich wieder dem Wagen zuwandte. „Auch wenn es keinem von euch vorher bewusst war. Und was ist mit ihm?“

„Mit ihm?“ Ich runzelte die Stirn. „Mit Mason?“

Ilay klapperte am Auto herum.

„Mit Aron.“

Ich war froh, dass er mein Gesicht nicht sah, da er am Auto herumhantierte, denn ich fühlte mich, als hätte ich in eine saure Zitrone gebissen.

„Das ist nicht so einfach, Ilay“, gab ich mit gesenkter Stimme zurück.

„Wieso nicht?“

„Nun ... er ist nicht mehr da. Ich kann mich schlecht mit ihm auf das Sofa setzen und einen Tee trinken, während wir das Ganze ausdiskutieren“, erklärte ich. Es sollte ironisch klingen, doch es hörte sich bitter an.

Eine Weile lang sagte Ilay gar nichts und arbeitete stumm, dann trat er um den Wagen herum und musterte mich mit einem milden Lächeln im Gesicht.

„Ich bin mir sicher, dass du einen Weg finden wirst, ihm zu vergeben“, erklärte er sanft.

Nachdem er mit dem ersten Wagen fertig war, trug er den Stuhl zum nächsten, einem etwas moderneren SUV mit angeklebtem Kinder-Sonnenschutz an den Rückfenstern, von dem aus mir Bambus kauende Pandabären entgegengrinsten. Ich setzte mich und sah Ilay dabei zu, wie er geschickt Handgriff um Handgriff tat, während er Smalltalk betrieb – mit ziemlicher Wahrscheinlichkeit deshalb, damit ich mich mit dem Vergebungsthema nicht zu unwohl fühlte. Als er abschließend in die Hände klatschte und damit begann, sein Werkzeug einzuräumen, klingelte mein Handy.

„Mason." Überrascht betätigte ich den Annehmen-Button und hielt mir das Smartphone ans Ohr.

Ilay musterte mich mit gerunzelter Stirn, während ich meinem Verlobten zuhörte und zaghaft nickte. Als ich auflegte, musste ich unwillkürlich schlucken.

„Alles in Ordnung?", erkundigte er sich.

„Ja, er ... er will mich im *Goldies* treffen", brachte ich hervor. „Er sagt, er hat eine ... Überraschung für mich."

„Eine Überraschung? Wow", Ilay schüttelte ungläubig den Kopf. „Er scheint dich ja wirklich unfassbar gut zu kennen."

Kapitel 24

Surprise, Surprise

Ich stieß die Tür zum *Goldies* zaghaft auf und hielt unwillkürlich den Atem an. Überraschungen waren nicht mein Ding. Das waren sie noch nie. Doch wie sollte das jemand verstehen, der sie als etwas Großartiges und darüber hinaus für eine geniale Geschenkidee hielt? Mason hatte es sicher nur gut gemeint. Er meinte es immer gut.

Mein Blick huschte vor und zurück, nach links und rechts. Ich nahm zuerst ihn selbst wahr, wie er mit einem zufriedenen Grinsen an der Theke lehnte und ein Glas in der Hand hielt. Die Jukebox lief. Irgendein alter, schneller Song, dessen Melodie ich kannte, aber von dem mir gerade der Name nicht einfallen wollte. Zwischen den kleinen Tischgruppen tanzten zwei junge Frauen ausgelassen im Takt der Musik. Es dauerte einen Moment, bis ich die Verbindung in meinem Hirn herstellen konnte, dann klappte mir die Kinnlade herunter.

„Celia? Amber?", brachte ich ungläubig und viel zu leise hervor.

Ilay, der hinter mir und somit immer noch außerhalb des Diners stand, legte mir sanft eine Hand in den Rücken und schob mich ins warme Innere, um hinter uns die Tür zu schließen und den pfeifenden Herbstwind außen vor zu lassen. Erst beim Geräusch der Tür, die in ihr Schloss fiel, bemerkten meine Freundinnen unsere Ankunft und stürzten sich mit johlenden Freudenschreien auf mich. Während Celia wie ein aufgedrehtes Kind an mir auf- und ab hüpfte, drückte Amber mich an ihre Brust, als wäre ich ihre lange verschollene Tochter.

„Wieso ... woher ... was macht ihr hier?", stammelte ich völlig überfordert und brachte kaum mehr als ein unsicheres Lachen zustande.

„Überraschung!" Mason, der unbemerkt neben mich getreten war, schlang mir einen Arm um die Schultern und grinste selbstzufrieden.

„Aber ... wozu denn?", lachte ich nervös.

„Einfach so. Braucht ein Mann einen Grund, um der Frau, die er liebt, eine Freude zu machen?", schnurrte er und handelte sich dafür ein Würggeräusch von Celia ein, was ihr wiederum einen mütterlich tadelnden Blick von Amber einbrachte.

„Außerdem habe ich etwas wiedergutzumachen", fügte er etwas leiser hinzu, und ich wusste sofort, wovon er sprach.

„Mason hat uns angerufen und uns erzählt, dass du gerade ein wenig durch den Wind bist und jeden Beistand gebrauchen kannst", klärte Amber das Ganze auf und tätschelte mir mit mitfühlendem Blick die Schulter. „Da haben wir natürlich nicht gezögert und sind sofort in den Flieger gestiegen."

„Mason hat die Tickets bezahlt und uns vom Flughafen abgeholt“, fügte Celia hinzu, machte eine große pinkfarbene Kaugummiblase und ließ sie platzen.

Immer noch völlig durcheinander betrachtete ich meine Freundinnen, die wie zwei Honigkuchenpferde grinsten und überhaupt nicht aussahen, als hätten sie gerade einen spontanen Flug hinter sich. Amber hatte ihren schlanken Körper in ein schwarzes Designerkleid gehüllt, zu dem sie ihre liebsten sündhaft teuren Heels trug, während Celia einen übergroßen Strickpulli in einem zarten Pastellrosa über einem grauen Bleistiftrock und lange schwarze Stiefel mit hohen Absätzen gewählt hatte, um das kleine Küstenstädtchen aufzusuchen. Die beiden strahlten die typisch mühelose Eleganz der New Yorker Straßen aus und waren hier ebenso fehl am Platz wie ein verhätschelter Rassehund in einem Wolfsrudel.

„Vier Gläser vom Besten, was Sie dahaben, bitte“, verlangte Mason lautstark und schnipste mit Blick in Richtung Grayson befehlend mit den Fingern. „Oder bleiben Sie auch?“, fügte er betont freundlich hinzu und musterte Ilay, der sich nach wie vor im Hintergrund hielt.

„Ganz wie Nora möchte“, antwortete er ebenso höflich.

„Bleib gerne noch“, wandte ich mich schnell an ihn, woraufhin er nickte.

„Machen Sie fünf daraus!“ Mason hielt zur Veranschaulichung alle Finger seiner linken Hand in die Höhe.

Grayson betrachtete ihn kurz, als würde er in Erwägung ziehen, ihm das Glas, das er gerade spülte, an den

Kopf zu werfen, dann seufzte er unterdrückt und verschwand im hinteren Raum, um wahrscheinlich das Teuerste, was er finden konnte, aus dem Lager zu holen. Masons kommandierende Art ihm gegenüber gefiel mir ganz und gar nicht, doch ich schluckte einen Kommentar herunter. Immerhin tat er all das hier mir zuliebe. Und Großstadtmenschen waren nun einmal anders als jene, die in der Kleinstadt aufgewachsen und nie von dort weggegangen waren.

„Meine unhöfliche Freundin hat uns einander ja gar nicht vorgestellt", preschte Celia plötzlich vor und lächelte Ilay auf eine Art und Weise an, als wäre sie ein Raubtier und er ihre potenzielle nächste Mahlzeit. „Ich bin Celia und Single. Und Sie sind ...?"

„Ilay", antwortete er schlicht und schüttelte die Hand, die Celia ihm – ziemlich deutlich in der Erwartung eines Handkusses – entgegengereckt hatte. Ich musste ein Grinsen unterdrücken.

„Wann kommen denn all die Leute?", lenkte Celia ab und schlenderte mit betontem Hüftschwung durch das *Goldies*, als würde es ihr gehören.

„Sieht so aus, als wären wir heute *all die Leute*", erklärte Mason mit einem gönnerhaften Unterton in der Stimme und zog mich mit an einen der Tische. „Hier ist tote Hose, Mädels. Das ist eine Kleinstadt." Das *Klein* in Kleinstadt betonte er, als würde er von einem Ort sprechen, der gerade so eine Zombieapokalypse überstanden hatte.

Ich schluckte und tauschte einen Blick mit Ilay, der sich sichtlich Mühe gab, entspannt dreinzublicken. Dass er sich die Gesellschaft dreier versnobter New Yorker nur meinetwegen antat, war offensichtlich. Ich hoffte inständig, dass sie sich im Laufe des Abends noch von ihrer besseren Seite zeigen würden, denn noch vor wenigen Wochen hätte ich sie alle drei als angenehme und unterhaltsame Zeitgenossen bezeichnet. Ein wenig oberflächlich vielleicht, aber alle gutherzig und treu.

„Und was machen Sie so, junger Mann?", erkundigte Amber sich mütterlich, nachdem wir alle Platz genommen hatten. „Sind Sie ein Bekannter unserer Nora?"

„Mein bester Freund", antwortete ich an seiner Stelle und lächelte Ilay aufmunternd an. „Wir sind zusammen aufgewachsen."

Grayson erschien und stellte schweigend fünf Gläser sowie eine Flasche mit auffallend breitem Hals auf dem Tisch ab, in der sich eine durchsichtige Flüssigkeit befand. Ich hatte keine Ahnung, um was es sich dabei handelte.

„Für euch beide das Übliche?", erkundigte er sich knapp und wir nickten synchron.

„Das Übliche", wiederholte Amber, sobald Grayson außer Hörweite war und schüttelte Zunge schnalzend den Kopf. „So richtig schönes kleinstädtisches Flair. Jeder kennt jeden."

„Das ist noch gar nichts. Die singen hier sogar zusammen und spielen Gitarre", raunte Mason ihr zu und klang dabei noch im Nachhinein so überrascht, als hätte er live einer Ufolandung beigewohnt.

Mein Blick glitt von ihm über meine beiden Freundinnen. Amber sah ziemlich gefasst aus. Oder bewahrte sie nur Haltung, um nicht vor der ganzen Gruppe in Tränen auszubrechen? Ich biss mir auf die Unterlippe. Ich konnte sie unmöglich vor Mason und Ilay darauf ansprechen, wie es mit Alistair weitergegangen war, nachdem sie bei unserem letzten Telefonat so sicher gewesen war, dass er eine Affäre hatte. Nur allzu gern hätte ich sie unter dem Vorwand, zur Toilette zu müssen, beiseite genommen, aber ich wusste nur allzu gut, dass Celia sich uns anschließen würde. Und Mason mit Ilay allein am Tisch sitzen zu lassen, widerstrebte mir noch mehr als die Vorstellung, abwarten zu müssen, bis ich erfahren würde, wie es mit Amber und Alistair weitergegangen war.

„Kürbisfest?" Celia deutete mit gerunzelter Stirn auf einen selbstgebastelt aussehenden Flyer, der auf dem Nebentisch lag. Noch ehe ich reagieren konnte, hatte sie ihn an sich genommen und ließ ihren Blick über die darauf abgedruckten Zeilen huschen. „Das ist übermorgen?"

Das Kürbis- alias Herbstfest hatte ich völlig vergessen. Logisch, denn normalerweise wäre ich heute längst zurück in New York gewesen und hätte nicht mal in Erwägung gezogen, daran teilzunehmen.

„Hier ist noch gar nichts geschmückt. Schmückt man nicht vor einem Stadtfest?", erkundigte Amber sich und warf einen Blick aus dem Fenster, als hätte sie vorhin versehentlich eine ganze Ansammlung von Lichterketten, Ballons und lebensgroßen Figuren übersehen.

„Das wird erst morgen gemacht", erklärte ich.

„Und zwar den ganzen Tag lang", ergänzte Ilay ruhig.

„Jeder hilft mit", ergänzte ich.

„Und wehe, man drückt sich davor und spielt mit einer Handvoll gestohlener Kürbiskekse Videospiele auf dem Dachboden."

Wir mussten beide lachen, was uns ein paar irritierte und neugierige Blicke einbrachte.

„Wie auch immer ... wollen wir da alle zusammen hingehen? Sie werden doch auch dort sein?", schob Celia sogleich nach und lächelte Ilay gewinnend an, während sie eine ihrer blonden Strähnen um ihren Finger wickelte. Es war eindeutig, dass sie, die für ihr Leben gern flirtete, Interesse an ihm hatte.

„Wahrscheinlich", antwortete er neutral und ich hätte lügen müssen, hätte ich behauptet, dass sein nur allzu deutliches Desinteresse an ihr mich nicht auf eine paradoxe Art und Weise beruhigt hätte. Celia war meine Freundin und ich liebte sie, aber ihre Art, mit Männern umzugehen, war alles andere als die feine englische Art. Und das hatte Ilay nun wirklich nicht verdient.

Gedankenverloren blickte ich aus dem Fenster, als Grayson das Bier für Ilay und den Cocktail für mich auf den Tisch stellte. Das Herbstfest in Little Goldcoast war eine große Sache für all seine Bewohner. Traditionell wurde die Kleinstadt erst am Tag zuvor festlich mit Kürbissen, Girlanden aus bunten Blättern, allerlei Kastanienkunstwerken und Laternen in jeglichen Farben und Formen geschmückt. Es wurden Kerzen entzündet, Kränze gewickelt und Fenster mit herbstlichen Klebefolien dekoriert sowie eine große Menge an Pumpkin Pies, Apfelkuchen, Zimtschnecken und Töpfen voller Kürbissuppe vorbereitet. Eigentlich war schon der Tag *vor* dem eigentlichen Fest ein Fest.

„Lass mal sehen." Mason nahm Celia den Flyer aus der Hand und schüttelte den Kopf. „Es gibt also ernsthaft ein Kürbisfest?"

„Es gibt sogar ein Sonnen-, ein Blumen- und ein Weihnachtsfest, also quasi ein Fest für jede Jahreszeit.“, antwortete ich, und das war nicht einmal gelogen.

„Ich denke, bis übermorgen können sie noch ohne mich auskommen“, murmelte Mason mit grübelndem Unterton in der Stimme. „Aber dann wird es wirklich Zeit ... nach Hause zu fliegen.“

Nach Hause. Seine Worte jagten einen Schauder über meinen ganzen Körper, von dem ich kaum sagen konnte, ob er wohlig oder kalt gewesen war. Vielleicht ein wenig von beidem.

„Wirst du bis dahin ... abgeschlossen haben?“, wandte er sich mir mit gesenkter Stimme zu und nahm meine Hände in seine.

Würde ich? Ich hatte plötzlich einen Kloß im Hals. Hilfesuchend wandte ich mich an Ilay, doch der hielt den Blick gesenkt. Auch von ihm würde ich Abschied nehmen müssen.

„Ich ... klar“, brachte ich endlich hervor und rang mir ein Lächeln ab. Irgendwie musste ich es schaffen, in diesen restlichen beiden Tagen, die mir bleiben würden, über all das hinwegzukommen.

Über Aron. Über die alte Nora. Über Little Goldcoast.

Und vor allem über Ilay Baker.

Kapitel 25

Wasser marsch

„Mason sagte gestern Abend, er müsse etwas wiedergutmachen. Was genau hat er getan?"

„Wieso sollte er etwas getan haben, Ilay?" Ich schüttelte den Kopf und wich seinem Blick aus. Seit der Ankunft meiner beiden besten Freundinnen war ich zum ersten Mal wieder allein mit ihm. Wir waren schwer damit beschäftigt, eine gefühlt zehn Meter lange Lichterkette zu entwirren, die aus unzähligen winzigen Kürbisgesichtern bestand und ihr Dasein ein Jahr lang im Keller von Hornbrillen-Hattie verknotet und verstaubt zwischen alten Zeitschriften und toten Spinnen gefristet hatte. Mason telefonierte seit einer guten Stunde und hatte sich dabei immer weiter von uns entfernt, sodass ich ihn schon seit einer Weile gar nicht mehr gesehen hatte. Celia feilte sich währenddessen im Wohnzimmer meiner Eltern die Nägel und Amber plauderte irgendwo mit Hattie über die guten alten Zeiten, als wären sie beide bereits hundert Jahre alt.

„Weil er es genau *so* gesagt hat", beharrte Ilay und steckte einen der winzigen Kürbisköpfe aus einer dünnen Schlaufe, die er mit dem Zeigefinger in die Höhe gezogen hatte. „Er sagte, er muss etwas wiedergutmachen. Das sagt man nicht, wenn man nichts getan hat."

„Das ist eine Sache zwischen ihm und mir." Ich zerrte mit Gewalt zwei dicht beieinander liegende orangefarbene Fratzen auseinander, was das Ganze noch schlimmer machte. Behutsam nahm Ilay sie mir aus der Hand und befreite sie mit wenigen Handgriffen voneinander.

„Hat er dich betrogen?", fragte er geradeheraus und so leise, dass nur ich es hören konnte.

„Was? Nein!"

Zumindest nicht in den letzten Monaten.

Ich suchte mir einen weniger verknotet aussehenden Bereich der Lichterkette und begann stattdessen, daran zu arbeiten. „Warum schmeißt sie das alte Ding eigentlich nicht endlich mal weg und kauft ein neues?", murrte ich.

„Hat er dir wehgetan?", bohrte mein bester Freund weiter, ohne auf meine dezent misslungene Ablenkung einzugehen.

„Ilay!", stöhnte ich ungeduldig auf. „Hör bitte auf, mich auszufragen, das ist mir unangenehm. Es ist alles gut zwischen Mason und mir."

„Also hat er." Er nickte grimmig und löste ein größeres Teil der verknoteten Kette, woraufhin er einen Schritt näher an mich herantrat.

„Nein, er ..." Ich seufzte. „Wir hatten eine kleine Meinungsverschiedenheit, das ist alles."

„Lüg mich nicht an, Big City Girl." Sanft aber bestimmt versetzte er mir einen Stups unter das Kinn, sodass ich ihm in die Augen sehen musste.

Zuerst versuchte ich, seinem Blick stur standzuhalten, doch es war schwer, in Ilay Bakers gnadenlos ehrliche, treue Augen zu sehen und ihm die Wahrheit zu verschweigen.

„Er war wütend, weil ich die Hochzeit nicht überstürzen wollte und seine Idee, das Ganze hierher zu verlegen, nicht so gut fand, wie er gedacht hat", erklärte ich betont leise, zog völlig unnötig an einem besonders festsitzenden Knoten herum, den ich vermutlich in einem ganzen Jahrhundert nicht würde lösen können, und zuckte mit den Achseln, als wäre es nichts. „Wir waren uns nicht einig, was nicht oft vorkommt, und er hat kurz die Beherrschung verloren und ... nun ja ... mich von sich weggestoßen. Er hat mich ... geschubst."

Es fühlte sich merkwürdig an, es auszusprechen. Als wäre es absolut tragisch und etwas völlig Lapidares zugleich. Fast rechnete ich damit, dass Ilay erleichtert aufatmen und mit einem locker flockigen *Na, wenn's sonst nichts ist* weiterarbeiten würde. Aber das tat er nicht. Stattdessen atmete er lange und lautstark ein und wieder aus, als hätte er die ganze Zeit über die Luft angehalten.

„Er hat dich *geschubst*?", wiederholte er dann monoton, die Augen zu schmalen Schlitzen verengt.

„Nur ein wenig", versuchte ich das Ganze abzuschwächen und bereute sofort, dass ich es ihm gesagt hatte.

„Hast du dir wehgetan?" Ilay klang, als würde er sich anstrengen müssen, ruhig weiterzusprechen.

„Nein, ich ... bin auf dem Bett gelandet." Ich lachte kurz auf, aber es klang gezwungen. „Es ist wirklich nicht der Rede wert. Es war ein Reflex. Das kann im Eifer des Gefechts mal passieren, wenn man ..."

„Ein *Reflex*?! Wo ist er, Nora?“ Ilay warf die Lichterkette so ruckartig zu Boden, dass auch das Stück, an dem ich gerade herumgezogen hatte, mir aus den Händen glitt. Unwillkürlich zuckte ich zusammen. Dass dieser sonst so tiefenentspannte, ruhige Mann die Beherrschung verlor, geschah so selten, dass es nahezu unheimlich war. Mit wütendem Blick hielt er Ausschau nach meinem Verlobten.

„Ilay, entspann dich“, bat ich ihn und sah mich hektisch in alle Richtungen um. Ich wollte nicht, dass irgendjemand mitbekam, über was wir uns hier gerade unter vier Augen unterhalten hatten. Doch noch weniger wollte ich, dass es dazu kam, dass Ilay Mason mit dem, was er gerade erfahren hatte, konfrontierte und dass das Ganze womöglich sogar eskalierte.

„Entspannen. Hm ...“, brummte Ilay ungewohnt grimmig, nahm die Lichterkette mit einem Kopfschütteln wieder an sich und setzte seine Arbeit daran schweigend fort.

Erst am Abend, als die Sonne unterging, wurde ganz Little Goldcoast in ein feierlich herbstliches Licht getaucht und das Ergebnis der ganzen Arbeit sichtbar. Überall leuchteten Laternen, Kerzen und bunte Lichterketten – selbst die uralte von Hornbrillen-Hattie, an der Ilay und ich so lange gearbeitet hatten. Eine ausgelassene und zugleich friedliche Atmosphäre herrschte, und es hatten sich überall kleine Grüppchen gebildet. An Masons Seite und neben Celia und Amber fühlte ich mich ein wenig außen vor, obwohl ich in Little Goldcoast aufgewachsen war. Wir waren wieder das Team Großstadt und somit Gäste in diesem beschaulichen kleinen Ort.

„Das muss ich posten, sonst glaubt mir keiner“, kicherte Celia zum wiederholten Male etwas aufgekratzt, warf sich ihre lange blonde Mähne über die Schulter und fotografierte mit ihrem Smartphone wahllos alles um sich herum.

Amber lächelte unentwegt. Nach wie vor war es mir nicht gelungen, sie allein zu sprechen. Nachdem sie die Nacht mit Celia in einem Hotel in Belbridge verbracht hatte, waren ständig Mason, meine Eltern oder Teile der Clique um uns herum gewesen und Celia hatte wie immer einen Großteil der Aufmerksamkeit auf sich gezogen.

Der Tag neigte sich immer mehr dem Ende zu, und irgendwann hatte es sich ergeben, dass die New Yorker Clique und die von Little Goldcoast beieinanderstanden. Obwohl es sicht- und spürbare Unterschiede gab, war es friedlich und entspannt. Es war ein gemütlicher Abend. Ilay hatte Mason zwar einige angespannte Blicke zugeworfen, doch sich mir zuliebe zurückgehalten. Und Mason verhielt sich wie der perfekte Verlobte, der er nun einmal war: witzig, galant, höflich und aufmerksam. Als Romy und Jonah zwei edel anmutende Flaschen aus dem Weinvorrat der wohlhabenden Abercrombies holten, schüttelte mein Verlobter mit einem Schmunzeln den Kopf.

„So öde ist dein Heimatstädtchen doch gar nicht“, behauptete er aus dem Nichts heraus lautstark und drückte mir einen Kuss auf die Wange.

„Was meinst du?“, hakte ich irritiert nach.

„Eine öde kleine Stadt mit öden kleinen Menschen, so hast du sie genannt.“ Mason stieß mit mir an und lächelte heiter vor sich hin, als wäre er sich keiner Schuld

bewusst, womöglich etwas Falsches gesagt zu haben. Dabei hatte er so laut gesprochen, dass es zumindest die unmittelbar um uns herumstehenden Personen mit Gewissheit hatten hören können. „Etwas ungewöhnlich und verschroben vielleicht ... im positiven Sinne", fügte er höflich hinzu. „Aber gewiss nicht öde." Und als würde es seine Worte noch unterstreichen wollen, klingelte direkt im Anschluss sein Handy. Er nahm es aus der Tasche und zog sich mit einem entschuldigenden Lächeln zurück.

Ich schluckte und wandte mich wie betäubt zu meinem besten Freund um, der mich mit einer Mischung aus Sorge und Überlegenheit im Blick musterte. Die anderen führten ihre Gespräche ungerührt fort. Hoffentlich hatte ich mich geirrt und sie hatten Masons Worte doch überhört. Oder war es einfach Taktgefühl, dass sie so taten, als ob?

Celia und Amber rackerten sich derweil damit ab, das in ihren Augen perfekte Selfie zu schießen – von ihnen beiden vor der Ansammlung der Kleinstadtbewohner und im Licht all der Laternen. Wie immer schienen sie dabei jedoch sehr anspruchsvoll zu sein. Ihre Worte über die zu hoch angebrachte Beleuchtung, den falschen Winkel und die Kilos von Körpergewicht, die die Kamera angeblich hinzuschummelte, prallten an mir ab. Wie betäubt starrte ich meinen besten Freund an, während ich meinen eigenen Herzschlag in den Ohren pulsieren hörte.

„Hol den Gartenschlauch, Ilay", brachte ich tonlos hervor.

„Alles ... in Ordnung?", erkundigte er sich vorsichtig.

„Hol den Gartenschlauch“, wiederholte ich mit Nachdruck und machte mich, ohne noch einmal zurückzusehen, auf den Weg zu meinem Elternhaus.

„Bist du sicher?“ Ilay zögerte, in der einen Hand den Schlauch, in der anderen das Rädchen des Hahns, der das Wasser zum Laufen bringen würde.

„Das Mädchen von nebenan hätte nie *Nein* zu einer anständigen Gartenschlauchdusche gesagt“, wiederholte ich seine Worte von vor wenigen Tagen und zog eine Grimasse, die den Kürbisfratzen von Hatties Lichterkette bestimmt sehr nahekam.

„Ja, aber ...“, setzte er an. In seinem Blick lag plötzlich etwas Gequältes, etwas Unsicheres. Etwas Erwachsenes. Als hätte er plötzlich Angst, mich zu zerbrechen, obwohl er mich bis dato für unzerstörbar gehalten hatte.

„Tu es einfach“, unterbrach ich ihn ein wenig ungeduldig. „Ich brauche gerade wirklich dringend eine kalte Dusche und einen klaren Kopf und ...“

Das schien ihm als Aufforderung zu genügen. Er wartete nicht länger und ließ dem Wasser jäh freien Lauf. Binnen Sekundenbruchteilen und noch ehe ich es ganz realisiert hatte, traf mich der harte Strahl am Bauch, glitt Richtung Hals nach oben und wieder herab und ließ mich meinen Wagemut von gerade bereits bereuen. Für einen Moment fühlte es sich an, als würde die Kälte des Wassers in der ohnehin herbstlich kühlen Umgebung mein Herz zum Stehenbleiben bringen, dann schlug es umso schneller und kräftiger, fast sogar ein wenig schmerzhaft weiter. Ich hielt den Atem an und schrie im nächsten Moment vor Schreck, Kälte und Freiheit auf, während Ilay mit einem ungläubigen

Lachen im Gesicht kopfschüttelnd dastand und den Schlauch nach wie vor auf mich gerichtet hielt. Es war wie ein Urschrei. Ein Schrei, der all das in sich vereinte, was sich seit Ewigkeiten angestaut hatte, ohne dass ich mir dessen bewusst gewesen wäre.

Die Nachbarn meiner Eltern, die der Deko ihres Hauses gerade noch den letzten Schliff verpassten, sahen uns kurz zu, bevor sie sich mit einem Kopfschütteln abwandten.

Völlig durchnässt und vor Kälte zitternd bedeutete ich Ilay endlich, dass es genügte. Es konnten nur wenige Sekunden gewesen sein, in denen ich dem kalten Wasser ausgesetzt gewesen war, doch als er meinem Wunsch, es auszustellen sofort nachkam, fühlte ich mich, als wäre ich seit Stunden nass und längst durchgefroren bis auf die Knochen.

„Geht es dir jetzt ... besser?", erkundigte er sich sanft, während er den Schlauch ordnungsgemäß wegräumte.

„Ja ... nein ... ich ... mir ist k...kalt", spuckte ich mit aufeinander klappernden Zähnen ein paar unzusammenhängende Satzfetzen heraus und schlang die Arme um meinen Körper. Unter mir bildete sich bereits eine Pfütze, so sehr tropfte meine Kleidung. Ich hätte gar nicht sagen können, ob die kalte Dusche mir das gebracht hatte, was ich mir von ihr erhofft hatte: einen klareren Kopf, innere Ruhe, etwas wie Ordnung in diesem Chaos, das in meinem Kopf zurzeit herrschte. Mir war viel zu kalt. Mit schlotternden Knien, klappernden Zähnen und unkontrollierten keuchenden Lauten, die mir in unregelmäßigen Abständen über die Lippen kamen, beeilte ich mich, ins Haus zu gelangen. Das hatte ich mir in meiner Jugend freiwillig angetan? Ich musste wahnsinnig gewesen sein.

„Warte doch, du rutschst noch aus", hörte ich Ilay hinter mir lachen.

Ungerührt in Angesicht dessen, was ich vom Eingangsbereich über den Teppich und die Treppe alles durchnässte, eilte ich mit angehaltenem Atem ins Obergeschoss, lief ins Badezimmer und schaltete das Wasser ein, bevor ich mir hastig alle Kleider vom Leib riss. Erst als ich in der Dusche stand und die heißen Tropfen auf mich herabfielen, konnte ich wieder atmen.

Als ich eine gefühlte Ewigkeit später warm und wohlig in ein übergroßes Handtuch gewickelt in mein Jugendzimmer lief und mich anzog, fiel mir Ilay wieder ein. Ich hatte nicht einmal abgeschlossen! Etwas verspätet trieb mir die Erkenntnis eine heiße Röte ins Gesicht.

„Bist du da?", rief ich ins Erdgeschoss herunter, während ich meine Bluse zuknöpfte.

„Im Wohnzimmer. Komme sofort", hörte ich zu meiner Überraschung Masons Stimme antworten. „Hier ist eine kleine Wasserpfütze vor der Treppe und der Teppich sieht auch nass aus. Weißt du, was da passiert ist?"

„Mir ist ein Glas umgekippt", war das Erste, was mir in den Sinn kam.

„Wo warst du denn so plötzlich?", erkundigte er sich, als er die Treppen emporstieg. „Als mein Telefongespräch vorbei war, warst du verschwunden, und Celia und Amber haben nichts mitbekommen."

So vertieft wie die beiden in ihre Suche nach dem perfekten Foto gewesen waren, wunderte mich das überhaupt nicht. Ich zuckte mit den Achseln. „Ich war plötzlich müde und dachte, du wärest schon vorgegangen", wich ich aus.

„Verstehe. Ich bin auch völlig erledigt. Eine Kleinstadt, die so groß ist wie ein Schuhkarton, auf Hochglanz zu polieren und zu schmücken, ist anstrengender, als ich erwartet hatte." Er lachte und drückte mir einen Kuss auf die Schläfe.

Ich fühlte mich wie eine Betrügerin, weil ich ihn schon wieder anlog. Doch was hätte ich sagen sollen? *Ilay hat mich mit einem Gartenschlauch bis auf die Haut nassgespritzt und ich bin hoch ins Bad gerannt und habe mich ausgezogen und geduscht, ohne mich zu vergewissern, wo er ist?* Das klang selbst für mich ziemlich schräg.

„Wollen wir noch schnell zusammen duschen?" Mason machte eine Kopfbewegung Richtung Badezimmer. „Ich glaube, der Kürbislikör hält deine Eltern noch zwei, drei Stündchen hin, ehe sie nach Hause wollen."

„Oh, ich war schon duschen", antwortete ich mit einem entschuldigenden Unterton in der Stimme und deutete auf meine offensichtlich nassen Haare, die ich bloß schnell mit einem kleinen Handgriff aus dem Gesicht gestrichen hatte.

„Okay. Dann bis gleich." Mason schien nicht allzu enttäuscht oder ließ es sich schlichtweg nicht anmerken und verschwand allein im kleinen, maritim eingerichteten Bad meiner Eltern.

Kaum hatte er die Tür hinter sich zugezogen, erschien Aron. Er hatte die langen schlanken Beine in neongelben Shorts stecken, sie angewinkelt und saß auf der obersten Treppenstufe. Er musterte mich schweigend.

„Sag, was du zu sagen hast“, brummte ich ihn an und verdrehte die Augen.

„Ich sage besser, was Ilay zu sagen hat. Das ist spannender.“ Er stemmte die Hände in die Hüften und verstellte seine Stimme – vergeblich, denn er klang immer noch nicht annähernd wie Ilay. Doch was er sagte, jagte mir einen Schauder über den gesamten Körper.

„Es wird langsam Zeit, sich zu entscheiden, Big City Girl.“

Kapitel 26

Von leeren Räumen und bröckelnder Perfektion

„Das war die letzte." Ich drückte den Deckel auf die große durchsichtige Kiste, bis ein lautes, zufriedenstellendes Klacken erklang, welches mir versicherte, dass sie wirklich fest verschlossen war.

Mum wischte sich erschöpft mit dem Handrücken über die Stirn. „Ich hatte keine Ahnung, dass er so viele Baseballkarten besaß", murmelte sie kopfschüttelnd. „Er hat sich doch gar nicht für Baseball interessiert."

„Er nicht. Aber Liam", erklärte ich schlicht und hob die Kiste mit einem Ruck an, um sie auf zwei andere zu stellen. Dad war nach dem Frühstück eigens für deren Anschaffung noch mal losgefahren, da Mum auf durchsichtige Kisten bestanden hatte. Fein säuberlich sortiert befanden sich darin nun die Überbleibsel von Arons viel zu kurzem Leben: Kleidung, Poster, Fotos, Zeitschriften, Schulmaterial, Krimskrams und – Baseballkarten. Alte, neue, eingeschweißte und zerknitterte. Einerseits war es *wirklich* extrem viel Kram, und wir hatten fast fünf Stunden dafür gebraucht, alles herauszuholen, zu sortieren und in Kisten zu verstauen. Andererseits war es kümmerlich wenig, wenn man sich in Erinnerung rief, dass es alles war, was nun von ihm noch übrig blieb.

Nicht ein einziger Zettel, nicht eine einsame löchrige Socke, nicht einmal ein Müsliriegel, den ich in seiner Schreibtischschublade entdeckt hatte, durfte weggeworfen werden. Mum hatte es nicht übers Herz gebracht, und Dad und ich hatten es stillschweigend so hingenommen, denn es war schwer genug, den Schritt zu gehen, das Zimmer nach all der Zeit ganz leerzuräumen – für uns alle, aber ganz besonders für sie. Und als wir nun so dastanden, inmitten eines völlig leeren, kargen Raumes, da fühlte ich mich zugleich leicht und schwer. Als wäre ein sauberer und nahezu perfekter Schnitt in meinem tiefsten Inneren gemacht worden, der dennoch stark blutete.

„Sieht viel größer aus, wenn es leer ist", merkte mein Vater an, die Hände in die kräftigen Hüften gestemmt, ein paar Perlen Schweiß auf der Stirn. Es hatte ihn viel Anstrengung gekostet, das Bett, den Schrank und den Schreibtisch auseinanderzubauen.

Mum sagte gar nichts. Sie stand bloß da und blickte von einem leeren Platz zum nächsten – und ich wusste genau, was sie dachte. Dort hatte sein Bett gestanden, da sein Schreibtisch, dort hatte er nach der Schule immer seinen Rucksack hingepfeffert. Auf der Fensterbank hatte er gesessen, wenn er telefoniert hatte, und die Tür hatte er zugeknallt, wenn wir miteinander gestritten hatten und ich, stur wie ich war, unbedingt das letzte Wort hatte haben müssen. Die Erinnerung daran war nun alles, was noch blieb, und es war offensichtlich, dass sie gerade infrage stellte, was wir getan hatten.

„Es bleibt ja nicht lange leer", bemühte ich mich, einen optimistischen und munteren Unterton in meine Stimme zu legen, die die Traurigkeit und Erschöpfung überdecken sollte.

„Richtig." Mum straffte tapfer die Schultern. „Gilbert, hol meine Nähsachen!", befahl sie.

„Zu Befehl, Sir!" Dad salutierte und marschierte die Treppe herunter.

Als man ihn im Erdgeschoss rumoren hörte, drückte Mum zärtlich meinen Oberarm. „Danke, Nora."

„Kein Ding", gab ich flapsig zurück.

„Es ist sehr wohl ein Ding", entgegnete sie mit einem erneuten, zaghaft wirkenden knappen Blick durch das leere Zimmer, als würde sie gar nicht wagen, genau hinzusehen. „Ein wirklich großes sogar. Und ohne dich hätten wir das nicht geschafft. Nicht jetzt und nicht in zehn Jahren."

Natürlich meinte sie damit nicht die körperliche Arbeit. Dabei hätten ihnen auch Ilay, Max oder die Nachbarn helfen können. Sie empfanden mich als seelische Unterstützung und das, obwohl ich sie vor fünf Jahren bewusst und ohne ein Wort des Abschieds im Stich gelassen hatte. Als mir das in vollem Umfang bewusst wurde, fühlte es sich an, als hätte sich eine eiskalte Hand um mein Herz gelegt, um es quälend langsam zusammenzudrücken. Angestrengt hielt ich die Tränen zurück.

Zum Glück erklangen unmittelbar darauf die Schritte meines Vaters auf der Treppe, der sich sichtlich abmühte, einige schwere Dinge die Stufen hochzuhieven.

„Oh Gilbert, bitte nicht die Nähmaschine am Henkel tragen“, ächzte Mum sogleich.

„Dafür ist der Henkel gemacht, Grace“, brummte er ungerührt zurück.

Binnen der nächsten Stunden wanderten die schweren Kisten und Möbelstücke auf den Dachboden, und Regale, Stoffe in den unterschiedlichsten Farben, zwei Nähmaschinen und Unmengen von buntem Krimskrams in Arons ehemaliges Zimmer. Je mehr es mit neuem Leben gefüllt wurde, umso leichter schien das zu werden, was wir taten. Von Mums Traurigkeit blieb nur noch ein leichter Schatten in ihren Augen zurück, der mehr und mehr durch etwas wie Glück ersetzt wurde. Zuletzt nahm ich den *Aron*-Schriftzug von der Tür. Unter ihm hatte das Holz eine ganz andere Farbe, wie ich überrascht feststellte. Viel dunkler und satter, während der Rest der Tür mit den Jahren durch Licht und Leben an farblicher Intensivität eingebüßt hatte. Eilig verschwand ich in meinem ehemaligen Zimmer und tauchte mit einem Karton wieder auf, den ich Mum feierlich in die Arme legte.

„Was ist das?“, erkundigte sie sich skeptisch.

„Mach es auf“, verlangte ich.

Zaghaft öffnete sie den Karton, schlug das Seidenpapier darin beiseite und holte den flachen Gegenstand aus Metall heraus, den ich ihr bestellt hatte. Ihre Miene war ein einziges großes Fragezeichen. Doch als sie erkannte, was es war, hellte sich ihr Gesicht auf. Sie entnahm ein Türschild, auf dem eine nostalgische Nähmaschine und der Spruch *Mir reicht's – ich gehe nähen* in kursiv gedruckten Buchstaben abgebildet waren.

„Aber ... Nora, wo hast du das denn her?“ Kopfschüttelnd und lachend zugleich besah sie sich jedes noch so kleine Detail daran und strich behutsam mit der Fingerkuppe ihres Daumens darüber.

„Aus dem Internet“, antwortete ich. „Per Expressversand. Funktioniert sogar in Little Goldcoast.“

Mum musste lachen.

„Sollen wir es hier aufhängen?“, schlug ich vor, nahm es ihr behutsam aus der Hand und hielt es direkt vor den Abdruck des Aron-Schriftzugs. Mum wiegte nachdenklich den Kopf hin und her. „Zuerst dachte ich, es müsse hierher.“ Sie deutete auf ein Stück etwas weiter oben. „Damit jeder sieht, dass er hier war. Aber du hast recht. Wir müssen nicht vor Augen haben, dass er hier gelebt hat. Wir wissen es für die Ewigkeit.“

Als es Zeit wurde, sich auf den Weg zum Kürbisfest zu machen, war ich vom ganzen Aus- und Einräumen so erledigt, dass ich stattdessen am liebsten ins Bett gegangen wäre. Eindeutig würde ich morgen Muskelkater haben. Doch die Vorfreude auf die Schönheit der Kleinstadt in der herbstlichen Abenddämmerung und auf all die lieben Menschen, die ich dort ein letztes Mal vor unserer Abreise treffen würde, sprach dagegen. Also gab ich mir einen Ruck und zog mich an. Meine Wahl fiel auf eine dunkelbraune enganliegende Stoffhose, über die ich einen schwarzen Rollkragenpullover zog. Meine geliebten schwarzen Stiefeletten und der rote Mantel, von dem Celia behauptete, dass er sich mit meiner

Haarfarbe biss, durften nicht fehlen. Dezent geschminkt und mit zwei kurzgeflochtenen Zöpfen stand ich schließlich vor dem Spiegel und war recht zufrieden mit dem, was ich sah.

Auch Mason pfiff anerkennend durch die Zähne, als er dazukam. Er trug einen dunkelblauen Nadelstreifenanzug, hatte sich das dunkle Haar mit Gel zurückgekämmt und sah aus, als würde er zu einem wichtigen Geschäftsessen gehen – oder gleich heiraten. Sein klarer, frischer Zitrusduft erreichte mich, noch ehe er mir einen leichten Kuss auf die Wange drückte.

„Du siehst süß aus."

„Du klingst überrascht."

„Das bin ich." Mason musterte mich kopfschüttelnd. „Ich hätte nie gedacht, dass ich die taffe, gradlinige Nora Harrison mal als *süß* betiteln würde", gab er zu, und ich konnte ihm insgeheim nur recht geben. Ich war in den letzten Jahren vieles gewesen, aber nicht süß.

„Seid ihr gut vorangekommen?", erkundigte er sich und rückte seine Krawatte zurecht, obwohl sie bereits perfekt lag.

„Mehr als gut." Ich berichtete ihm kurz, was wir alles geschafft hatten und war froh, dass er sich über den Fortschritt innerhalb der Familie freute und sich nicht ausgeschlossen fühlte. Als ich ihm am Vorabend erklärt hatte, dass ich diesen Schritt mit meinen Eltern allein gehen musste, hatte er wie immer mit Verständnis reagiert und sich den heutigen Tag über mit Homeoffice und wichtigen Telefonaten in Belbridge aufgehalten.

„Deine Haut hat sich gut erholt", stellte er fest und strich behutsam mit seinen Fingern darüber. „Hast wohl viel Langeweile und Zeit zum Eincremen gehabt in den letzten Tagen."

Ich fiel in sein Lachen mit ein und nickte – dabei hatte ich mich tatsächlich nicht ein einziges Mal eingecremt, seit ich in Little Goldcoast angekommen war. Ich hatte sogar völlig vergessen, dass ich Neurodermitis hatte. Zum ersten Mal seit mehreren Jahren hatte meine Hautkrankheit mich nicht mit Jucken und Brennen an die dringend benötigte Pflege erinnert. Irritiert dachte ich an die Creme, die zu Hause in New York vergessen im Schrank lag. Vielleicht lag es an der guten Landluft?

Einen Moment lang betrachtete ich uns beide im Spiegel. Ihn, den attraktiven, charmanten Geschäftsmann. Mich, die Großstadt liebende Karrierefrau, die plötzlich wieder aussah wie ihr vergessenes, achtzehnjähriges Ich. Uns als Paar. Celia hatte mal gesagt, dass wir wie ein Standard Hollywood-Ehepaar aussehen würden, und ich war mir damals nicht sicher gewesen, ob ich es als Kompliment (wegen des Zusatzes *Hollywood*) oder als Beleidigung (wegen des Wörtchens *Standard* aka *langweilig*) hatte auffassen sollen.

„Morgen früh geht's nach Hause", sagte er leise, und es klang wie eine Frage. Als würde er sicherstellen wollen, dass ich mich nicht doch noch im letzten Moment anders entschied.

Zu seiner offensichtlichen Beruhigung nickte ich. Unsere wichtigen Jobs, unsere Wohnung, unsere Leben in der Großstadt, hatten viel zu lange auf uns warten müssen. Aber es war mehr als das.

„Du bist mir nicht mehr böse, oder?" Mason schluckte deutlich sichtbar, und sein Spiegelbild ließ erahnen, dass er immer noch voller Schuldbewusstsein war. Offenbar deutete er die Nachdenklichkeit in meinem Blick als etwas anderes.

„Nein, alles gut“, antwortete ich wahrheitsgemäß. „Du hast die Beherrschung verloren und das war nicht okay. Aber es war eine Kurzschlussreaktion und wir haben es geklärt. Es wird nicht wieder vorkommen.“

„Tausendprozentig nicht“, versprach er mit so viel aufrichtiger Ehrlichkeit und Reue in der Stimme, dass ich ihm sofort glaubte. Ich küsste ihn sanft und fügte leise hinzu: „Mir tut es auch leid. Das mit Ilay.“

„Ich weiß.“ Er schloss mich in die Arme und ich sog seinen vertrauten klaren Zitrusduft ein. Mason roch immer wie frisch geduscht. Wie eine riesige zitronige Duschgelflasche, wie Sicherheit, Klarheit und Zukunft. Während er mich hielt und sein Kinn auf meinen Kopf stützte, betrachtete ich uns erneut im Spiegel. Und mir wurde klar, es wurde Zeit, dass wir diesen Ort verließen. Little Goldcoast war meine Heimatstadt und ich hatte hier einiges zu bereinigen gehabt, von dem ich irrtümlicherweise gedacht hatte, dass ich längst damit abgeschlossen hätte. Aber Little Goldcoast schadete mir auch. Schadete uns. Es ließ Masons Perfektion, unsere Perfektion mehr und mehr bröckeln und ich konnte nicht zulassen, dass sie es weiterhin tat.

Kapitel 27

Das Kürbisfest

Little Goldcoast erstrahlte an jenem Abend in einem ganz neuen Glanz. All die Laternen tauchten die Stadt in ein warmes, gemütliches Licht, und auch das Wetter trug mit erstaunlich milden Temperaturen dazu bei, dass die Straßen voller Menschen waren. Mason, Amber, Celia und ich trafen vor dem *Goldies* auf Ilay, Maya, Max und Drake sowie auf Romy und Jonah. Auch Liam und Giovanni gesellten sich bald dazu.

Grayson hatte Tische vor das Diner getragen und darauf dekorative Kürbisköpfe, Kerzen und eine Spardose in Form eines Totenkopfs angeordnet. Mehrere Lichterketten schlängelten sich von einem Tisch zum nächsten.

Beschwingt und schwermütig zugleich, in Anbetracht des schönen Brauchs und des baldigen Abschieds, nahm ich zur Begrüßung einen Becher Kürbislikör entgegen, den Grayson in rauen Mengen auf einem Tablett aus dem *Goldies* trug. Ihm folgte ein blasser, hagerer Junge, der mich unwillkürlich an Draco Malfoy erinnerte. Er hatte ein spitzes Gesicht und ließ seinen Blick suchend durch die Menschenansammlung gleiten, während er ebenfalls ein Tablett mit Bechern trug. Nach wem er wohl Ausschau hielt? Als seiner und Jonahs Blick sich trafen, errötete er sofort und starrte auf den Likör herab. Was wohl zwischen den beiden vorgefallen war?

Endlich gelang es mir, Amber kurz für mich allein zu haben, als Celia sich ein wenig von der Gruppe entfernte, um Selfies zu schießen. Schnell packte ich meine Freundin am Arm und zog sie in die andere Richtung.

„Und?", drängte ich.

„Und was?" Sie lächelte milde.

„Alistair", half ich ihrem Gehirn auf die Sprünge. „Müssen wir ihn zerstückeln und portionsweise in Müllsäcke aufteilen oder ist alles wieder in Ordnung?"

„Ach, das ..." Amber machte eine wegwerfende Handbewegung und lachte. „Eigentlich wollte ich es nicht so sagen, außerdem war doch so viel los, und du hast sicher gerade keinen Kopf dafür, aber ... ja."

Verständnislos runzelte ich die Stirn, bis sie die wegwerfende Handbewegung wiederholte, dieses Mal betont langsam, sodass ich etwas an ihrer Hand aufblitzen sah.

„Nein!", entfuhr es mir.

„Doch!", lachte sie.

Ungläubig griff ich nach ihrer Hand und besah mir den Ring daran ganz genau. Nun schämte ich mich fast, ihn bisher nicht bemerkt zu haben. Ein schmaler, relativ schlichter Ring mit einem kleinen, nicht minder teuer aussehenden Stein zierte ihren schlanken Ringfinger.

„Er hat dir einen Antrag gemacht! Und Elaine?“, erinnerte ich mich an den Namen der Frau, mit der Alistair ihrer Aussage nach geschrieben hatte.

„Elaine ist die Verlobungsassistentin“, freute Amber sich, der das Lächeln nach wie vor nicht aus dem Gesicht weichen wollte. „Sie hat ihn bei der Ringauswahl, der Location und der Blumenwahl beraten.“

Ich öffnete den Mund, um etwas zu sagen, doch sie kam mir zuvor. „Für die Hochzeit beauftragen wir natürlich dich.“

„Ich ... weiß gar nicht, was ich sagen soll.“ Immer noch fassungslos schüttelte ich den Kopf. „Herzlichen Glückwunsch, meine Liebe. Weiß Celia es schon?“

„Celia?“ Amber deutete vielsagend auf unsere blonde Freundin, die gerade kopfschüttelnd durch ihr Handy scrollte, nur um es dann wieder auf sich zu richten und filmreif zu strahlen. „Ihre Reaktion wird ein Würgegeräusch sein, und dann wird sie mich fragen, was sie zur Hochzeit tragen soll und ob es für mich okay ist, wenn ihr Kleid auch weiß ist.“ Amber kicherte. „Außerdem wollte ich, dass du es zuerst erfährst. Ich sage es euch beiden offiziell und stilecht, sobald wir wieder in New York sind.“

„Ich werde überrascht tun“, versprach ich und umarmte sie, ehe wir zu den anderen zurückgingen.

Kürbisfest – Jeder zahlt, was er möchte stand in Großbuchstaben auf einem Schild, das Grayson an der Eingangstür des *Goldies* befestigt hatte. Ich erinnerte mich an das Telefongespräch, das ich ungewollt mitangehört hatte, und an seine Geldsorgen und steckte in einem unbeobachteten Moment einen etwas größeren Geldschein in die Spardose. Bei den Jahreszeitenfesten wurde selten etwas wirklich verkauft, die meisten schenkten einander das, was sie produziert hatten, während wiederum andere minimale Preise verlangten oder, wie Grayson, nur Spenden nahmen. Es ging nicht um Geld. Es ging um das Miteinander. Um das Füreinander.

Als wir alle miteinander anstießen, erschien ein Mann, den ich sofort wiedererkannte. Abgesehen davon, dass Mika ein wenig erwachsener aussah als früher, trug er ein Kind auf den Schultern, das genauso aussah wie er selbst: dieselben weißblonden Haare, dieselben strahlend blauen Augen, der gleiche schmale Körper. Es war eindeutig seins.

„Nora Harrison!“ Den Knöchel des Kindes festhaltend schüttelte er mir die Hand und musterte mich prüfend vom Haaransatz bis zu den teuren Stiefeletten. „Ich habe gehört, dass du wieder in der Stadt bist.“

„Nur noch bis morgen früh leider“, bedauerte ich und deutete auf meinen Verlobten. „Das ist Mason. Und wer ist deine Begleitung?“

„Oh, das hier oben meinst du?“ Grinsend deutete er auf die kleine blonde Person über seinem Kopf. „Das ist Charlie, meine Tochter.“

„Wir haben Kakao und Tannenzapfenmännchen gemacht“, verkündete Charlie, als Mika sie mit einer gekonnten Bewegung von seinen Schultern nahm und auf dem Boden absetzte. Sie trug eine waldgrüne Steppjacke über einer cremefarbenen Hose und schmutzigen braunen Gummistiefeln. „Tannenzapfenmännchen sind wie Kastanienmännchen, nur viel besser!“

„Oh wow, ich liebe Tannenzapfenmännchen“, behauptete ich.

„Echt?“ Zu meiner Überraschung zog die Kleine ein erstaunlich hässliches Etwas aus ihrer Jackentasche, das man nur noch mit viel Mühe und Fantasie als Tannenzapfen identifizieren konnte. Die angeklebten Augen waren riesig, die Haare aus Moos gemacht und ein paar Steine mit einer Menge Heißkleber als Füße angeklebt. „Willst du einen kaufen? Dreißig Dollar.“

Unsicher, ob sie das ernst meinte, sah ich zu Mika. Der machte eine wegwerfende Handbewegung.

„Lass dich nicht übers Ohr hauen, Nora. Charlie ist eine knallharte Geschäftsfrau. Vorhin hat sie Hornbrillen-Hattie einen Kakao für fünfzehn Dollar aufgeschwatzt.“

„Der war besonders groß und besonders heiß!“, empörte Charlie sich. Sie steckte den hässlichen Zapfen wieder in ihre Jackentasche, und ihr Gesicht erhellte sich, als sie Romy und Jonah erblickte. „Wisst ihr schon das Neuste? Dad kauft eine Frau!“, verkündete sie unbekümmert, woraufhin alle Umstehenden in Gelächter ausbrachen.

Mika stöhnte auf. „Zum hundertsten Mal, Charlie, ich kaufe keine Frau. Bitte hör auf, das jedem zu erzählen!“, verlangte er mit einer Mischung aus Strenge, Belustigung und Verzweiflung in der Stimme. „Wir sind auf der Suche nach einer Nanny“, fügte er schließlich erklärend hinzu.

„Ist doch dasselbe“, brummte Charlie, verdrehte die Augen und nahm das Tannenzapfenmännchen wieder aus der Tasche, um damit zu spielen, wobei es erst eines der Wackelaugen und schließlich einen angeklebten Stein alias Fuß verlor.

„Du suchst nach einer Nanny?“, erkundigte Romy sich.

„Ich arbeite viel im Homeoffice, aber ich müsste wesentlich mehr erledigen, als ich tatsächlich schaffe“, erklärte Mika mit einem leisen Seufzen und fuhr sich mit der Hand durch die hellen Haare. „Außerdem muss ich irgendwann in naher Zukunft auch wieder in einem externen Büro arbeiten und dabei auch gelegentlich Notdienste übernehmen, bei denen ich wirklich spontan sein muss. Ich kann und will Charlie aber dann nicht allein lassen.“ Er wandte sich seiner Tochter zu und fügte mit einem Augenzwinkern hinzu: „Ich halte Ausschau nach einer Nanny, die zaubern kann. Wie Nanny McPhee. Versprochen.“

Die Art und Weise, wie er mit dem Mädchen sprach, war eine völlig andere als die, mit der er sich uns Erwachsenen zuwandte. Er sprach so weich, liebevoll und empathisch zu ihr, dass sofort deutlich wurde, welch ein guter Vater er war. Charlie schien dennoch wenig überzeugt.

Ein dreißig Dollar teures einäugiges und einfüßiges Tannenzapfenmännchen in meiner Manteltasche und eine gute Stunde später schien das Leben sich um mich herum ohne mich abzuspielen. Das weißblonde Vater-Tochter-Gespann war weitergezogen, um die berühmten Kürbiskekse meiner Mum zu verkosten, Grayson hatte seine Gitarre aus dem *Goldies* geholt und spielte darauf *Wake Me Up When September Ends* von *Green Day*, und Celia hatte endlich von Ilay abgelassen, um ihre Aufmerksamkeit stattdessen dem charmanten

Grundschullehrer Max zu widmen. Der schien gleichermaßen geschmeichelt wie überfordert mit ihrer quirligen und selbstbewussten Art.

Überall herrschten rege Gespräche. Ich war mittendrin, aber dennoch irgendwie für mich selbst. Lächelnd nippte ich an dem Pumpkin Spice Latte, zu dessen Angebot Romy Grayson überredet hatte, und dachte immer noch an Amber, die ihren geliebten Alistair endlich heiraten würde. In der anderen Hand hielt ich einen Pappteller, auf dem ein halb aufgegessenes Stück Pumpkin Pie lag.

Plötzlich vernahm ich unerwartet Ilays Stimme dicht an meinem Ohr. „Schön aufessen, Big City Girl", raunte er mir zu, und ich verfluchte mich selbst dafür, dass mir die Wärme seines Atems einen wohligen Schauer über die Schultern huschen ließ. „Sonst gibt's schlechtes Wetter."

„Ich bin pappsatt", entgegnete ich, stellte den Teller auf einem der Diner-Tische ab und klopfte mir den prall gefüllten Bauch. „Ich hatte schon Kürbissuppe von Max' Dad, heißen Kakao mit Marshmallows, zwei Zimtschnecken und einen Bratapfel von Mrs Lewis, eine Handvoll Kürbiskekse von meiner Mum und etwas Flammkuchen von ... keine Ahnung, woher ich den hatte." Ich hatte alles, was ich verzehrt hatte, an meinen Fingern abgezählt und lehnte mich nun erschöpft mit dem Rücken am Tisch hinter mir an.

„Okay, wie ich das sehe, haben wir jetzt zwei Optionen." Ilay nahm mir behutsam auch noch den Pumpkin Spice Latte ab und stellte das Glas neben den Teller. „Erstens: Wir fahren sofort ins Krankenhaus und lassen dir den Magen auspumpen."

Ich kicherte.

„Zweitens ..." Mit gespielt wichtiger Miene sah er mich an. „Du verwandelst dich bei Vollmond in einen gigantischen Kürbis."

„Klingt verlockend", ging ich auf das Spiel ein. „Dann kann Max' Dad nächstes Jahr Suppe aus mir kochen."

„Ich werde dich in der Werkstatt verstecken, damit das nicht geschieht", versprach Ilay.

Einen Moment zu lange sahen wir einander in die Augen. Schnell wandte ich mich ab und deutete auf ein zierliches hellblondes Mädchen, das gerade verzückt den Draco Malfoy-Verschnitt von vorhin abknutschte.

„Ist das Poppy Geraldine?"

„Wie sie leibt und lebt, jap."

„Wieso wohnt sie noch hier?" Kopfschüttelnd runzelte ich die Stirn. „Nachdem *Geraldine Industries* so gut läuft, dachte ich eher, sie lebt in einer Villa in Südfrankreich oder so. Ihr Vater muss doch Millionen verdienen."

„Wenn nicht gar Milliarden." Ilay zuckte gleichgültig mit den Achseln. „Ich meine, sie hat mal etwas davon erwähnt, dass er will, dass sie bodenständig bleibt. Deshalb wohnt sie hier zurzeit mit Maya in der WG, studiert in Belbridge und ist mit diesem Volltrottel Ethan zusammen."

„Volltrottel? So etwas aus dem Mund eines Ilay Baker?", tat ich entsetzt.

„Irgendwie ist der Kerl mir nicht geheuer", erklärte er. Ich musste an den Blick denken, den der junge Mann vorhin mit Jonah getauscht hatte, und konnte Ilay nur recht geben. Ethan sah aus, als hätte er etwas zu verbergen. Hoffentlich irrten wir uns. Poppy sah so zerbrechlich und verliebt aus.

„Du hast da ..." Ilay unterbrach meine Gedanken und deutete auf mein Gesicht, irgendwo zwischen Mundwinkel und Wangenknochen.

„Oh ..." Ich beeilte mich, mit meiner Hand darüberzuwischen, um das zu entfernen, was er dort gesehen hatte. „Was denn? Suppe? Schaum vom Pumpkin Spice Latte?"

„Halt still." Ehe ich reagieren konnte, hatte er seine Hand ausgestreckt und strich mit dem Daumen ebenso kurz wie sacht über meine Lippen. „Kekskrümel", erkannte er fachmännisch und steckte sich die Spitze des Daumens in den eigenen Mund.

Oh mein Gott.

„Jap. Kürbiskeks von deiner Mum", erklärte er, als wäre es das Normalste der Welt, während mir heiß und kalt zugleich wurde.

Mit glühenden Wangen sah ich mich um, doch niemand schien Ilays Aktion mitbekommen zu haben. Erleichtert atmete ich aus. Doch seine braunen Augen ließen mich nicht los. Neben der Sanftheit und Treue, die immer darin lagen, entdeckte ich noch etwas anderes, was ich nicht ganz einzuordnen vermochte.

„Mason kennt dich nicht", mutmaßte er schließlich und schüttelte den Kopf. „Er wüsste, dass du Überraschungen hasst. Dass du keine roten Rosen sondern Lilien magst. Und er würde nie, niemals ausnutzen, dass er stärker ist als du."

„Ilay …" Ich biss mir auf die Unterlippe. „Das hatten wir doch geklärt! Das ist eine Sache zwischen ihm und mir."

Ohne auf meine Worte zu reagieren, sah er mich weiterhin durchdringend an.

„Wenn du sonst noch etwas zu sagen hast, dann sag es", verlangte ich. „Sag es jetzt, denn morgen früh bin ich weg und ich weiß nicht, wann ich wiederkommen werde."

Ob ich wiederkommen werde.

Einen Moment lang sah Ilay erst mich, dann die Gegend um uns herum prüfend an, als würde er sich vergewissern wollen, dass es ein sicherer Raum war, um die Worte auszusprechen, die ihm auf dem Herzen lagen. Schließlich hatte es für den Bruchteil einer Sekunde den Anschein, als würde er sich dagegen entscheiden wollen.

„Ich *habe* etwas zu sagen", presste er dann schließlich doch so hastig heraus, als würden die Worte ihm unkontrolliert von der Zunge purzeln. „Ich liebe dich, Nora Harrison. Ich habe dich immer geliebt und ich werde dich immer lieben. Für den Rest meines Lebens und vielleicht noch darüber hinaus. Ganz gleich, ob du dreizehn bist, Zahnspange trägst und Liebeskummer hast, mit siebzehn ins Belbridger Freibad einbrichst oder fünf Jahre fort bist. Ich wollte das nicht sagen, wirklich, Nora. Ich wollte dich nicht damit belasten, zwischen zwei Männern zu stehen, zwischen zwei Leben zu wählen … und doch tue ich es, denn wenn ich es nicht tue, werde ich mich noch in hundert Jahren täglich dafür hassen. Ich muss es dir sagen, denn nur so weiß ich, dass du es weißt. Und nur so … nur so … Ich …"

Ilay rang nach Atem, als hätte er vergessen, dass man zwischen den Sätzen Luft holen konnte. „Und wenn du dich für ihn entscheidest, dann werde ich dich dennoch lieben. Ich werde dich als bester Freund lieben. Und ich hoffe inständig, dass du mich auf deine Hochzeit einlädst und dass ich deine Kinder kennenlernen darf, sofern du deine Meinung änderst, denn ich weiß, dass du eine großartige Mutter sein wirst. Ich will ein Teil deines Lebens sein. Ich will, dass du mich anrufst, wenn du einen stressigen Tag in der Agentur hattest, dass du in den nächsten Flieger steigst, wenn ich irgendwann in hoffentlich sehr ferner Zukunft meinen Vater beerdigen muss. Dass wir uns zu jedem Geburtstag gratulieren und zu Weihnachten kitschige Karten schicken, auf denen Santa Claus mit einem hässlichen Pullover im Sessel sitzt und Plätzchen isst."

Mit einer Mischung aus Lachen, Ungläubigkeit und Weinen schaffte ich es, mir die Tränen aus den Augenwinkeln zu wischen. Ich fühlte mich wie in Schockstarre versetzt, als Ilay meine Hände in seine nahm. Sie waren erstaunlich warm.

„Ich will all das. Das ganze Paket. Das ganze Drumherum." Seine Stimme war so leise, dass nur ich die Worte vernehmen konnte. „Denn wenn das die einzige Art und Weise ist, in der ich dich lieben darf, dann werde ich es tun."

Noch während ich wie zur Salzsäule erstarrt dastand und seinen Blick aus so unfassbar treuen Augen erwiderte, beugte er sich vor und drückte mir einen kurzen sanften Kuss auf den Mundwinkel. Einen Kuss wie ein Windhauch, zart und vergänglich.

Alles in mir schien sich für wenige Augenblicke unter Qualen zusammenzuziehen. Ich hatte einen Kloß im Hals, ein Gefühl der Schwere auf der Brust und den Eindruck, mein Kopf würde implodieren. Bilder zweier Leben, deren Türen sich mir auf einmal geöffnet hatten, blitzten vor meinem inneren Auge auf. New York, die Heimat meiner Wahl, mit all ihren funkelnden Lichtern, ihren vielen Gesichtern, den hippen Clubs und Restaurants. Die teure Wohnung, die bevorstehende Hochzeit, die Klarheit und Kontrolle, die ich dort hatte. Meine Agentur und der Mensch, der ich war, wenn ich dort war. Der Mensch, der keine Angst kannte, der den Kopf immer hoch trug, der niemals Langeweile, Ungewissheit oder Sorge verspürte. Schmerzlich kniff ich die Augen zusammen. In Little Goldcoast war alles anders – ruhiger, langsamer. An jeder Ecke lauerten Erinnerungen und der Schmerz, der in New York nie da gewesen war, war hier allgegenwärtig. Mit einem Ruck, der mich selbst erschreckte, zog ich meine Finger aus Ilays Händen.

„Ich wähle die Sicherheit. Die Ordnung. Die Kontrolle." Jedes Wort sprach ich mit mehr Nachdruck aus, als würde ich nicht mein Gegenüber, sondern vor allem mich selbst davon überzeugen müssen. „Ich wähle Mason."

Es wurde später und später, und die Sorge, beim Flug am kommenden Morgen nicht ausgeruht genug zu sein, kam allmählich auf. Wie durch eine dichte Watteschicht nahm ich alles um mich herum nur noch gefiltert wahr: die Musik, die Stimmen, all die Menschen, das Lachen und die Gerüche unzähliger verschiedener Speisen, bei denen mir normalerweise das Wasser im

Mund zusammenlaufen würde. Doch nicht nur Kürbissuppe, Pumpkin Pie, diverse Kekse und Getränke lagen mir schwer im Magen, sondern auch Ilays Worte. Das Gefühl, das sie in mir ausgelöst hatten, war schwer zu beschreiben. Ich war wütend auf ihn, weil er mir diese Entscheidung, diese Gewissheit aufbürdete, aber nicht wütend genug, um aufrichtigen Zorn ihm gegenüber zu empfinden. *Ich* war traurig, weil *er* traurig schien und weil ich diese besondere Freundschaft jahrelang vernachlässigt hatte. Ich war und empfand so viel in diesem Moment, dass ich mich mehr und mehr nach New York sehnte. Denn dort würde mich Struktur erwarten, Klarheit und so viel Arbeit, dass ich selbst dann nicht an Little Goldcoast würde denken können, wenn ich es wollen würde.

„Wollen wir langsam?" Mason deutete mit dem Kopf in die Richtung, in der mein Elternhaus lag.

Ich nickte, Erleichterung und Schwermut gleichermaßen auf der Brust. Wir hatten uns bereits nach dem Gespräch mit Ilay und Masons Rückkehr vom Rest der Clique abgewandt und wurden auch seit einer halben Stunde nicht mehr von Celia und Amber begleitet, die sich ein Taxi gerufen hatten, um zum Hotel zurückzukehren, da sie nach eigenen Aussagen ihren Schönheitsschlaf dringend brauchten. Morgen würden die beiden gemeinsam mit uns zurück nach New York fliegen.

„Das war Jeremy Banks", sagte Mason und deutete auf seine Hosentasche, in der sich das Handy befand. Er schüttelte mit einem ungläubigen Gesichtsausdruck den Kopf. „Seine Frau Molly ist schwanger, und er würde gern in Elternzeit gehen."

Während wir weiter durch die immer noch rege besuchte Straße schlenderten, hörte ich ihm nur mit einem Ohr zu. Vor dem *Goldies* verlangsamte ich meine Schritte. Grayson hatte die Türen des Diners geöffnet und ein Blick reichte, um die Little Goldcoast-Clique auszumachen, die sich munter lachend an ihrem Stammplatz niedergelassen hatte. Maya stand gerade auf, um wild gestikulierend etwas zu erzählen, und Drake schlug vor Lachen mit der flachen Hand auf den Tisch. Ich war mir ziemlich sicher, dass es sich um eine witzige alte Jugendgeschichte handelte, die sie da zum Besten gab. Das waren die besten.

Ilay saß zwischen Max und Jonah, die Unterarme auf den Tisch gestützt, das Kinn auf den Händen abgelegt und lauschte Mayas Geschichte mit einem breiten Grinsen im Gesicht. Er war so vertieft ins Hier und Jetzt, dass er mich nicht einmal bemerkte. Genau wie ich kaum wahrnahm, dass ich stehen geblieben war, während Mason weiterging und immer noch über Jeremy Banks und dessen Elternzeit sprach.

Und plötzlich war ich wieder siebzehn Jahre alt. Vier Wochen vor Arons und meinem achtzehnten Geburtstag hatte ich in meinem Bett gelegen und den festen Entschluss gefasst, Ilay zu sagen, dass ich mehr für ihn empfand als eine beste Freundin für ihren besten Freund. *Knock Knock* von *Lenka* lief in einer Endlosschleife, und fast war mir, als würde es auch jetzt in diesem Moment in meinem Kopf abgespielt werden.

Knock Knock
When life had locked me out, I turned to you
So open the door.

You're all I need right now it's true.
Nothin' works like you
Little louder, little louder, little louder
Knockin'
Little louder, little louder,
A warm bath, a good laugh, an old song that you know by heart.
I've tried it but they all leave me cold.
So now I'm here waiting to see you,
My remedy for all that's been hurting me.

„Nora." Masons Stimme direkt an meinem Ohr und seine Hand auf meinem Arm ließen mich zusammenfahren. Er deutete auf die Clique hinter der mit Kürbislichterketten verzierten Fensterscheibe. „Willst du dich noch verabschieden?"

„Nein." Ich schüttelte den Kopf und hakte mich bei ihm ein, um ihn so schnell wie möglich weiterzuziehen. „Lass uns gehen. Ich packe jetzt meine Sachen."

Kapitel 28

How Do I Say Goodbye

„Es ist viel schwerer als ich erwartet habe“, gab ich zu und zögerte es heraus, die klammen Hände aus meinen Manteltaschen zu nehmen. Es war noch nicht einmal sieben Uhr morgens und nach dem herrlichen Wetter am Vortag zeigte der Herbst nun wieder sein anderes Gesicht. Eine Mischung aus Nieselregen, grauen Wolken und Böen hatte mir eine Menge einzelner Haarsträhnen ins Gesicht gepresst, doch ich hatte bereits vor Minuten damit aufgehört, sie wieder und wieder zurückzustreichen. Es hatte einfach keinen Sinn.

Regentropfen vermischten sich mit salzigen Tränen und perlten mein Gesicht herab, um sich am Boden mit einer schlammigen Pfütze zu vermengen. All die Stunden, Tage, Wochen, Monate und Jahre, in denen ich nicht geweint hatte, schienen einen enormen Nachholbedarf meiner Tränendrüsen provoziert zu haben. Ich hätte nicht sagen können, wie lange ich schon so dastand und Arons Grab anstarrte, als würde er jeden Moment leibhaftig auferstehen und mir beichten, dass das alles bloß ein dummer Scherz gewesen war.

„Wenn du noch länger überlegst, friere ich hier fest", stellte Aron, der mir gegenüberstand, die Arme vor dem Körper verschränkt hielt und nichts trug als ein Hawaiihemd über einer türkisblauen Stoffhose, trocken fest.

„Du bist nicht echt, wie kann dir kalt sein?", gab ich zu bedenken.

„Ich bin ein Produkt deiner Fantasie und *dir* ist kalt."

„Ja. Klingt logisch." Ich räusperte mich und straffte die Schultern. „Ich sollte eigentlich gar nicht hier sein. Mason wartet bei Mum und Dad, und wir müssen gleich los zum Flughafen. Aber ... Ilay hatte recht." Ich biss mir auf die Unterlippe und atmete tief ein und wieder aus. „Er hatte recht, als er sagte, dass ich euch vergeben muss. Mum, Dad, dir. Ich bin nicht wütend, dass du mich allein gelassen hast, Aron. Ich dachte vielleicht eine Zeit lang, ich wäre es. Aber es ist okay. Du warst ... krank. Du hast das nicht getan, um mich oder unsere Eltern oder irgendjemand anderen zu verletzen, sondern weil es für dich selbst der einzige Ausweg schien. Ich vergebe dir." Mit diesen Worten tat ich einen so tiefen Atemzug, als würde ich danach für Minuten die Luft anhalten müssen, machte einen Schritt vorwärts und zog den Stein aus meiner Manteltasche, den ich schon umklammert gehalten hatte, seit ich losgegangen war. Er war ganz warm. Es war jener hübsche weiße Stein mit der glatten Oberfläche, den ich an meinem ersten Tag am *Golden Lake* entdeckt und auf Ilays Vorschlag hin mitgenommen hatte, statt ihn im See zu versenken. Sachte legte ich ihn auf dem Grab ab. Zwischen den Veilchen in drei verschieden gedeckten Farbtönen, den weißen Pflanzen mit den zarten Blüten, deren Name mir immer noch nicht einfiel, dem Marmorengel, der Schwarz-Weiß-Aufnahme und der Kerze machte er sich erstaunlich gut. Als hätte er immer schon dort gelegen. Ich trat einen Schritt zurück und bewunderte ein wenig meine exklusive Idee, als ich aus den Augenwinkeln eine Bewegung vernahm.

„Hut ab vor dieser Anrede, aber es gibt noch eine letzte Person, der du vergeben musst."

Ilays Stimme versetzte mich in ein Gefühl der Unruhe und besänftigte mich zugleich, was völlig paradox war. Er war mein bester Freund, mein Safe Place, mein Fels in der Brandung und der Mensch, dem ich die meisten Geheimnisse anvertraut hatte. Doch der Kuss, seine Worte und dieses Kribbeln, das ich verspürte, sobald ich in seine Augen sah, überdeckten diese Sicherheit. Ich schluckte und schaffte es endlich, mir die Tränen, die Regentropfen und die feuchten Haarsträhnen aus dem Gesicht zu streichen.

„Was machst du hier, Ilay Baker? Stalkst du wieder unschuldige Stadtmädchen?", versuchte ich von meiner Unsicherheit abzulenken.

„Das *unschuldig* überhöre ich einfach mal." Er grinste, doch sofort wurde sein Gesicht wieder ernst. „Ich habe gesehen, wie du das Haus verlassen hast und hatte so eine Vermutung, wohin du gehen wirst. Und irgendwie dachte ich, es wäre schön, dich noch einmal zu sehen, bevor du ... bevor *ihr* zurückfliegt." Er fuhr sich mit den Fingern durch die dichten Haare. „Aber wenn du allein sein willst, dann sag es, ich kann ..."

„Nein, alles gut", beeilte ich mich zu sagen. „Bleib. Was wolltest du vorhin sagen?"

„Dass es noch eine Person gibt, der du vergeben musst."

„Noch eine?" Ich runzelte die Stirn. „Ich habe unseren Eltern vergeben. Ich habe Aron vergeben. Wen sollte es denn noch geben, dem ... oh ... *mich*. Ich muss *mir* vergeben." Wie Schuppen fiel es mir von den Augen. Ilays sachtes Nicken zeigte mir, dass ich richtiglag.

„Ich war so jung", murmelte ich und schüttelte den Kopf, den Blick immer noch auf den weißen glatten Stein gerichtet. Ob er meine Körperwärme schon verloren hatte? „Ich hätte mehr mit ihm sprechen müssen. Hätte mehr versuchen sollen, ihn zu verstehen."

„Aber?"

„Aber selbst wenn ich es getan hätte ... es hätte vermutlich nichts daran geändert."

„Das hätte es nicht", gab Ilay mir leise recht.

„Er wollte nicht mehr leben." Ich schluckte. „Er hat seine Entscheidung getroffen. Für sich. Es war nicht meine Schuld. Es war niemandes Schuld."

„Und?"

„Und ich vergebe mir."

Die paradoxe kribbelnde Unsicherheit schwand, fiel mir wie ein schwerer Felsen von der Brust, und ich sah mir selbst dabei zu, wie ich in Ilays ausgebreitete Arme stürzte. Fast ein wenig zu fest drückte er mich an sich, eine Hand in meinem Rücken, die andere an meinem Hinterkopf, wo seine Finger beständig durch mein Haar strichen.

„*How Do I Say Goodbye* von Dean Lewis", wisperte ich an Ilays warmer Brust, die nach Erde, Leder, Holz und seinem Never Ending-Parfum roch. So vertraut. So beruhigend. So Ilay.

„Das wäre das Lied, das an Arons Beerdigung gespielt worden wäre, wenn ich entschieden hätte“, hauchte ich.

„So how do I say goodbye

To someone, who's been with me for my whole damn life?“, stimmte Ilay im Flüsterton an.

„Genau das.“

„Genau das.“

Aron war verschwunden, und ich wusste, dass ich ihn nie wieder sehen würde.

„Hast du dich von allen verabschiedet?“ Mason zog die Tür des Taxis hinter sich zu, und wir schnallten uns gleichzeitig an. Die Rückbank strömte einen intensiven Neuwagengeruch aus.

„Habe ich.“

Die Stirn an die kalte Scheibe gelehnt blickte ich hinaus. Little Goldcoast sah trostlos aus. Grau in Grau, voller Regen und trauriger Überreste des Kürbisfestes, die im Wind zappelten. Es schien kaum vorstellbar, dass hier am Abend zuvor noch warmes Licht gestrahlt und ein fröhliches Miteinander geherrscht hatte. Ich dachte an den Abschied von Ilay auf dem Friedhof. Eine lange, warme, traurige Umarmung. Ein unschuldiger Kuss auf die Wange und dann seine Wärme und sein Duft, die sich beide von mir entfernt hatten. Ihn loszulassen hatte sich angefühlt, als würde ich ein ganzes Leben loslassen. Wieso war es so schwer, das zurückzulassen, was mich eindeutig schwach, mich verletzlich machte? Was mich klein machte? Es fühlte sich an, als könnte ich kaum noch atmen. Als würden meine Lungen sich nur zu einem Drittel mit Sauerstoff füllen. Als würde mein Herz nur noch halb so stark schlagen.

Dass es meinen Eltern, vor allem Mum, schwergefallen war, mich gehen zu lassen, war mehr als offensichtlich gewesen, auch wenn sie sich bis zum bitteren Ende die Tränen verkniffen hatte. Nun würde das Haus wieder leer sein – und vor allem still. Nun würden ihnen wieder beide Kinder fehlen. Doch ich wusste, dass mein Besuch ihnen auch Kraft und Hoffnung gegeben hatte. Wir würden telefonieren, hatte ich versprochen, mindestens einmal die Woche – und allerspätestens zur Hochzeit würden wir uns wiedersehen. Ich hatte ihre und Ilays Handynummer abgespeichert und ihr so gezeigt, dass ich ein kleines Stück von Little Goldcoast mit nach New York nehmen würde.

Die Zähne fest aufeinandergepresst sah ich dabei zu, wie Little Goldcoast im Rückspiegel immer kleiner wurde und schließlich verschwand und wartete auf das Gefühl der Befreiung, das sich einstellen würde. Auf das von Sicherheit, von Freiheit und Selbstsicherheit. Doch es trat nicht ein.

Das tat es auch nicht, als wir Belbridge erreichten, aus dem Taxi stiegen und nebeneinander durch die große sterile Flughafenhalle gingen. Wir waren früh dran, lange vor Celia und Amber. Überpünktlich wie wir es immer waren. Hart arbeitende, zuverlässige New Yorker Karrieremenschen, das waren wir.

Schweigend warteten wir, während ich wieder und wieder versuchte Mason anzusehen und mich zu fühlen, als würde ich nach Hause kommen, mich auf das zu freuen, was noch vor uns lag: unsere gemeinsame Wohnung, unser gewohntes Leben, unsere Traumhochzeit, das Bauen unseres Traumhauses. Aber etwas in mir kämpfte dagegen an.

Plötzlich beugte Mason sich ein wenig nach vorn. Er machte ein Hohlkreuz, verbarg das Gesicht in den Händen und gab etwas von sich, das wie ein tiefes Seufzen klang. Irritiert sah ich ihn an. Ein solches Geräusch hatte ich noch nie von ihm gehört.

„Alles in Ordnung? Ist dir übel?“, erkundigte ich mich und legte ihm eine Hand in den Rücken.

„Nicht!“ Seine Stimme klang so abweisend, dass ich erschrak und meine Hand sofort wieder zurückzog. Als er sich mir zuwandte, erkannte ich ein verdächtiges Glänzen in seinen Augen.

„Mason ...“, setzte ich heiser an.

„Nicht“, wiederholte er, streckte mir abwehrend die Hand entgegen und atmete einige Male tief ein und wieder aus, als müsste er sich selbst gut zureden. „Ich dachte, ich könnte das, Nora, aber es geht nicht.“

„Was meinst du?“, hakte ich nach, ein unwohles Stechen in der Magengegend.

„Das mit dir.“ In seinen blauen Augen lag Schmerz. Unfassbar viel davon. „Ich dachte, ich kann das alles mitmachen und dich unterstützen, um dich wieder mit nach Hause zu nehmen. Ich dachte, wir könnten unser Leben so weiterleben wie bisher. Dass du wieder sein würdest wie die Frau, in die ich mich verliebt habe ... vielleicht mit ein, zwei, oder auch drei neuen Facetten, aber dennoch die Nora Harrison, die ich heiraten will. Aber es wird nicht funktionieren. Seit wir in dieses Taxi gestiegen sind, machst du den Eindruck, als würdest du zerbrechen – mit jedem Meter, den wir zurücklegen, ein wenig mehr. Und ich ... ich will das nicht. Ich will uns nicht etwas vorspielen, was nicht ist. Ich gebe dich frei, Nora.“

„Du ... du tust was?“ Der Boden unter mir schien sich aufzutun. Mein Mund fühlte sich wie ausgedörrt an.

„Ich gebe dich frei“, wiederholte er, wobei er jedes Wort extra langsam aussprach und betonte und mir fest in die Augen sah. „Ich habe gesehen, wie Ilay und du euch beim Kürbisfest voneinander verabschiedet habt. Und wie du ihn durch die Fensterscheibe des *Goldies* angesehen hast, obwohl du so sehr versucht hast, es zu verbergen. Nora ... ich ... ich kann einfach keine Frau heiraten, die einen anderen Mann liebt.“

Mir wurde heiß und kalt. Wie in Schockstarre wollte ich meinen Mund öffnen, um etwas zu sagen, etwas zu entgegnen, es zu erklären – doch ich konnte nicht. Stattdessen sah ich mir selbst dabei zu, wie ich nickte und quälend langsam den Verlobungsring von meinem Finger zog, um ihn zurückzugeben. Eine gefühlte Ewigkeit lang starrte er ihn an, bevor er mit einem kapitulierenden Nicken schluckte, ihn an sich nahm und in der Tasche seines Jacketts verschwinden ließ.

„Ich ... habe dich geliebt“, brachte ich endlich viel zu leise hervor, als würde das die ganze Sache irgendwie entschuldigen oder verharmlosen. Denn das hatte ich.

„Ich weiß.“ Er presste die Lippen aufeinander. „Aber anders. Und nicht genug. Ich sollte es mir wohl selbst übelnehmen, dass ich derjenige war, der es dir geradezu aufgezwungen hat, nach Little Goldcoast zurückzukehren.“

„Mason“, stöhnte ich mit schmerzverzerrter Stimme. „Tu das nicht. Ich ... es tut mir leid.“

„Mir auch. Na los, nun fahr schon zu ihm.“ Mit einem Ruck erhob er sich von dem harten Plastikstuhl, strich sich die ohnehin perfekt gebügelte Anzugshose glatt und anschließend mit beiden Händen fahrig über das Gesicht, als könnte er alle Traurigkeit und Enttäuschung wie lästige Spinnweben fortwischen. „Mach es gut, Nora." Damit wandte er sich von mir ab, um mit großen Schritten von dannen zu ziehen.

Es dauerte einen Moment, bis ich aus meinem tranceartigen Zustand erwachte und es schaffte, ihm hinterherzulaufen.

„Mason, warte!", bat ich ihn, als ich ihn eingeholt hatte. „Ich komme trotzdem mit nach New York. Wir müssen das mit der Wohnung regeln, und außerdem ist meine Agentur dort und ..."

„*Deine* Agentur?" Mason bedachte mich mit einem skeptischen Seitenblick, während er unbeirrt weiterlief. „Du meinst wohl *meine* Agentur."

Eine eiskalte Hand legte sich um mein Herz. „Was willst du damit sagen?"

„Genau das, was du verstanden hast." Endlich blieb er stehen und sah mir in die Augen. Müde sah er aus, erschöpft und traurig. Nicht ansatzweise so wie jemand, der jemand anderem gerade eines der wichtigsten Dinge nahm, die er besaß. „Ich habe die Agentur damals gekauft. Sie gehört mir, du leitest sie bloß. Ich werde mir jemand Neuen für diese Position suchen und bitte dich, dies als fristlose Kündigung anzusehen. Ich kann sie dir schriftlich nachreichen, wenn du möchtest."

„Mason, bitte ...", setzte ich verzweifelt an, doch meine Stimme brach.

„Verstehst du das nicht?" Er atmete tief ein, sah mich an, die Stimme nur mühsam unter Kontrolle. „Wie würdest du reagieren, wenn du an meiner Stelle wärest?"

Ich dachte einen Moment lang nach. Meine Unterlippe zitterte.

„Vermutlich ganz genauso", musste ich dann ehrlicherweise zugeben.

„Siehst du." Mason bedachte mich mit einem kurzen Blick, ehe er auf seine glänzend polierten Schuhe nieder sah. „Wir gehen ab jetzt getrennte Wege, Nora. Das müssen wir beide wohl oder übel akzeptieren." Wieder wandte er sich von mir ab, um fortzugehen – mit dem Unterschied, dass ich ihm dieses Mal nicht folgte, sondern bloß dabei zusah, wie er Schritt für Schritt aus meiner Sichtweite und meinem Leben verschwand.

Als ich seinen dunklen Haarschopf zwischen den anderen Reisenden nicht mehr ausmachen konnte, suchte ich den nächstbesten freien Stuhl, sank darauf in mich zusammen und starrte ins Leere. Masons Worte wiederholten sich wieder und wieder dumpf in meinem Kopf.

Ich gebe dich frei.

Ich will uns nicht etwas vorspielen, was nicht ist.

Ich habe die Agentur damals gekauft. Sie gehört mir.

Na los, nun fahr schon zu ihm.

Mason hatte sich geirrt, wenn er glaubte, dass ich die Trennung sofort zum Anlass nehmen würde, um zu Ilay zu fahren. Ich konnte nicht.

Nicht zu ihm. Nicht nach New York.

Ich konnte nirgendwohin.

Kapitel 29

Kopflos

Ich kann nirgendwohin.

Auch eine gute halbe Stunde später war es genau dieser Satz, der sich inzwischen gefühlt hunderte Male in meinem Kopf wiederholt hatte und dort bis zum jetzigen Moment wie ein unendliches Echo nachhallte. Er war präsenter als jeder andere Gedanke.

Ich, Nora Harrison, hatte ganz offiziell kein Zuhause mehr. New York war mir genommen worden und ein Taxi zu rufen, um von Belbridge nach Little Goldcoast zu fahren ... nein, der bloße Gedanke daran fühlte sich falsch an. Als hätte ich aufgegeben. Als hätte ich verloren. Ich konnte doch unmöglich an einen Ort zurückkehren, nachdem ich mich für einen anderen entschieden hatte.

Abwesend zog ich mein Smartphone aus der Tasche, das für einen kurzen Moment vibriert hatte. Ich musste die Augen zusammenkneifen, um die kleinen Worte auf dem grellweißen Bildschirm entziffern zu können, so sehr war mein Blick von Tränen und Verzweiflung getrübt. Es war eine Nachricht von Celia.

Wo seid ihr? Sag Mason, er muss mir mit meinem Koffer helfen! Die Taxifahrer hier sind SO inkompetent!

Das war typisch Celia. Kein *Hallo*, kein *Bitte*, kein *Danke* – stattdessen bloß eine ganze Menge Drama und Starallüren vom Feinsten. Beinahe sah ich sie vor mir, wie sie sich mit dem pinken Koffer-Ungetüm abmühte, das einer gewöhnlichen Großfamilie für einen zweiwöchigen Urlaub genügt hätte. Kopfschüttelnd ließ ich das Display dunkel werden und steckte das Handy zurück in meine Tasche. Ich konnte mich in meiner jetzigen Lage wirklich nicht mit Celias First World Problems befassen.

Wenige Minuten später vibrierte es in meiner Tasche jedoch erneut, dieses Mal länger. Widerwillig zog ich es wieder hervor. Ich sah Ambers Namen und ihr aktuelles Profilfoto, das ich zum ersten Mal wahrnahm und auf dem sie einen riesigen Mojito trank, darauf aufleuchten. Ich musste ein Seufzen unterdrücken. Sie war hartnäckig, aber irgendwann hörte mein Smartphone auf zu vibrieren. Ich blinzelte eine Träne fort und tippte mit zitternden Fingern eine kurze Nachricht ein.

Mason hat mich verlassen und mir die Agentur weggenommen.

Mein Finger kreiste über dem Senden-Button, ehe ich mich eines Besseren besann. So konnte ich das nicht stehenlassen. Er hatte sie mir nicht weggenommen. Streng genommen gehörte sie ihm und er hatte jedes Recht dazu, die Verbindung zu mir mit einem sauberen

Schnitt beenden zu wollen. Es war nur fair. Auch wenn ich fast jede Minute der letzten Jahre in diese Agentur gesteckt hatte.

Sofort brannten mir wieder Tränen in den Augen. Eine davon tropfte mitten auf das Handydisplay. Als ich sie mit der Hand fortwischte, tat sich etwas im Nachrichtenmenü, dem ich keine Aufmerksamkeit schenkte. Ich würde diese Nachricht nicht abschicken. Ich wollte Celias und Ambers Mitleid nicht. Mason würde es ihnen beim Einchecken mit Sicherheit kurz und knapp erzählen, und ich würde mich zu einem späteren Zeitpunkt bei ihnen melden – wenn ich mich ein bisschen beruhigt und herausgefunden hätte, was ich nun mit meinem Leben anfangen würde.

Mit einem unterdrückten Seufzen sank ich tiefer auf den harten Plastikstuhl, dessen unnachgiebige Lehne mir allmählich Rückenschmerzen verursachte. Lange würde ich nicht mehr hier sitzen können. Doch wo sollte ich stattdessen hin? Auf dem Flughafen wohnen wie Tom Hanks alias Viktor Navorski im Film *Terminal*? Lebhafte Bilder von mir blitzten vor meinem inneren Auge auf, in denen ich mir auf der Flughafentoilette die Zähne putzte, die harten Plastikstühle zu einem provisorischen Schlaflager umbaute und mich von überteuerten Sandwiches und *Starbucks* Kaffee ernährte. Grimmig amüsiert grunzte ich in mich hinein und versuchte das erneute Vibrieren des Handys zu überhören. Doch Amber und Celia waren hartnäckiger als erwartet. Logisch eigentlich – sie hatten keine Ahnung, wo ich war.

Als sich das lästige Vibrieren auch nach Minuten nicht einstellte, nahm ich das Handy entnervt hervor –

eigentlich, um es abzuschalten. Doch beim kurzen, Tränen verschleierten Blick auf mein Display blieb mir fast das Herz stehen. Dutzende Nachrichten und verpasste Anrufe wurden mir angezeigt.

Oh mein Gott!

„Bitte nicht. Bitte bitte nicht“, hörte ich mich selbst panisch flüstern. Meine Hände zitterten so sehr, dass es mir kaum gelang, das Handy stillzuhalten und das Nachrichtenmenü zu öffnen. Ein Blick genügte, um meine schlimmste Befürchtung wahr werden zu lassen. Ich hatte die Nachricht nicht gelöscht, sondern sie beim Wegwischen der Träne offenbar versehentlich verschickt. Und zwar nicht an Celia oder Amber, was weniger tragisch gewesen wäre, sondern an jeden einzelnen meiner Kontakte. An sämtliche Freunde. An meine Eltern, an Mason, an Geschäftspartner. Ich wollte schreien, mit den Füßen aufstampfen und vor Wut, Scham und Verzweiflung im Erdboden versinken.

Leise, aber bitterlich weinend sank ich vom Stuhl auf den steril geputzten, glänzenden Fußboden, das Handy fest umklammert. Ich musste aussehen wie eine Wahnsinnige, aber es war mir in diesem Moment völlig egal. Ich hatte alles verloren, alles. Meinen Verlobten, meinen Job, meine Heimat der Wahl – und nun auch noch meine Würde.

Noch voller Selbstmitleid wischte ich durch die Nachrichten, schloss dann voller Selbstmitleid die Augen und versuchte tief durchzuatmen.

Reiß dich zusammen, Nora Harrison, schimpfte ich mich selbst aus, *du hast schon Schlimmeres durchgestanden als das. Kneif die Arschbacken zusammen und sieh gefälligst zu, wie du das wieder geradebiegst!*

Ich atmete tief aus, öffnete die Augen wieder und versuchte, mit klarerem Kopf und Verstand an die Sache heranzugehen. Diejenigen, die die Nachricht noch gar nicht gelesen hatten, waren am einfachsten. Ich löschte sie und riskierte zwar damit, dass ein *Die Nachricht wurde gelöscht* Verwirrung beim Empfänger stiftete, aber darum konnte ich mich später immer noch kümmern. Während ich Nachricht um Nachricht verschwinden ließ und überrascht feststellte, welche Unmengen an Kontakten ich eigentlich hatte, musste ich ständig eingehende Anrufe wegdrücken. Alle wollten wissen, was los war. Niemand schien glauben zu können, dass ausgerechnet Nora Harrisons perfekt durchstrukturiertes Leben den Bach runterging.

Schließlich wandte ich mich denen zu, die die Nachricht bereits gelesen und darauf geantwortet hatten. Mit einem Kloß im Hals überflog ich sie alle und überlegte, ob und was ich antworten konnte – bis ich bei Ilay hängenblieb. Er hatte nur fünf Worte geschrieben. Keine neugierigen Fragen, keine erschrockenen Smileys – im Gegensatz zu den meisten anderen Nachrichten.

Bitte tu mir einen Gefallen.

Ich atmete tief ein und wieder aus. Fast konnte ich seine ruhige Stimme hören, die durch die Textnachricht zu mir sprach, wie sie es schon so viele Male getan hatte.

Welchen?

Ich tippte nur dieses eine Wort und musste nicht lange auf eine Antwort warten.

Lauf nicht wieder davon.

Schweigend starrte ich auf das Handy, als plötzlich meine Mutter anrief. Erschrocken drückte ich auf den roten Knopf. Ich konnte jetzt nicht mit ihr sprechen. Eine erneute Nachricht von Ilay traf ein.

Wo bist du?

Ohne groß nachzudenken, tippte ich die Antwort ein, schaltete das Handy aus und schloss die Augen.

Ich war tatsächlich eingenickt. Nach einer kurzen Nacht, dem Friedhofsbesuch am frühen Morgen und der Aufregung am Flughafen hatte mein Körper offenbar entschieden, dass er eine Ruhepause brauchte. Ohne es richtig wahrgenommen zu haben, hatte ich mich wieder aufgerappelt und den roten Mantel auf dem unbequemen Plastikstuhl, wie ein Embryo zusammengerollt, wie eine Decke um mich geschlungen. So lag ich da und träumte einen wirren Traum, in dem Mason mich mithilfe des Piloten und einer Flugbegleiterin aus dem Flugzeug warf, um Platz für Celias gigantischen Koffer zu schaffen.

Erschrocken fuhr ich in die Höhe, als ich einen sanften Händedruck auf meiner Schulter spürte. Im ersten Moment völlig verwirrt und irgendwo zwischen Traum und Realität gefangen, wich ich zurück und sah mich hektisch um.

„Hey, Big City Girl, es ist alles in Ordnung." Ilays sanfte Stimme erreichte mich, noch ehe ich realisierte, dass er wahrhaftig vor mir stand, eine Hand auf meine Schulter gelegt. „Lass uns gehen, okay?"

Wie betäubt nickte ich und folgte ihm aus der Flughafenhalle, wo uns Wind, Regen und eine große Masse von Taxis empfing. Er legte mir einen Arm um die Taille und zog mich mit sich bis zu seinem Wagen. Wie eine willenlose Hülle ließ ich es geschehen, ließ mich sogar wie ein kleines Kind, das allein nicht dazu fähig war, von ihm anschnallen.

Die ganze Rückfahrt über sprachen wir kein Wort. Mir entging zwar nicht der besorgte Blick, mit dem mein bester Freund mich wieder und wieder im Rückspiegel musterte, doch ich schaffte es nicht, darauf einzugehen, schaffte es nicht, ihm zu sagen, dass alles okay war. Es war nichts okay. Und ich hatte nicht vor, Ilay Baker anzulügen – dafür kannte er mich zu gut.

Zu meiner Verwunderung hielt er nicht bei meinen Eltern, sondern fuhr weiter und parkte seinen Wagen am Haus seines Vaters, von dem ich wusste, dass er in der oberen Etage eine eigene Wohnung besaß. Ilay erklärte nicht, weshalb er mich mit hierhergenommen hatte – vermutlich, um mich nicht den Sorgen und Bemitleidungen meiner Mutter auszusetzen – sondern stieg einfach aus, öffnete meine Tür und nahm mich mit hinein.

Seine Wohnung hatte einen eigenen Eingang. Eine schlichte, altmodische Holztreppe führte hinauf. Er zog seinen Schlüssel aus der Jackentasche und schloss die Tür auf.

Ich war zum ersten Mal hier. Bei meiner Flucht aus Little Goldcoast vor fünf Jahren hatte Ilays Vater die obere Etage noch an ein älteres Ehepaar vermietet. Wäre die Situation eine andere gewesen, hätte ich mich wahrscheinlich voller Neugierde umgesehen, die Deko betrachtet und irgendetwas gefunden, womit ich ihn aufziehen konnte. Doch nicht heute.

Immer noch schweigend ließ ich mir den Mantel abnehmen und schlüpfte aus den Schuhen, ging durch den schmalen, hellen Flur und setzte mich im Wohnzimmer auf das Sofa, während er in der Küche verschwand, um Kaffee zu kochen.

Wie betäubt sah ich mich um. Der Raum war klein, viel kleiner als das Wohnzimmer in New York, welches ich so penibel eingerichtet und dekoriert hatte. Hinter dem Fernseher befand sich eine Art Holzwand aus dunklen Brettern, an der eine große Lichterkette befestigt war, die mehrfach von der einen zur anderen Seite reichte. Ilay besaß einen kleinen Couchtisch, eine große und eine kleine Holzkommode und ein Bücherregal voller Romane. Es war ein bisschen unordentlich, aber nicht richtig chaotisch.

Als er zurück ins Wohnzimmer kam, zwei große weiße Tassen in den Händen, bemerkte er, dass ich mich umsah und lächelte milde.

„Gefällt es dir?“ Er reichte mir eine der Tassen und nahm mit etwas Abstand zu mir ebenfalls auf dem Sofa Platz.

„Danke. Ich mag das da“, erklärte ich und deutete auf die Holzwand hinter dem Fernseher. Meine Stimme klang rau und verweint, fast fremd.

„Das habe ich selbst gemacht.“

„Ist hübsch geworden.“ Ich pustete in die dampfende Kaffeetasse hinein und nahm einen kleinen Schluck. Er war viel zu heiß. Immer noch fühlte sich alles um mich herum surreal an. Dass ich nun hier war, in Ilays Wohnung, während ich eigentlich mit Mason, Celia und Amber im Flugzeug sitzen und nach dem One World Trade Center Ausschau halten sollte, fühlte sich an, als wäre es nicht echt. Wie ein wirrer Fiebertraum.

„Danke.“ Ich stellte die Tasse auf dem niedrigen Couchtisch ab, und zum ersten Mal, seit wir hier waren, blickte ich Ilay direkt in die Augen.

„Jederzeit.“

„Nicht für den Kaffee. Für ... das andere.“

„Ich weiß, Nora. Ich weiß.“

Sein Blick war so intensiv, dass ich wegsehen musste. Ich ertrug das Mitgefühl darin nicht. Die Tatsache, dass mein Schmerz ihm ebenfalls wehtat, schnürte mir die Kehle zu. Aus dem Augenwinkel nahm ich wahr, wie er seine Tasse neben meine stellte.

„Willst du darüber reden?“ erkundigte er sich, doch ich schüttelte den Kopf.

„Ich muss mich nur sammeln“, antwortete ich und versuchte ein Lächeln, doch meine Mundwinkel schafften es kaum, einige Millimeter in die Höhe zu zucken. Es war, als wäre mein Körper im Energiesparmodus. Die lebensnotwendigen Funktionen plus ein Mindestmaß an Bewegung und Kommunikation funktionierten – alles Weitere war vorübergehend abgeschaltet.

„Du kannst so lange bleiben und dich sammeln, wie du möchtest“, versprach Ilay mit fester Stimme.

Ich nickte träge.

„Soll ich dich ein wenig allein lassen?“, schlug er vor.

Ich schüttelte den Kopf.

„Okay ..." Er dachte offenbar einen Augenblick lang nach. „Möchtest du fernsehen?"

„Nein."

„Hast du Hunger?"

„Nicht wirklich."

„Wie wäre es mit etwas Musik?"

„Meinetwegen." Kraftlos zuckte ich mit den Achseln.

Spürbar glücklich, etwas gefunden zu haben, was er tun konnte, sprang Ilay auf und eilte zu seiner Musikanlage. Leise genug, um sich noch zu unterhalten, aber laut genug, um den Text zu verstehen, drang eine mir bekannte Melodie durch das überschaubare Wohnzimmer. Etwas näher als zuvor, aber immer noch mit ein wenig Distanz, als fürchtete er, dass ich ihn zurückweisen würde, nahm er neben mir auf dem Sofa Platz.

It feels like we've been friends forever, yeah
And we always see eye to eye
The more time we spend together
The more I wanna say what's on my mind
Take it easy
'Cause it ain't easy to say
I wanna be more than friends
I wanna be more than friends
I wanna tell everyone you're taken
And take your hand until the end
I wanna be more than friends

„Ernsthaft, Ilay?", stöhnte ich auf, eine merkwürdige Mischung aus Lachen und Weinen in der Kehle fühlend. „Du hast recht, ich bin ein Idiot." Kopfschüttelnd über sich selbst sprang er auf, um einen anderen Song zu wählen. Es dauerte einen Augenblick, bis er einen gefunden hatte, der ihm passend erschien. Während er suchte, hatte ich die Bilder an der Wand entdeckt und war aufgestanden, um sie mir zur Ablenkung genauer anzusehen. Die meisten von ihnen waren in Little Goldcoast aufgenommen worden und schon einige Jahre alt. Nur wenige zeigten Urlaube, Menschen, die ich nicht kannte oder aktuelle Aufnahmen. Ein kleines Familienfoto, auf dem Ilays Vater, seine Mutter und seine Schwester Jenna abgebildet waren, fiel mir direkt ins Auge. Jenna konnte damals höchstens fünf Jahre alt gewesen sein, hatte im Verhältnis zu ihrem zarten Gesicht riesige braune Augen und strahlte von einem Ohr zum anderen. Unbemerkt trieb mir der Anblick ein kleines Lächeln ins Gesicht.

„Das war der Tag, an dem sie ihre Ohrringe bekommen hat", ertönte Ilays Stimme leise hinter mir. „Sie hat unsere Eltern monatelang angefleht, es endlich zu erlauben. Und was hat sie dann getan, als es soweit war und ihr Ohrlöcher gestochen worden waren?"

„Geheult", vermutete ich und glaubte, mich wieder blass an die Story erinnern zu können.

„Heulen ist gar kein Ausdruck." Ohne ihn anzusehen, hörte ich, dass er schmunzelte.

Ich mochte es, wenn man sein Schmunzeln hörte. Es klang so warm, vertraut und liebevoll.

„Nur ein großes Eis und eine neue Puppe haben sie wieder beruhigen können. Schließlich war sie dann irgendwann doch unheimlich stolz auf ihre Ohrstecker – es waren Marienkäfer, das kann man auf dem Bild nicht sehen – und sie wollte unbedingt ein Foto als Erinnerung an diesen Tag."

Bei genauerem Betrachten fiel mir tatsächlich auf, dass Jennas Augen ziemlich gerötet aussahen.

Mein Blick wanderte weiter über die Fotos, während im Hintergrund ein sanftes Gitarrenstück vor sich hinplätscherte. An einem kleinen Foto eines jungen Paares blieb er hängen: Es zeigte Ilay und eine Frau mit langen braunen Haaren, Pony und Brille. Sie sah natürlich und fröhlich aus und hatte beide Arme lässig um seinen Hals geschwungen. In meinem Bauch verknotete sich etwas.

„Abby?", riet ich, mich an den Namen seiner Exfreundin erinnernd.

„Richtig", stimmte er mir zu.

„Was ... war mit ihr?"

Ilay atmete vernehmlich ein. „Sie war nicht du."

Verlegen wandte ich mich wieder den Fotos zu. Und dann entdeckte ich es – ein Bild von Ilay und mir. Ich hatte eine Menge Kajal um die Augen, geflochtene Zöpfe und trug ein Blumenkleid. Ich drückte ihm einen Kuss auf die Wange, während er die Arme um meine Mitte geschlungen hatte und in die Kamera lachte. Der Anblick entlockte mir ein leises Seufzen. Wir sahen so jung aus, so unbeschwert. So innig miteinander.

„Ich weiß", sagte Ilay, als würde er dasselbe denken.

Langsam wandte ich mich zu ihm um, während der Song endete und ein neuer begann. Ich hörte ihn zum ersten Mal, doch die weiche weibliche Stimme kam mir vertraut vor.

Take time to realize
That your warmth is
Crashing down on me
Take time to realize
That I am on your side
Didn't I, didn't I tell you?

Während die Sängerin weitersang, runzelte ich die Stirn und bedachte ihn mit forschem Blick.

„Das habe ich nicht angemacht!", verteidigte er sich sogleich und hob abwehrend die Hände. „Ist so eine Feel good-Playlist."

If you just realize what I just realized

Then we'd be perfect for each other and we'd never find another

„Ich glaube, manchmal läuft ein Song einfach genau dann, wenn man ihn braucht." Er trat einen Schritt näher, ganz langsam, ganz leise. „Im Radio, bei einem Film oder eben bei so einer komischen Playlist. Manchmal sagt er genau das, was man selbst in dem Moment sagen will ... oder hören muss."

Plötzlich hielt er meine Hand in seiner. Warm strich sein Daumen über meine immer noch kalten Finger. Sein vertrauter Geruch nahm mich ein, strömte Sicherheit und Vertrauen aus, und im nächsten Moment realisierte ich, dass sein Gesicht sich mir nicht ohne Grund näherte. Ilay war eindeutig kurz davor, mich zu küssen.

Nur Millimeter, bevor seine Lippen meine trafen, wandte ich den Kopf ab und spürte, wie er sachte meine Wange streifte.

„Tut mir leid." Seine Stimme, warm, zärtlich und direkt an meinem Ohr, klang schuldbewusst und sehnsuchtsvoll zugleich. „Ich dachte, wir ..."

„Ilay ... hör auf." Entschieden schob ich ihn von mir weg. „Du hast mir beim Kürbisfest gesagt, ich soll wählen, weißt du noch? Und verdammt, ich *habe* gewählt! Und er hat sich gegen mich entschieden. Das heißt nicht, dass ich nun automatisch dich wähle!"

In Ilays braune Augen trat etwas wie Scham. Er sah überfordert aus, verletzt und völlig überrumpelt. Alles zugleich und noch viel mehr.

„Ich wollte nicht ... es tut mir leid, wenn ich ...", setzte er an, schien jedoch selbst nicht zu wissen, worauf er hinauswollte. Als würde er sich selbst zur Besinnung rufen, schüttelte er den Kopf. „Nora, ich wollte nicht ausnutzen, dass du ... bitte denk nicht, dass ..."

Plötzlich hatte ich das Gefühl, einfach weg zu müssen. Fort von hier, fort von Little Goldcoast, fort von überall. Kopflos verließ ich das Wohnzimmer, schnappte mir meinen Mantel, schlüpfte in die Schuhe und riss die Haustür auf.

Ilay stellte sich mir nicht in den Weg, doch er verlangte lautstark: „Nora, bitte warte!" Es war fast dasselbe.

„Versteh doch! Ich *kann* dich nicht wählen!" Verzweifelt warf ich einen Blick auf die Treppe. Meine Stufen in die Freiheit. Mein Fluchtweg. „Weil du mehr verdient hast, als eine Option zu sein!"

Kapitel 30

Für uns

Die Heizung im Taxi lief auf Hochtouren. Es war so warm, vor allem in direktem Kontrast zu den herbstlichen Außentemperaturen, dass ich schon nach wenigen Minuten Fahrtzeit meinen Mantel auszog und ihn neben mir auf der Rückbank ablegte, was vom Fahrer durch den Rückspiegel interessiert beobachtet wurde. Mit dem Handrücken rieb ich mir die letzten Tränen aus dem Gesicht, die noch geflossen waren. Allmählich jedoch kamen keine mehr. Als hätte ich mich endgültig leergeweint.

„Hat jemand dir das Herz gebrochen, Mädchen?", erkundigte der Taxifahrer sich in gebrochenem Englisch, die Augen immer wieder viel zu lange auf mein Spiegelbild gerichtet. Mir wäre eindeutig wohler gewesen, wenn er auf die Straße gesehen hätte.

„Nein. Ich war es, die eins gebrochen hat", antwortete ich ausweichend.

Zwei sogar, erinnerte ich mich selbst. Ich hatte *zwei* Herzen gebrochen: Masons und Ilays. Drei, wenn man meins noch dazuzählte. Gequält kniff ich die Augen zusammen. Ich war ein furchtbar schlechter Mensch.

Aber ich hatte eine Entscheidung getroffen. Keine, die mich glücklich machte, aber die einzige, die in dieser Situation Sinn ergab. Ich würde neu anfangen – schon wieder. Ich würde mir in einem anderen Bezirk New Yorks mit der glücklicherweise recht ansehnlichen Menge Geld, die ich noch auf dem Konto hatte, eine kleine Wohnung mieten und mir vorerst einen Job als angestellte Eventmanagerin suchen. Irgendwo, wo niemand meine Vergangenheit kannte. Und dann würde ich wie ein Phönix aus der Asche steigen und aus dem Nichts heraus ein ganz neues Leben aufbauen. Ich hatte es schon einmal geschafft und würde es erneut schaffen, ganz sicher.

Der Fahrer faselte irgendetwas, dem ich keine Aufmerksamkeit schenkte. Sollte er mich meinetwegen für unhöflich oder versnobt halten, es war mir egal. Ich hatte weder Lust auf Smalltalk noch Interesse daran, einem Fremden mein Herz auszuschütten.

Ein Blick aus dem Fenster machte mir bewusst, dass ich keinerlei Zeitgefühl mehr hatte. Nach dem Abschied am frühen Morgen auf dem Friedhof war es verschwunden. Wie lange hatte ich am Flughafen gesessen? Wie viel Zeit in Ilays Wohnung verbracht? Ich wusste es nicht. Dem tristen Grau des Himmels nach zu urteilen, das sich bis zum Horizont erstreckte und dort auf vereinzelte dunkle Wolken traf, hätte es sowohl Mittag als auch Nachmittag oder Abend sein können.

Immer noch regnete es. Unwillkürlich musste ich daran denken, was dieser Regen noch vor einem Monat für mich bedeutet hätte. Meine Hauptsorge hätte darin gelegen, dass meine Haare oder mein teures Outfit nass werden könnten. Nun blitzten Bilder vor meinem inneren Auge auf, die mich beinahe zerrissen: meine Eltern, wie sie am Fenster standen, hinaussahen und sich nach dem Erhalt meiner Nachricht fragten, wo ich wohl war. Ob sie mich wiedersehen würden. Ilay, der sich wahrscheinlich mit dem Herumschrauben an seinem Wagen ablenkte und dabei dem Rhythmus der niederprasselnden Tropfen lauschte. Mason, der sich Minute um Minute einem Zuhause ohne die Verlobte näherte, der er nach Little Goldcoast gefolgt war, um sie zu unterstützen.

Ich zwang mich, die finsteren Gedanken abzuschütteln und versuchte stattdessen krampfhaft, mich mit etwas abzulenken. Da die Aussicht – unzählige Autos auf der Straße vor, hinter und neben dem Taxi – nicht die Spannendste war, lauschte ich dem Song, der leise im Radio lief und fast vom Plätschern des Regens überdeckt wurde.

I found a guy, told me I was a star
He held the door, held my hand in the dark
And he's perfect on paper but he's lying to my face
Does he think that I'm the kinda girl who needs to be saved?
And there's one more boy, he's from my past
We fell in love but it didn't last
'Cause the second I figure it out he pushes me away
And I won't fight for love if you won't meet me half-way
And I say that I'm through but this song's still for you

„Auf halbem Wege treffen", hörte ich mich selbst murmeln. „Ich muss gar nicht den ganzen Weg gehen ... bloß den halben. Er kommt mir entgegen."

„Wie bitte?" Der Fahrer warf mir einen unverwandten Blick im Rückspiegel zu, dann deutete er auf sein Ohr und drehte das Radio leiser.

„Manchmal läuft ein Song einfach genau dann, wenn man ihn braucht." Ich fühlte mich, als würde ich aus einer Art Trance erwachen. „Manchmal sagt er genau das, was man selbst in dem Moment sagen will oder hören muss."

„Ich ... nicht verstehen." Der Fahrer machte inzwischen einen etwas hilflosen Eindruck.

„Das müssen Sie auch gar nicht, es geht darum, dass *ich* es verstehe!" Plötzlich fühlte ich mich wie von einer Art Energiestoß erfasst. Als wäre ich einer ganz großen Sache auf der Spur und kurz davor, sie ein für alle Mal aufzuklären. *„And I say that I'm through but this song's still for you"*, wiederholte ich Olivia Rodrigos Worte, als würden sie nicht aus einem Song, sondern aus einer jahrhundertealten Prophezeiung stammen. „Es ist Ilay. Es war immer Ilay. Und er hat recht ... ich bin schon wieder dabei, davonzulaufen." Kopfschüttelnd realisierte ich endlich, dass ich mich mit jedem gefahrenen Meter einen großen Schritt weiter von Little Goldcoast, von meinem Zuhause, von ihm entfernte.

„Fahren Sie zurück!", forderte ich und klang dabei wesentlich lauter und bestimmender als eigentlich gewollt.

Der Fahrer bedachte mich mit einem kurzen, prüfenden Blick. Er schien festzustellen, dass es wohl das Beste war, die Intention seiner verrückten Kundin nicht infrage zu stellen, und betätigte den Blinker, um die nächste Ausfahrt zu nehmen.

Den gesamten Hinweg über hatte ich zusammengesunken auf der Rückbank gekauert, beim Rückweg jedoch saß ich kerzengerade und hielt die ganze Zeit über Ausschau nach Little Goldcoast.

„All I want is love that lasts,
Is all I want too much to ask?", sang ich mehr schlecht als recht ganz leise vor mich hin.

Ich sollte recht behalten. Ilay befand sich in der Werkstatt, schraubte an seinem Wagen herum und wirkte dabei so konzentriert, dass er gar nicht bemerkte, wie ich außer Atem auf ihn zu gelaufen kam. Mein Herz machte bei seinem Anblick einen derart heftigen Satz, als würde es mir aus der Brust springen wollen.

„Ich musste nie wählen", sagte ich laut.

Er erschrak dermaßen, dass er sich den Kopf an der geöffneten Motorhaube stieß. Mit einer Mischung aus Überraschung, Schmerz und leise aufkeimender Freude sah er mich an, während er sich mit der Hand die Beule rieb.

„Ich musste nie wählen", wiederholte ich. „Du bist es, Ilay Baker. Es warst immer du."

Sprachlos starrte er mich an. Ob er nicht wusste, was er sagen sollte, meine Worte erst einmal verdauen wollte oder eine Gehirnerschütterung hatte, war erst mal zweitrangig. Ich wollte loswerden, was mir auf der Zunge lag, was mir auf dem Herzen brannte.

„Es war der heißeste Tag der ganzen Ferien und wir waren mit Liam und Aron im Belbridger Freibad." Ich machte einen Schritt auf ihn zu und lächelte gedankenversunken. „Und du hast dir mit Ashley Davies ein Eis geteilt."

„Ich hatte kein Geld für ein eigenes dabei und es war wirklich heiß", antwortete er, als müsste er sich dafür entschuldigen.

„In dem Moment hätte ich Ashley am liebsten im Becken ersäuft. Und da wurde mir klar, dass du mehr für mich warst als mein bester Freund", schloss ich und wagte einen weiteren Schritt.

Ich stand nun so nah vor ihm, dass ich ihn hätte berühren können, wenn ich nur meine Arme ausgestreckt hätte. Reglos starrten wir einander an.

„Das war der Tag, an dem du mit dem Fahrrad gestürzt bist", erinnerte Ilay sich. Seine Stimme war leise, sanft, fast zärtlich. „Du hast einen Zweig übersehen und bist kopfüber auf den Asphalt gestürzt. Zum Glück hattest du einen Helm an, aber deine Knie und Ellenbogen sahen wirklich schlimm aus. Es hat heftig geblutet."

„Du hast mich zu deinem Dad gebracht, damit meine Mum bei meinem Anblick keinen Herzinfarkt bekommt", fiel es mir allmählich wieder ein. Ich habe sogar eine kleine Narbe davon an der linken Kniescheibe zurückbehalten.

„Ich habe deine Wunden gesäubert und dir Pflaster darauf geklebt, und du hast so sehr versucht, tapfer zu sein, aber eine einzelne Träne ist dir doch über die Wange gelaufen." Ilay schluckte deutlich sichtbar, dann hob er die Hand und zeichnete mit der Kuppe seines Zeigefingers ganz sachte eine Tränenspur nach.

Von meinem Auge an der Nase vorbei über meine Lippen bis zum Kinn. Ein Schauder huschte mir über den gesamten Körper.

„Ich dachte, du hättest es nicht gesehen", flüsterte ich.

„Ich wusste, dass du das dachtest. Deswegen habe ich auch getan, als hätte ich es nicht bemerkt." Sanft legte er beide Hände um mein Gesicht. „Als du geglaubt hast, ich sähe nicht hin, hast du sie schnell mit deinem Handrücken abgewischt und die Zähne zusammengebissen." Er küsste mich leicht auf die eine, dann auf die andere Wange. „Und dann hast du mich angelächelt. So ... dankbar. So verbunden." Seine Lippen streiften meine Schläfe. „Und das war der Moment, in dem ich wusste – Nora Harrison oder keine. Nicht weil ich dich *liebe*, sondern weil ich in dich *verliebt* bin. Schon ewig. Und ich habe andere Frauen geliebt, das habe ich wirklich, aber keine von ihnen hat je den Platz in meinem Herzen eingenommen, den du hattest. Er ist immer für dich reserviert gewesen. Immer." Für einen Moment hielt er mich an den Schultern von sich weg, um mich anzusehen, als wollte er sichergehen, dass ich wirklich da war. „In dem Moment, in dem ich dich am *Golden Lake* habe stehen sehen und mit Aron habe sprechen hören, da war alles sofort wieder da. Als wärst du nie fortgewesen. Aber ich hatte solche Angst davor, etwas falsch zu machen und diese Freundschaft zu zerstören. Außerdem hattest du Mason und ein neues, tolles Leben mit ihm." Er zog mich wieder an sich.

Ich verbarg mein Gesicht an seinem Hals, sog seinen vertrauten Geruch ein, seine Wärme, seinen Herzschlag.

„Und dann dieser Kuss ..." Sein Brustkorb hob und senkte sich sachte gegen meinen. „Du musst nicht mehr weglaufen, Big City Girl. Nie wieder."

„Smalltown Girl", verbesserte ich ihn leise, das Gesicht immer noch an seinem warmen Hals verborgen.

„Smalltown Girl", wiederholte er. „Ja, das gefällt mir."

Wieder schob er mich ein Stück weit von sich, aber dieses Mal nicht, um mich anzusehen, sondern um seine Lippen auf meine zu pressen. Weich und samtig fühlten sie sich an, genau so, wie ich es mir früher immer ausgemalt hatte. Wenn nicht sogar noch besser.

Während seine Zunge meine fand, schlang ich die Arme um seinen Hals und schloss die Augen. Ein warmes, intensives Gefühl von Glück und Liebe durchflutete mich. Nie zuvor hatte ich mich so lebendig gefühlt. Ilays Hände, eine in meinem Nacken, eine an meinem Rücken, drückten mich enger und enger an seinen Körper, sodass kein Blatt mehr zwischen uns gepasst hätte. Und alles, was er war, alles, was ich immer an ihm bewundert, geschätzt und geliebt hatte, durchflutete mich wie Licht.

Als wir uns nach einer gefühlten Ewigkeit voneinander lösten, waren wir beide außer Atem. Meine Lippen fühlten sich warm und geschwollen an, in Ilays Augen lag ein Glanz, der Glück, Leidenschaft und die innigste Zuneigung in sich vereinte.

„Und jetzt?", fragte ich leise, ehe ich die Arme erneut um seinen Hals schlang und die Hände in seinem Nacken verschränkte.

„Jetzt leben wir", antwortete er und küsste sanft meine Stirn.

Ich verbarg mein Gesicht an seinem Hals und atmete seine Wärme ein. Ich konnte nicht genug bekommen von seinem Geruch.

„Für Aron?“, flüsterte ich.

Seine Hand an mein Kinn gelegt hob er mein Gesicht etwas an, sodass wir uns direkt in die Augen sahen.

„Für uns, Smalltown Girl“, raunte er, bevor er mich erneut sanft küsste. „Für uns.“

Playlist

Big City Life – Mattafix
Suddenly I See – KT Tunstall
See You Again – Wiz Khalifa
The Time Of My Life – Bill Medley & Jennifer Warnes
In The Stars – Benson Boone
Last Fall – Matt Schuster
Story Of My Life – One Direction
Wake Me Up When September Ends – Green Day
Knock Knock – Lenka
How Do I Say Goodbye – Dean Lewis
More Than Friends – Jason Mraz feat. Meghan Trainor
Realize – Colbie Caillat
All I Want – Olivia Rodrigo